SA PROIE PARFAITE

FRATERNITAS

LEE SAVINO

À tous les lecteurs qui désirent ardemment une bonne baise primitive avec un homme masqué et psychopathe... Commencez à courir.

SA PROIE PARFAITE

Les règles de la Chasse : La proie aura dix minutes d'avance pour s'enfuir.

Au signal, le chasseur pénétrera dans les bois. **La Chasse a commencé.**

Si la proie n'est pas capturée avant minuit, elle gagne 10 000 €.

Si elle tient jusqu'à l'aube, elle gagne 100 000 €.

Mais **si le chasseur l'attrape, elle lui appartient pour la nuit.**

Il existe une dernière règle secrète que seul le chasseur connaît : ce que le chasseur capture, il le garde. Sa proie deviendra son *elita*, son élue. **Elle lui appartiendra.** *Pour toujours.*

Que la chasse commence...

Thèmes : confrérie mafieuse, société secrète, jeu primaire, romance sombre. Un mélange de Petit Chaperon Rouge et de Grand Méchant Loup

Avertissements de contenu :

Jeu primaire, non-consentement/réticence, BDSM, travail du sexe, enlèvement/séduction, violence et meurtre (décrits), dépendance aux stupéfiants (passée), scènes érotiques.

Découvrez la playlist de Sa Proie Parfaite juste ici : https://geni.us/HisPreyplaylist

Découvrez Une Histoire de Noël avec la Mafia juste ici : https://geni.us/HisPreyfreebieFR

1

L'ÎLE des Milliardaires est une oasis en dehors de la ville. Les plus riches des riches y possèdent des résidences secondaires. Et c'est là que se trouve le Lodge, un club privé établi sur plusieurs centaines d'hectares de terres boisées. L'élite vient ici pour faire la fête, jouer aux tables privées et s'adonner aux plaisirs bacchanaliques offerts dans le donjon BDSM des étages inférieurs.

Je me tiens au bar, un verre à la main, contemplant ses profondeurs ambrées. Avec mon mètre quatre-vingt-dix et plus de quatre-vingt-dix kilos de muscle, je ne me fonds pas vraiment dans ce milieu clinquant et glamour. Contrairement aux fils à papa et aux hommes d'affaires aux mains douces, je ne suis pas né avec une cuillère en argent dans la bouche. Je suis né dans la rue. J'ai passé ma vie à survivre sur le fil du rasoir. Cette vie douce ne me convient pas. Je suis venu au Lodge pour me vider la tête, mais même la brûlure du whisky coûteux n'a pas suffi à apaiser le monstre qui rôde en moi.

La bête veut se nourrir.

J'ai besoin de baiser. Ça fait beaucoup trop longtemps, et le Lodge est plein de femmes magnifiques. Les serveuses portent des jupes courtes, et les soumises du club sont vêtues de bodys quasi inexistants. Sans parler des mondaines et des héritières en robes de créateurs, cherchant à vivre dangereusement. Je peux sentir leurs regards sur moi. Il me suffirait de leur faire signe pour piéger n'importe laquelle. Mais cela ne m'intéresse pas du tout.

Je préfère une poursuite brutale. J'ai besoin du frisson de la chasse pour assouvir la bête.

Je cherche du regard la jolie rousse que j'ai vue il y a quelques jours à l'Inferno, le bar que notre fraternité gère en ville. Parfois, les filles qui travaillent à l'Inferno font de même, ici, au Lodge.

Je n'ai pas réussi à me la sortir de la tête – cheveux roux bouclés, courbes généreuses, et quelques taches de rousseur transparaissant sous son maquillage épais. Elle est exactement mon type. La fille de mes rêves incarnée. Quand je l'ai aperçue pour la première fois, j'ai cru que je rêvais. Elle était si éblouissante, comme si les dieux l'avaient créée à partir de mes fantasmes.

Mais elle n'est pas là.

Je vide mon whisky et tape du doigt contre le bar pour en avoir un autre.

— Joyeux anniversaire, Jaeger.

Sebastian St. James émerge des ombres. C'est lui qui m'a invité ici, je ne devrais donc pas être étonné de le voir. Seules des années d'entraînement me permettent de cacher le fait qu'il m'a pris par surprise.

— St. James.

Je me tourne vers lui. St. James porte son habituel costume gris. De sa cravate en soie à ses boutons de manchette en argent, chaque centimètre de sa silhouette taillée sur mesure incarne l'image d'un homme d'affaires accompli et bien né. Seuls ceux d'entre nous qui le connaissent bien savent qu'il est dangereux.

— Comment savais-tu que c'était mon anniversaire ?

St. James ne répond pas. Il sirote son verre, toujours très calme sous mon examen intense. Il est mon frère de sang, mais je reste prudent avec lui.

Quand on vit en marge de la société comme je le fais, on catalogue les menaces. Toute ma vie, j'ai été entouré d'hommes dangereux. Je me suis simplement rendu plus menaçant que les autres. Mais mes instincts reconnaissent que St. James est à un autre niveau. Il est aussi discret qu'un serpent dans l'herbe et tout aussi mortel, et tous les hommes qu'il a détruits ne l'ont jamais vu venir.

— Ah oui, c'est vrai. Tu sais tout.

Ce n'est pas vraiment le jour où mon frère jumeau et moi sommes nés. C'est un jour que nous avons choisi pour nous-mêmes. C'est le jour où nous avons été libérés de l'enfer et sommes nés à nouveau.

Mais St. James le sait probablement aussi.

— J'ai un cadeau pour toi, dit-il.

Je ricane.

— Tu crois que je viens d'avoir sept ans ? Les cadeaux d'anniversaire c'est pour les gamins.

Pas que je le sache par expérience. Mon enfance ne m'a pas permis de célébrations enfantines.

— Je pense que ce cadeau va te plaire.

Il claque des doigts, et une jolie blonde habillée en vendeuse de cigares se dandine vers nous. St. James sélectionne deux cigares de son plateau et se dirige vers la sortie du Lodge et sur l'immense terrasse en bois surplombant l'épaisse forêt. Je le suis. Il est le chef de Fraternitas, second dans le commandement seulement, après l'homme appelé le Diable. Je le suis parce que j'ai juré de le faire.

Mais je suis aussi intrigué.

St. James traverse la terrasse avec nos cigares jusqu'à la balustrade la plus éloignée. Je m'appuie dessus et regarde l'étendue sauvage. On ne pourrait jamais deviner qu'une ville de neuf millions d'habitants se trouve à quelques kilomètres. Les seuls bruits sont le bruissement des feuilles, le bourdonnement des insectes, et les hululements et hurlements des créatures nocturnes. C'est paisible et sauvage.

Cela apaise la bête en moi.

Une allumette s'embrase, et St. James me tend mon cigare.

Maintenant qu'il a piqué ma curiosité, ce salaud va me faire supplier.

— Alors c'est quoi ? Mon cadeau ?

— J'ai parlé à Damien.

Il fait référence au Diable. Le chef de Fraternitas.

— Lui et moi sommes d'accord que tu mérites une récompense pour les sacrifices que tu as faits.

Il parle des six derniers mois que j'ai passés en mission pour Fraternitas. Celle qui a laissé mes mains tachées de tant de sang que je ne pourrai jamais nettoyer complètement.

— Tout ce que je fais, je le fais pour la confrérie. Pour respecter mon serment.

— Nous le savons. Tu as prouvé ta loyauté à maintes reprises. Et donc, tu as gagné une récompense.

Il fait tomber la cendre par-dessus la balustrade.

Quelque part en dessous de nous, une alarme retentit. Je me crispe quand une porte sous la terrasse s'ouvre violemment.

Une silhouette se précipite sur la pelouse. Une femme, jambes nues, portant une robe blanche qui brille au clair de lune.

Tout mon corps est en alerte maximale, mes muscles se contractent, prêts à se lancer à sa poursuite.

Mon jumeau et moi avons une excellente vision nocturne. C'est l'une des raisons pour lesquelles nous sommes si redoutables dans l'obscurité. Mon don me permet de distinguer les détails de la fugitive. Elle a une abondante chevelure bouclée qui cascade dans son dos, et ses jambes pâles scintillent tandis qu'elle file à travers la pelouse, s'éloignant du Lodge.

Je la suis du regard jusqu'à ce qu'elle disparaisse dans la lisière des arbres, l'instinct en moi me dictant de courir après elle.

St. James fume son cigare, m'observant avec amusement. J'agrippe la balustrade assez fort pour m'enfoncer des échardes.

— Qui est-ce ? je grogne.

— Une serveuse. Elle travaille habituellement à l'Inferno, mais je lui ai assigné d'autres tâches ce soir. Maudit soit St. James. Il m'a vu regarder la rousse et nous a attirés tous les deux ici. Il a quelque chose en tête.

— Quelles tâches ?

— Elle est à toi pour la nuit. Si tu parviens à l'attraper.

Ses yeux gris brillent au clair de lune. St. James aime les jeux de limite. C'est pourquoi il possède plusieurs clubs BDSM, y compris le Lodge.

Et s'il sait tout, il sait qu'il n'y a rien que je préfère à une chasse sauvage et primitive.

— Elle a signé un contrat et tout le reste et est bien payée pour te fuir dans les bois. Elle reçoit une prime si elle t'échappe jusqu'après minuit. Davantage si elle tient jusqu'à l'aube.

Il me lance un regard satisfait, ce qui se rapproche le plus d'un sourire chez lui.

— Je doute que ça te prenne autant de temps pour la traquer.

— Tu veux dire...

La bête rugit dans ma poitrine. Ma cage thoracique se gonfle, mes poumons se préparent à pomper comme des soufflets pour lui courir après. Ma proie.

— Bienvenue à la Chasse. Tu as libre parcours sur la propriété jusqu'à l'aube. Et quand tu l'attraperas, elle est toute à toi.

Il sort un masque noir – une simple cagoule avec des trous pour les yeux et un crâne blanc peint sur le devant. C'est ce que je porte pour les exécutions rituelles. Il me le tend et me fait signe vers les escaliers à notre gauche qui mènent à la pelouse.

— Je lui ai dit que tu lui donnerais dix minutes d'avance.

ELODIE

JE ME PRÉCIPITE entre les arbres, courant les bras tendus pour écarter les branches, mais les ronces griffent mes membres nus et mon visage.

La pleine lune brille intensément au-dessus de moi, m'aidant à voir mon chemin à travers les fourrés, mais je sais qu'elle illumine également la robe que je porte. Le blanc est tout l'opposé du camouflage. Je pourrais tout aussi bien être sous les projecteurs d'une scène.

Le crétin qui m'a engagée m'a fait mettre cette robe blanche. Heureusement, c'est la fin de l'été, et les nuits ne sont pas si froides. Mais je suis également pieds nus. Il est évident que je suis censée satisfaire un fantasme spécifique. C'est la Chasse, et je suis la pauvre proie sans défense. À moitié nue, habillée comme une vierge, et prête pour le sacrifice.

Peu importe. Du moment que je suis payée.

Être serveuse ne suffit pas à sortir ma sœur et moi du pétrin créé par son ex. J'ai besoin des mille dollars que M. St. James m'a offerts pour accepter ce boulot. Il m'a également fait miroiter une prime si j'évite de me faire attraper avant minuit. Il veut que je sois motivée à l'idée d'offrir une vraie chasse au client.

Si je tiens jusqu'à minuit, je gagne dix mille dollars. Mais si je tiens jusqu'au matin, il me donnera cent mille dollars en billets impossibles à tracer.

C'est l'objectif. Les mille dollars aideront à résoudre nos problèmes. Les dix mille les régleront.

Les cent mille changeront nos vies. Je dois éviter de me faire attraper.

J'enlève la robe blanche en courant. Je la déchire en morceaux et accroche une bandelette à une branche basse, où elle flotte dans l'air, suspendue comme un fantôme.

Je me faufile entre les chênes imposants, laissant des lambeaux de ma robe sur les branches des ormes plus petits et des houx. Des fausses pistes pour détourner le chasseur de mon odeur.

Mais maintenant, je suis nue. Et ma peau pâle est comme un phare dans la nuit.

Le bois s'arrête, et je cours à travers les hautes herbes de la pelouse. Mes pieds glissent dans la boue, et je lutte pour ne pas tomber. Le reflet noir devant moi doit être un petit étang.

Derrière moi, du côté du Lodge, retentit un coup de corne. La note longue et grave me donne des frissons. Ça doit être le signal dont St. James m'a parlé. Il m'a promis que je saurais quand le chasseur se lancerait à ma poursuite.

Le temps presse.

La Chasse a commencé.

~

Jaeger

JE DESCENDS les escaliers en courant et me dirige vers la forêt. La seule chose qui indique la présence de St. James, c'est le bout incandescent de son cigare. Je me fiche complètement qu'il regarde. Toute mon attention est concentrée sur le parfum délicat qui flotte dans l'air – l'odeur de ma proie.

J'enlève ma chemise, et ma peau frissonne dans l'air frais. C'est l'été, mais la nuit commence à se faire mordante.

Je suis né sauvage. Dès le premier jour, mon jumeau et moi avons lutté pour survivre, comme des mauvaises herbes poussant à travers une fissure sur le trottoir. Ce n'est qu'après avoir prononcé mes vœux et rejoint Fraternitas que j'ai pu découvrir le monde au-delà de la jungle de béton. La première fois que je suis venu ici et que j'ai entendu le chœur des grillons et respiré l'air frais, je me suis senti chez moi.

St. James et le Diable étaient des visionnaires, même quand ils étaient jeunes. Ils ont trouvé comment transformer les petits délits d'un gang de rats des rues en une entreprise rentable de paris et de contrebande, puis se sont diversifiés dans l'immobilier avant même que nous soyons assez âgés pour posséder des terres légalement. Fraternitas possède presque toute l'île des Milliardaires, y compris le vaste domaine où nous avons construit le Lodge. Il y a une clôture de sécurité autour de notre terrain, mais je devrais courir des kilomètres pour l'atteindre.

Beaucoup de nature sauvage pour que je puisse chasser.

J'enfile la cagoule du bourreau. Maintenant, j'ai l'apparence de ce que je suis : un tueur. Une bête élevée pour rôder dans les terres sauvages à la périphérie de la société. J'ai de la chance que Fraternitas ait besoin de mes pulsions monstrueuses ; sinon, j'aurais été abattu comme un chien.

C'est pourquoi je n'ai jamais revendiqué une femme. Personne ne devrait avoir à subir la sauvagerie de ma possession.

Mais maintenant, j'ai un sacrifice qui m'est offert sur un plateau, et il est hors de question que je n'en profite pas.

— Cours, cours, Petit Chaperon rouge, je fredonne pour moi-même, accélérant mon allure jusqu'à trottiner à travers les arbres. Voilà le Grand Méchant Loup.

ELODIE

LE CHASSEUR EST PROCHE, rôdant dans les bois. Il porte des bottes lourdes et casse des brindilles sous ses pas, sans se soucier d'être discret. Il fredonne même un peu. Il s'amuse follement à chasser un être humain pour le sport.

Plus il s'approche, plus il fait de bruit, mais les sons sont étouffés par les battements de mon cœur. Le métier de serveuse m'a offert des jambes solides, mais je ne suis pas une coureuse. C'est pourquoi j'ai choisi de me cacher.

Je me presse contre un tronc d'arbre massif. J'ai pris le temps de badigeonner ma peau de boue pour ne pas luire dans l'obscurité. C'était dégoûtant, mais j'avais besoin de camouflage. J'ai également entassé des feuilles par-dessus la boue sur mes jambes. Avec un peu de chance, cela tiendra les insectes à distance.

Je lutte pour calmer ma respiration et j'essaie de ne faire qu'un avec l'écorce de l'arbre. Mais je ne peux pas résister à l'envie de jeter un coup d'œil pour apercevoir le chasseur.

C'est ma première erreur. Il s'avance dans la clarté lunaire, et mes poumons se bloquent. Il est immense, avec des tatouages gravés sur ses bras massifs et une cagoule ornée d'un crâne qui lui couvre le visage. Il est l'incarnation même du cauchemar.

Mon estomac fait un looping lent et paresseux. Ce type est bien plus imposant que je ne le pensais. Ce n'est pas un client ordinaire ni un simple habitué du club assez riche pour payer ses fantasmes.

Ça doit être l'un *d'eux*. Un membre de Fraternitas. Le gang le plus puissant et le plus dangereux de la ville. Ils règnent sur le monde criminel. Personne ne sait ce qu'il faut faire pour rejoindre leurs rangs, mais il y a des rumeurs qui circulent. Des rituels de sang, des exécutions. Des clubs de combat pour éliminer les faibles. Seuls les plus forts survivent pour rejoindre la confrérie.

Si j'avais su que j'allais être traquée par un monstre criminel, je n'aurais jamais signé ce contrat. Impossible de savoir quelles choses dépravées il me fera s'il m'attrape.

Trop tard maintenant. Je suis traquée, et quelque chose me dit que je ne peux pas simplement me lever et agiter un drapeau blanc. Ce n'est pas fini tant qu'il ne m'aura pas attrapée ou que je n'aurai pas gagné.

Il faut que je gagne.

Maintenant que j'ai identifié la menace, je ne peux en détacher mes yeux. Je l'étudie pour trouver des indices. Malgré sa taille, il se déplace aisément autour de l'étang, ses mouvements aussi fluides que ceux d'une panthère. Même si mes entrailles se nouent de peur, une chaleur s'éveille au plus profond de moi. Ses muscles sont magnifiques sous la lumière de la lune.

Je fais de mon mieux pour ne pas bouger ni respirer, mais quelque chose l'alerte. Il s'arrête et lève la tête, un prédateur flairant sa proie.

Puis il pivote et fait face à la partie des bois où je me cache. C'est impossible, mais j'ai l'étrange sensation qu'il me regarde droit dans les yeux.

～

JAEGER

LA NUIT EST MAGNIFIQUE. La lune au-dessus de nous pourrait aussi bien être un projecteur sur la prairie. Je contourne l'étang, remarquant quelques traces de boue sur l'herbe. Ma proie est passée par là.

Je peux sentir qu'elle m'observe.

Même si je suis né et que j'ai grandi en ville, j'ai affiné mes compétences de chasseur. Je sais que la petite rousse est nue. Elle a enlevé sa robe et l'a déchirée en morceaux, les laissant éparpillés dans la forêt comme de petits drapeaux blancs de reddition, frémissant dans la brise.

J'en serre un dans mon poing. Il porte encore sa chaleur, son odeur. Elle n'est pas loin. Elle a choisi de se cacher, pas de courir.

Je prends tout mon temps pour me rendre au bosquet suivant. Une fois là-bas, je fais autant de bruit que possible. Je traverse les broussailles, sans savoir où je marche, et écarte du pied les feuilles et les branches qui se trouvent sur mon chemin.

Si elle ne veut pas courir, je lui ferai peur jusqu'à ce que ses instincts primitifs prennent le dessus et qu'elle commette une erreur.

— Je sais que tu es là, Petit Chaperon rouge, je lance. Je peux te sentir. Tu n'es pas la première proie que j'ai chassée.

Je m'arrête, tendant l'oreille. Je ne peux pas en être sûr, mais je sens quelqu'un respirer à proximité.

— Sais-tu comment mes ennemis m'appellent ?

J'effectue lentement un cercle, scrutant les arbres.

— Rien du tout. Ils ne savent même pas qui je suis, même après que je leur ai tranché la gorge.

Il y a une forme sombre dans la canopée, mais on dirait un nid d'écureuil. Ces chênes n'ont pas assez de branches basses pour que ma proie puisse y grimper.

— Mais mes frères m'appellent le Loup.

Je continue à marcher, me faufilant entre les arbres. J'aperçois un amas de feuilles qui pourrait être assez grand pour cacher une personne et je m'approche pour y donner un coup de pied, mais ce n'est rien que des feuilles.

J'aperçois un léger mouvement du coin de l'œil. Au lieu de me tourner vers celui-ci, je continue mon chemin.

La nuit ne fait que commencer, et je veux prendre mon temps. Je veux que cette chasse dure.

∼

ELODIE

Je serre les dents si fort qu'elles me font mal. Le chasseur passe juste devant moi, poursuivant une conversation à sens unique. C'est un plus gros connard que St. James. Je l'ajoute à ma liste mentale des Personnes Que Je Veux Tuer et j'essaie de ne pas m'attarder sur le caractère sexy de sa voix profonde.

Je dois être une vraie tordue parce que mon corps interprète ma peur comme de l'excitation. Chaque battement de mon cœur fait palpiter mon sexe. L'humidité dégouline le long de ma jambe.

Ce type veut me baiser comme une bête sur le sol froid et dur, et ça m'excite ? Je ne me comprends pas moi-même.

Sa voix s'éloigne. Je retiens ma respiration jusqu'à ce que je ne l'entende plus traverser bruyamment les broussailles. Les sons s'estompent jusqu'à ce qu'il ne reste que le silence de la forêt. Mais ce n'est pas vraiment le silence. Il y a d'étranges craquements, grincements et bruissements. Je préfère ne pas penser aux créatures nocturnes qui rôdent dans ces bois. Je ne peux qu'espérer qu'elles me laissent tranquille.

Un bourdonnement près de mon oreille me fait sursauter. Les moustiques m'ont trouvée. Et la température a chuté. J'aurais assez chaud si je portais des vêtements, mais maintenant je frissonne.

Un autre bourdonnement et je frappe mon bras là où l'insecte s'est posé. La boue a séché et commence à s'écailler. Je pince les lèvres pour retenir un rire hystérique. S'il me repère, il me trouvera peut-être trop dégoûtante pour me toucher.

J'attends quelques longs instants. Il doit être près de minuit, non ? L'heure habituelle de mon coucher est passée, me laissant les yeux grands ouverts et surexcitée.

Et affamée. Et gelée.

Je pourrais peut-être retourner au Lodge. M'y faufiler et me cacher quelque part au chaud. C'est contre les règles, mais si je me présente à l'aube, couverte de boue et de feuilles, tout le monde supposera que j'ai joué mon rôle.

Lentement, prudemment, je me mets debout. Je suis cachée dans l'ombre de l'immense arbre. Il n'y a personne aux alentours.

Il est parti.

Je me glisse d'ombre en ombre. Je ne prendrai pas le raccourci à travers la prairie. Je resterai dans les bois.

J'ai fait dix pas quand une voix profonde dans mon dos murmure :

— Te voilà.

2

ELODIE

JE FILE à travers l'herbe avec le chasseur à mes trousses.

Merde, merde, et remerde !

Il m'a piégée. Il m'a fait croire qu'il s'éloignait de ma cachette alors qu'en réalité, soit il s'est faufilé pour m'attendre, soit il n'est jamais parti.

Je ne regarde pas en arrière. Je cours en direction du Lodge, mes jambes allant aussi vite qu'elles le peuvent.

J'ai été stupide. Mon plan entier était stupide. À quoi pensais-je en essayant de déjouer un chasseur expérimenté ? C'est un prédateur alpha, et je suis tout en bas de la chaîne alimentaire.

Désormais je suis nue et je vole à travers une étendue de pelouse autour de l'étang. Mes seins rebondissent comme des fous. Sans parler de mes fesses, mon ventre et mes cuisses. Il y a une raison pour laquelle je ne suis pas une coureuse. Trop de rebondissements.

Pendant ce temps, il est bâti comme un guerrier, capable de courir et de se battre pendant des heures. Mes poumons ont désespérément besoin d'air après un sprint de cent mètres.

S'il m'attrape, il pourra faire n'importe quoi. Le contrat lui permet un accès total à mon corps, et pour une chance de gagner une somme qui changerait ma vie, j'ai signé sur la ligne pointillée. Quand j'étais dans la chaleur et la sécurité du Lodge, cela avait du sens. Mais maintenant que je suis au cœur des bois sombres, je me demande dans quoi je me suis fourrée. Ici, un contrat n'est qu'un bout de papier. Il ne signifie rien. Il n'y a pas de logique, juste de l'adrénaline. Les choses pourraient facilement déraper.

Il pourrait me blesser, me tuer. M'étrangler et faire des choses terribles à mon corps inconscient, avec seulement les arbres comme témoins.

Ici dans les bois, il n'y a personne pour m'aider. Personne pour m'entendre crier.

Je ne cours pas seulement pour m'échapper et être payée. Je cours pour ma vie.

La peur donne des ailes à mes pieds tandis que je sprinte à travers les arbres.

Je dois prendre de l'avance, je dois me cacher. Je suis sur le point de ralentir quand il apparaît sur ma droite, un spectre au visage de crâne.

— Bouh.

Je vire à gauche. Ce n'est pas juste. Il joue avec moi. Me nargue. Ses jambes sont si longues qu'il trotte paresseusement tout en restant à ma hauteur.

— Cours, cours, Petit Chaperon rouge.

Ça suffit. Mon cœur est sur le point d'exploser. Ses moqueries me font passer de la peur à la colère.

J'en ai assez de courir comme un lapin. J'ai passé toute ma vie à être mâchée et recrachée par ceux qui étaient plus grands et plus méchants que moi. Cette nuit m'a finalement poussée à bout.

Je dois tenir bon. Si je meurs, je meurs. Au moins, je mourrai en sachant que j'ai tenu tête.

Je m'arrête dans une petite clairière et fais volte-face. Il s'est fondu dans les ombres où je ne peux pas le voir, mais je sens son regard qui m'observe.

— Allez, viens ! je lance, levant les bras en signe de défi. Viens me chercher.

Il apparaît, et je recule d'un bond. Il a l'air mortel dans sa cagoule de bourreau. Les ombres mouvantes font bouger ses tatouages comme des serpents sur son torse.

Je halète et je tremble, et lui est à peine essoufflé.

— Tu abandonnes ?

Sa voix est sombre et veloutée, caressant l'intérieur de mes cuisses.

— Va te faire voir ! je riposte.

Il pense que tout ceci n'est qu'un jeu ? Je vais lui ôter tout le plaisir.

Même si ça signifie qu'il aura un accès total à mon corps pour le reste de la nuit parce que c'était dans le contrat.

Même s'il me tue. Ma bouche fait des promesses que mon corps ne peut pas tenir, mais je suis trop en colère pour réfléchir.

Il s'avance, et je verrouille mes jambes pour ne pas reculer. Maintenant qu'il est proche, je réalise à quel point il me domine. Il pourrait facilement me briser.

Pourquoi cela me procure-t-il un tel frisson ? J'ai la bouche sèche, mais mon sexe est humide.

Il fait mine de consulter sa montre.

— Tu as dix minutes avant qu'il ne soit minuit.

Minuit. Cela multipliera mon paiement par dix.

Il pointe le doigt vers les bois, dans la direction opposée au Lodge et à toute sécurité que je pourrais trouver.

— Tu cours. Je chasse. Fais en sorte que ça en vaille la peine.

Quel connard. Je le déteste, même si mon corps réagit au fait qu'il soit habillé alors que je suis nue et vulnérable face à quelqu'un d'aussi grand et puissant que lui.

Il se penche, me sortant de ma torpeur.

— Vas-y.

~

ELLE FILE LOIN DE MOI. Ses belles fesses se dandinent quand elle court. Elle n'est que courbes et délicieuses fossettes, et mon sexe tend contre mon pantalon. Si je deviens encore plus dur, ce sera une torture de courir.

J'accélère, acceptant la douleur. Je la laisse prendre de l'avance pour pouvoir admirer sa nudité chaque fois qu'elle traverse un rayon de lune.

— Cinq minutes ! je crie.

Elle contourne un arbre. Je cours à gauche, m'assurant qu'elle me voit avant de tourner à droite. Je la guide plus profondément dans les bois, où personne n'entendra ses cris.

— Une minute.

Un bruit retentit devant. Je m'immobilise et j'écoute. Elle a jeté quelque chose pour me distraire, mais elle se faufile à travers les buissons. Je les attrape et les secoue, elle pousse un petit cri et se précipite ailleurs.

— Dix. Neuf.

Elle court à nouveau, zigzaguant entre les arbres.

— Huit. Sept.

Elle ne m'échappera pas.

— Cinq, quatre...

J'augmente ma vitesse, courant à fond jusqu'à ce que je
sois à sa hauteur.

— Trois.

Elle est à mes côtés, à portée de main. Elle feinte d'un
côté, mais j'anticipe ses mouvements et la suis.

— Deux.

Je suis juste derrière elle, respirant dans son cou.

— Un.

Je l'attrape et nous entraîne tous les deux au sol. J'enroule un bras autour d'elle et pose ma main libre sur le sol
pour amortir notre chute.

— Je t'ai eue.

ELODIE

JE CRIE et je me débats, mais il est sur moi. Il retient son
poids, ce qui me laisse de l'espace pour le frapper. Je me
tortille et obtiens assez d'espace pour riposter, visant son
entrejambe.

Il recule brusquement, et je m'écarte en roulant. La liberté ! Je me relève en titubant et parcours quelques pas avant
de trébucher sur une pierre. Une douleur lancinante traverse
ma cheville. Je l'ignore et boite encore trois pas avant d'être
de nouveau plaquée au sol. Cette fois, il me laisse supporter
plus de poids. Je m'écrase par terre, le souffle coupé.

Là il m'a eu. Il m'a eu.

Il est si lourd que je me sens écrasée. Je pousse un cri, et
il se hisse suffisamment pour me laisser respirer.

— Mmmm, brave petit lapin.

— Dégage !

Je deviens folle, frappant avec mes coudes, mes pieds, tout ce que je peux. J'aurais aussi bien pu frapper un mur. Il n'est que muscles durs, et son odeur me recouvre, un musc viril qui sent étonnamment bon.

Il semble se contenter de rester allongé sur moi, me clouant au sol par son poids. Je sens comme une massue contre mon dos, et je soupçonne avec horreur qu'il s'agit de son sexe. Il l'enfonce contre moi tout en enfouissant son visage dans mes cheveux.

Oui, c'est bien son sexe. Et il est énorme.

Comment vais-je faire pour prendre ça et survivre ?

Il retire son poids entier, et tout à coup ses mains sont partout, m'explorant.

— Tu es si douce.

— Va te faire foutre.

— Mmm. Je vais le faire.

Il trouve mon sein droit et le serre, le faisant gonfler dans sa main. Mon excitation monte si vite que je halète et je le griffe pour échapper à cette sensation délicieuse.

Il me retourne, prend mes deux poignets dans une seule de ses grandes mains, et les cloue au-dessus de ma tête. Le bas de son corps couvre mes jambes pour m'empêcher de donner des coups de pied. Désormais je suis nue et étalée, à sa merci. Ses yeux sont la seule chose que je peux voir de son visage, et ils me transpercent. La vue de la cagoule du bourreau me fait à nouveau paniquer, mais mon corps continue de répondre à ses caresses habiles.

— Tu es mouillée pour moi, ma petit lapin ? Tu veux que je vérifie ?

Je grogne mais ne peux pas l'arrêter. Il glisse lentement une main le long de mon corps. Il ne semble pas se soucier du désordre de feuilles et de boue. À vrai dire, cela l'excite.

Il atteint mon sexe et soupire. Il a découvert mon secret. Je suis trempée. Il me touche avec des doigts habiles, trouvant mon clitoris et frottant au bon endroit. Il alterne une touche légère avec un massage plus rude qui me rend folle. Le fait qu'il me retienne ne fait que crisper davantage mon entrejambe. Après une minute, mon orgasme est prêt et rugit aux portes.

Mais je ne vais pas lui faciliter la tâche.

Je me redresse et tente de mordre le bras qui me maintient.

— Petite créature sauvage.

Il enfonce deux doigts dans ma bouche, et je serre les dents dessus, mais il rit simplement.

— Combats-moi autant que tu veux, Petit Chaperon rouge.

Il pousse ses doigts plus loin dans ma bouche, déclenchant le réflexe au fond de ma gorge. Je m'étouffe, la salive inondant ma bouche.

— Tu ne gagneras pas.

Il retire ses doigts, m'offrant un répit. Mais ensuite, il me caresse à nouveau entre les jambes, un pouce près de mon sexe humide, le reste de ses doigts plongeant entre mes fesses.

— Non ! je glapis.

Il ricane sombrement et frappe le côté de mes fesses assez fort pour me figer.

— Je possède ceci maintenant.

Je panique, me retourne sur le ventre et fais un dernier effort pour ramper loin. Il me ramène et épingle mes bras écartés.

— On peut très bien se compliquer la tâche.

Il écarte mes jambes d'un coup de pied et force ses genoux entre elles.

— Je préfère la manière difficile.

Sa cagoule drape l'arrière de ma tête. Il est si grand que son corps recouvre le mien comme une couverture.

— Et je commence à croire que toi aussi tu préfères la difficulté.

J'essaie de le désarçonner et ne réussis qu'à frotter mes fesses contre son entrejambe.

Il ricane et libère mes bras assez longtemps pour ouvrir sa braguette. Je me débats, mais son poids m'a clouée au sol, et bien trop vite, il place sa queue à mon entrée. Il la frotte là, et je me fige comme une biche sous le regard du chasseur. Il va me prendre maintenant. Plus de préparation. Pas de préservatif, pas de lubrifiant. Il n'a pas besoin de ce dernier, et j'ai accepté le premier. J'ai un stérilet, et le club nous teste tous les deux pour s'assurer que nous n'avons pas de MST.

Le gland de son sexe s'enfonce. Je gémis face à l'étirement. Ça fait mal, et j'en veux plus.

Sa première poussée me fait voir des étoiles. Je suis sur le point de jouir, griffant tout ce que je peux toucher et me débattant sous lui. Il grogne et saisit mes bras, me clouant au sol tandis qu'il me prend contre la terre froide. Je gratte la terre, essayant de trouver un appui. C'est brutal et primitif, avec les feuilles dans les arbres qui sifflent au-dessus et la lune témoin silencieux de notre dépravation.

Sa queue touche le fond, heurtant mon col de l'utérus, et j'ai un orgasme si fort que la lumière explose en supernovas derrière mes yeux. Ça fait trop longtemps – des années – que je n'ai pas été avec un partenaire. Des années que je n'ai pas été correctement baisée. Et jamais comme ça. Il frappe tous les points secrets et sensibles à l'intérieur de moi. Mon utérus tremble, et je me noie, vague après vague.

— Oh, oui, dit-il d'un ton presque souffrant.

Mes muscles internes ondulent, pressant sa queue.

— Putain oui, ma lapine. Tu as une petite – coup de reins – chatte – coup de reins – si douce.

Pourquoi suis-je si mouillée ? Pourquoi est-ce que ça

m'excite ? Pourquoi suis-je si excitée et plus proche d'un autre orgasme plus rapidement que je ne l'ai jamais été ?

Ça doit être l'effet secondaire de l'adrénaline. Dans une étude que j'ai lue, les gens disent se sentir plus attirés par quelqu'un lorsqu'ils le rencontrent durant un moment stressant. Comme si la réponse d'adrénaline, l'accélération du rythme cardiaque et les paumes moites se combinaient parfaitement. Est-ce de l'excitation ? Ou de la peur ?

Le corps confond facilement.

Mes pensées s'évanouissent, et mon corps prend le dessus. Il pense probablement qu'il est sur le point de mourir ; il est prêt à surfer sur chaque vague de plaisir avant de partir. C'est la réponse de survie dans sa forme la plus amplifiée et la plus délirante.

Si je survis à cette nuit, je n'oublierai jamais avoir été prise par un monstre au cœur des bois. Ce sera à jamais gravé comme la meilleure relation sexuelle de ma vie.

Bon sang.

Finalement, le chasseur frotte ses hanches contre mes fesses et frémit. Dans une série de petites secousses, son sexe pompe du sperme en moi, me remplissant et déclenchant d'autres palpitations profondes dans mon ventre.

Il s'écarte suffisamment pour que je puisse me redresser en position assise sur ma hanche gauche. La terre s'est incrustée dans ma peau nue, et mes cheveux sont pleins de feuilles et de débris du sol forestier. Je frissonne et je grimace à cause des ecchymoses laissées par sa manipulation brutale. Mon sexe palpite à cause de ses poussées impitoyables, tout comme ma cheville droite, mais pas d'une bonne façon.

J'essaie de me lever, mais ma cheville me fait mal. Elle ne supporte pas mon poids, seulement, j'ai désespérément envie de m'enfuir. Sans sa chaleur, je suis gelée, et les fluides coulent le long de ma jambe. Je rampe à quatre pattes jusqu'à ce qu'une ombre s'abatte sur moi. Ses bottes s'approchent de mon côté, et il tend la main pour enfoncer ses doigts dans mes boucles en désordre. La traction provoque une douleur dans mon cuir chevelu tandis qu'il tire ma tête en arrière.

— Tu vas quelque part, mon lapin ?

Je me débats, frappant son genou et ses cuisses, me démenant pour essayer de frapper son sexe. Il me traîne à genoux et tente de me mettre debout, mais dès que je mets du poids sur ma cheville droite, je hurle de douleur et je tombe.

Je me retrouve à nouveau à quatre pattes, avec lui penché sur moi. Quelque chose de doux et chaud tombe sur ma tête. Un tissu noir étouffant. Il a enlevé sa cagoule et l'a mise sur ma tête. Me bandant les yeux.

À l'intérieur de la cagoule, il fait chaud et ça sent comme lui. Il est partout, son odeur et son toucher sont tout mon univers. Je me débats, mais il est derrière moi, m'immobilisant, trouvant mon entrée et poussant à nouveau en moi. Je suis endolorie mais trempée.

Il me soumet, et mon corps cède, se lubrifiant pour faciliter son passage. Plus il devient brutal, plus mon orgasme monte rapidement. L'herbe et les rochers déchirent ma chair nue alors qu'il me plaque contre la terre, et la morsure de la douleur fait flamber le plaisir en moi. Plus il me pilonne fort, plus je lutte contre mon propre désir montant. Mon orgasme arrive, inexorable. Une explosion nucléaire qui va anéantir tout ce que je suis.

C'est trop, mais c'est inutile. Le bord brûlant du plaisir me transperce, et je m'abandonne.

J'enfonce mes doigts dans la terre boueuse et je hurle. L'extase crépite à travers moi, me brisant. Je ne peux pas m'échapper. Elle déferle encore et encore. Je sanglote dans la cagoule. Le tissu est trempé, collant à mon visage. C'est étouffant, mais je suis reconnaissante d'avoir un endroit où me cacher car je ne peux pas échapper au plaisir qui pulse en moi.

— Oui, petit Chaperon Rouge. Tu es si sage de me prendre comme ça. Tu es si agréable, continue de murmurer le Loup dans mon cou.

Mon esprit est fragmenté ; je dérive dans l'obscurité. J'enroule ses douces paroles autour de moi comme un abri.

— Tu me prends si bien.

Son sexe gonfle, et il jouit, jaillissant en moi encore et encore. Je reste là, le prenant, et je ressens un vague sentiment de satisfaction. Son sperme est chaud, et il jaillit si profondément qu'il martèle mon col de l'utérus. Aucun homme ne m'a jamais remplie comme ça auparavant.

Il se relève. Immédiatement, sa chaleur et son poids me manquent. La sueur refroidit sur ma peau, et je frissonne, revenant à moi-même. Je suis meurtrie et glacée.

Avant que je ne puisse bouger, il me tire vers le haut. Je suis toujours dans le monde sombre et chaud de sa cagoule. Je ne peux pas voir, alors je tends la main pour m'orienter, mais il me soulève. Le monde bascule, et je crie. Je me retrouve la tête en bas, mes cheveux et mes bras pendant dans le vide. Il a dû me jeter sur son épaule.

J'arrache la cagoule et inspire l'air frais, mais c'est tout ce que je peux faire. Je ne suis pas en position de faire plus que de m'appuyer contre ses fesses dans son jean et essayer de me redresser. Il replie un bras sur mes jambes et me stabilise avec une main sur mes fesses nues tandis qu'il traverse les arbres à grandes enjambées.

— Qu'est-ce que tu fais ?! je crie.

Il me claque l'arrière de la cuisse.

— La nuit est loin d'être terminée, Petit Chaperon rouge. Nous n'avons pas fini.

Je marche d'un pas vif à travers les pins avec la petite rousse jetée sur mon épaule comme une proie fraîchement abattue. Je me dirige vers le sud-ouest, suivant le sentier que seuls quelques privilégiés connaissent.

Le Lodge n'est pas le seul bâtiment sur ce terrain. Il y a une dépendance plus petite que St. James et le Diable ont construite dans les bois. Un second pavillon, plus petit. Plutôt un chalet, si l'on peut appeler ainsi un endroit doté de tous les équipements luxueux d'un resort cinq étoiles.

Je porte mon trophée à travers les bois. De temps en temps, elle commence à se débattre, et je lui donne une fessée pour la faire tenir tranquille. J'apprécie qu'elle soit encore si énergique et prête à lutter. Elle est déterminée à s'échapper. Je la poursuivrai toute la nuit et la punirai d'avoir fui en la prenant brutalement sur le sol, jusqu'à ce qu'elle comprenne la loi de la chasse : ce que j'attrape, je le garde. Elle est mienne, entièrement mienne.

Mais elle tremble. Et elle est blessée. Et je n'étais pas totalement préparé à ça, donc je n'ai pas mes jouets préférés sous la main. Connaissant St. James, il aura approvisionné le chalet privé avec ce dont j'ai besoin.

J'accélère le pas quand j'aperçois le petit bâtiment devant nous. Les lumières s'allument automatiquement lorsque je m'approche, et la rousse grimace, se recroquevillant contre moi. Malgré toute sa résistance, elle était humide et prête pour ma queue. À chaque pas, je respire l'odeur mêlée de son excitation et de mon sperme – le plus doux des parfums.

Je compose le code de la porte et pénètre dans l'entrée

chaleureuse. Le chauffage fonctionne. J'avais raison. St. James a fait tous les préparatifs nécessaires.

Le chalet est simple avec un aménagement moderne. Une simple pression sur un bouton fait jaillir des flammes bleues et orangées dans la cheminée à gaz avant que je ne traverse l'espace ouvert du salon et me dirige vers l'unique chambre. Elle est aussi grande que le reste de la maison, avec une salle de bain attenante. C'est cette salle de bain qui est ma destination. Les miroirs reflètent un colosse à moitié nu, couvert de cicatrices et de tatouages, portant un léger paquet recouvert de feuilles. Nous sommes tous deux maculés de terre, et sa peau pâle dévoile chaque marque et contusion laissée par ma brutalité. Ses fesses sont rouges là où je l'ai frappée.

Elle va être courbaturée demain.

J'entre directement dans la douche à l'italienne et l'installe sur un banc carrelé. Elle cligne des yeux en me regardant, comme un petit lapin étourdi. Ses cheveux sont vraiment roux et sauvages. Son maquillage est étalé sur son visage, laissant apparaître une constellation de taches de rousseur foncées.

Elle est vraiment parfaite.

— C'est quoi cet endroit ? demande-t-elle d'une voix rauque.

— Un lieu où nous pourrons être seuls, dis-je avant de faire couler l'eau. On va te nettoyer.

Je vérifie la température du jet avant de le laisser toucher sa peau, mais elle tressaille quand même. Ses mains et ses pieds sont glacés.

Autant j'aime libérer la bête pour une bonne baise primitive, autant j'adore m'occuper d'elle après. J'ai toujours voulu un petit animal de compagnie à laver, nourrir, caresser et garder.

Et maintenant, j'en ai un, et elle a besoin de mes soins.

Il y a un flacon de savon qui délivre une mousse au parfum coûteux, alors j'en remplis ma paume et j'utilise ma main pour frotter délicatement la saleté sur ses seins. Elle a été maligne, se roulant dans la boue pour camoufler sa peau blanche comme le lait. Ç'a été un plaisir de se rouler avec elle dans la terre, et c'est un plaisir maintenant de la nettoyer.

— Qu'est-ce que tu fais ?

Sa voix est pâteuse et l'épuisement la rattrape après toute cette adrénaline.

— Je te nettoie.

Je me retiens d'ajouter : *je te prépare pour le deuxième round.*

Je passe ma main sur son ventre doux et ses cuisses, lavant la terre et les feuilles. Certaines marques sombres ne partent pas. J'examine ses contusions, et ma queue gonfle dans mon jean à la vue des preuves de ma possession.

Son sexe est complètement épilé, doux comme de la soie. Je laisse ma caresse s'attarder là jusqu'à ce que son souffle se coupe. Elle cligne des yeux et revient suffisamment à elle pour repousser ma main. Je ris et la laisse me dissuader. Pour l'instant.

Une fois que j'ai lavé les traces de terre de ses pieds, sa cheville semble encore un peu rose. Je me note mentalement de la vérifier au matin.

— Penche ta tête en arrière.

Je la positionne comme je le souhaite et mouille ses cheveux. Je masse son cuir chevelu avec du shampooing et le rince soigneusement avant d'appliquer un après-shampooing parfumé au romarin dans ses mèches rouge foncé.

Les produits capillaires sont spécialement conçus pour les cheveux bouclés. St. James a vraiment pensé à tout.

Pendant que ma lapine est détendue et enivrée par mes caresses, j'ouvre la pomme de douche du haut et enlève mon jean. Je me lave rapidement et me retourne pour la trouver en train de me fixer à travers la vapeur, ses yeux sombres grands ouverts.

— Tu apprécies le spectacle ? je lui demande, me tournant face à elle pour qu'elle puisse avoir une vue dégagée tandis que je savonne mon entrejambe.

Ma queue est dure comme du granit et pointe vers son visage.

Inconsciemment, elle se lèche les lèvres. Je prends son menton et me penche pour m'emparer de sa bouche. Je l'embrasse lentement et facilement, savourant sa tendre douceur. Je glisse ma langue et explore sa bouche soyeuse. Sa respiration s'accélère, et je caresse son sein gauche, titillant son mamelon jusqu'à ce qu'il soit dur et dressé. Ma queue suinte déjà quand je romps le baiser.

— Prête pour le deuxième round ?

ELODIE

LE CHASSEUR me domine de toute sa hauteur. Il a des cheveux blond sale qui tombent au-delà de ses épaules et des yeux gris-bleu orageux cerclés de noir. L'eau savonneuse coule le long de son dos et de ses abdominaux, tourbillonnant sur ses tatouages. Chaque partie de son anatomie est énorme, puissante et dure comme de la pierre. La vue de son sexe fait tressaillir mon intimité meurtrie. Je n'arrive pas à croire que je l'ai accueilli si facilement.

Et je n'arrive pas à croire que j'ai joui si intensément ou tant de fois. Je n'ai eu qu'une poignée de partenaires, mais habituellement, il me faut un vibromasseur et beaucoup de persuasion pour que mon corps atteigne l'orgasme. Il m'a arraché orgasme après orgasme comme si c'était son dû. Et même si mon corps souffre encore, j'en veux plus.

Je n'aurais jamais pensé qu'être poursuivie et malmenée sur le sol serait si excitant. Le chasseur savait exactement comment manipuler mon corps et prendre le contrôle de mon plaisir. Il a été brutal dans les bois de toutes les bonnes façons. Mais maintenant, il est si attentionné que ce contraste me fait fondre. J'ignore peut-être qui il est, mais mon corps se détend sous son toucher délicat.

Je n'ai jamais été aussi choyée, pas même au spa coûteux où je suis allée hier. Le contrat stipulait que je devais recevoir des soins complets du corps, alors j'ai été épilée, pincée, polie et astiquée jusqu'à ce que j'aie envie de hurler. Et tout était aux frais de St. James.

À en juger par la façon dont le chasseur ne peut s'empêcher de caresser mon sexe nu, tout cela faisait partie de son fantasme. Il semble aussi prendre autant de plaisir à prendre soin de moi que j'en prends à être prise en charge. Je suis chaude et somnolente, et quand il se penche pour m'embrasser, je suis trop étourdie pour résister. Je me délecte sous ses lèvres, prête à enrouler mes bras autour de son cou et à l'attirer plus près.

Je me réveille un peu quand il mentionne un deuxième round.

— Quoi ?

Il frotte son pouce sur ma lèvre inférieure, ses yeux mi-clos alors qu'il analyse ma réceptivité. Ses tatouages serpentent le long de ses bras et de ses mains, et il porte une énorme bague en forme de crâne argenté à son majeur.

— Tu pensais que j'en avais fini avec toi ?

— C'est terminé. Tu as gagné.

Est-ce mon imagination, ou son sexe vient-il de tressaillir ?

— J'ai gagné, en effet. Et maintenant, tu m'appartiens.

Il ne me donne pas une chance de m'enfuir ou de poser du poids sur ma jambe. Il m'enveloppe dans une grande serviette moelleuse et rassemble mes cheveux dans une plus petite, en microfibre, m'emmaillotant complètement avant de me porter jusqu'au lit.

Il m'allonge, nue, et l'air plus frais me réveille davantage. Il enfile d'épais bracelets de cuir rembourrés autour de mes poignets, ce qui me réveille encore plus. Je laisse échapper un son de protestation même si mon sexe s'échauffe. Je n'ai jamais expérimenté d'être attachée, mais j'en ai rêvé de nombreuses, nombreuses fois.

Le fait que ce soit avec un étranger est encore plus excitant.

— Chut, mon lapin.

Il enchaîne mes bras au-dessus de ma tête, les attachant au lit.

— Tu n'as plus besoin de te battre.

Il fait glisser sa main sur ma poitrine nue, posant sa paume sur mon ventre doux. Je ne peux nier qu'il sait exactement comment me toucher, éveillant des désirs que je ne connaissais pas.

— Abandonne-toi et laisse-moi te guider.

Il s'éloigne, ouvre un tiroir de la table de chevet et en sort un vibromasseur rose et une bouteille noire de lubrifiant. Il y a encore une douleur dans mon sexe suite à la façon dont sa queue m'a martelée plus tôt, mais mes muscles internes frémissent d'anticipation. Je pousse un cri quand il place le vibromasseur contre mon sexe et l'allume.

— Tu vas jouir encore une fois pour moi. Je veux que cette douce chatte soit bien mouillée.

Il s'agenouille entre mes jambes pour que je ne puisse pas les fermer. Il est si imposant. Je ne sais pas comment j'ai cru pouvoir le combattre et gagner.

Une brume m'enveloppe. Je suis chaude, confortable et à

sa merci. Le vibromasseur bourdonne sans arrêt. Mon centre se crispe tandis que mon orgasme approche alors que le reste de mes muscles se relâchent en signe d'abandon.

Tout ce temps, il m'observe de ses yeux bleu fumé. Il semble savoir quand je suis proche de l'orgasme et serre sa main autour de mon cou.

— Jouis pour moi.

Mon orgasme me traverse avec une chaleur blanche et vive. Il garde ses doigts autour de mon cou et se penche pour m'embrasser à nouveau. Cette fois, je lève le menton et le savoure, frissonnant sous les répliques du plaisir qu'il m'a donné.

— Gentil petit lapin, murmure-t-il, et, à cet instant, je ne déteste pas ce surnom qu'il me donne.

Il jette le vibromasseur sur le côté et s'allonge, le visage entre mes jambes. Il frotte sa joue rugueuse contre l'inté-rieur sensible de mes cuisses. Je pousse un cri et tire sur mes chaînes, ce qui le fait rire. Il s'occupe ensuite d'embrasser les vergetures argentées qui strient ma peau. Sa bouche s'approche de plus en plus de mon sexe, et je gémis. J'essaie de relever mes jambes, mais il plaque ses immenses mains sur mes cuisses, les maintenant baissées. Ce geste ne fait que m'exciter davantage.

— Oui, mon petit lapin, gémit-il, ses hanches se frottant contre le lit. Donne-moi ta douceur.

Il baisse la tête et lèche ma fente, me faisant me cambrer. Seule sa poigne cruelle qui me maintient ouverte m'empêche de m'envoler du lit.

Il enfonce sa langue dans mon sexe, et je hurle. Sa barbe naissante racle mes replis sensibles, ajoutant une dimension au plaisir. Il trouve mon clitoris et le lèche jusqu'à ce que je me torde. Il m'arrache orgasme après orgasme, puis soulève mes hanches pour m'empaler sur sa queue.

Il s'enfonce profondément en moi, me prenant comme

s'il voulait détruire mon sexe. Je me débats contre les chaînes, et il y a assez de jeu pour que je puisse agripper ses épaules et enfoncer mes ongles dans sa peau tatouée. Le marquant comme il m'a marquée. La douleur le fait rugir et il me pilonne si fort que nous faisons trembler le lit.

Je jouis si violemment que je perds connaissance. De loin, je le sens pulser en moi, puis libérer mes poignets et m'attirer dans ses bras. Je sombre dans l'inconscience avec sa queue encore en moi tandis qu'il embrasse mon visage et mes seins, s'accrochant à moi comme s'il ne voulait jamais me lâcher.

3

ELODIE

AVANT MÊME D'OUVRIR les yeux, je sais qu'il est tard dans la matinée. Chaque centimètre de mon corps me fait souffrir lorsque je scrute la pénombre de la grande chambre. Un poids lourd pèse sur ma poitrine. Un bras tatoué aux muscles saillants.

Le chasseur est couché sur le ventre, le visage enfoui dans un oreiller au-dessus de ma tête. Ses cheveux ont séché, révélant une couleur dorée foncée, les boucles retombant sur son dos et dissimulant une marque brutale sur sa peau. Une brûlure. C'est un crâne – le symbole de Fraternitas. Le dessin correspond à la grande bague en argent qu'il porte à la main gauche.

Une preuve de plus que je partage le lit d'un monstre meurtrier.

Je devrais m'estimer heureuse d'avoir survécu à cette nuit. Mais je ne suis pas encore libre.

Je pousse son bras et me glisse précautionneusement hors des couvertures. Il tressaille, et je me fige, mais il ne se réveille pas. Je parviens à me déplacer jusqu'au bord du lit.

À l'instant où mon pied droit touche le sol, je gémis et me recroqueville. Ma cheville est d'un rouge vif, enflée et chaude au toucher.

Bon sang ! Comment vais-je pouvoir travailler avec une cheville blessée ? Je ne peux pas me permettre de prendre des congés. Les mille dollars couvriront à peine le loyer.

Je pourrais obtenir dix mille dollars, mais je ne sais pas si j'ai tenu jusqu'à minuit. Le crétin qui dort à côté de moi pourrait avoir menti juste pour jouer avec moi.

D'abord le plus urgent. Ma vessie me hurle dessus.

Je m'appuie doucement sur mon pied gauche en m'accrochant au lit. Il me faudra environ dix pas pour atteindre la salle de bain. J'essaie de boiter, et une douleur me transperce. Je retiens un cri.

— Petit lapin, marmonne une voix profonde derrière moi.

Un bras puissant s'enroule autour de ma taille, et il me tire contre lui.

Son sexe est dur. Encore. Il ne se repose jamais ou quoi ?

— Lâche-moi, dis-je en lui donnant un coup de coude dans le ventre.

Ses abdominaux sont comme un mur de briques. Je me suis probablement fait mal au coude, et lui ne semble rien sentir.

— Tu es blessée, dit-il en passant une main le long de ma jambe.

Je grimace quand il me touche sous le genou et je me mords la lèvre pour retenir un sanglot.

— J'ai besoin de faire pipi, dis-je comme une enfant retenant ses larmes.

Il me soulève facilement et me porte jusqu'à la salle de bain. Il me pose sur les toilettes, et je le fusille du regard. La douleur m'a rendue irritable et a incinéré mes instincts de survie.

— Je peux avoir un peu d'intimité ?

Avec un sourire nonchalant, il sort de la salle de bain mais laisse la porte entrouverte. Étonnamment, il sait quand j'ai terminé car il revient, vêtu de son jean cette fois. Il me soulève, me serrant contre son torse magnifique. Je détourne les yeux.

— Mon petit lapin est timide ?

— Non, dis-je en tournant brusquement la tête pour me retrouver perdue dans son regard. Et je ne suis pas *ton petit lapin*.

— Ah non ? dit-il en me reposant sur le lit et en plaçant une paume sur ma poitrine pour m'empêcher de bouger. Tu as les taches de rousseur les plus adorables qui soient.

Il effleure le bout de mon nez.

Je ne déteste pas mes taches de rousseur, mais elles sont nombreuses, alors je les couvre habituellement avec une épaisse couche d'anticernes.

Ce qui est plus troublant, c'est la façon dont il me touche comme s'il me possédait. Et mon sexe apprécie ça.

J'écarte sa main, l'observant attentivement pour m'assurer de ne pas le mettre en colère. Je suis parfaitement consciente qu'il est habillé et pas moi. Il ne porte qu'un jean, mais il ne lui faudrait qu'une seconde pour l'enlever.

— La nuit est terminée. Je ne t'appartiens plus.

— Hmm, fait-il sans rien ajouter de plus, quittant simplement la pièce, se pavanant comme s'il savait que j'étudiais le mouvement des muscles de ses épaules et de son dos, puis revient avec un verre d'eau et deux comprimés.

— Ce sont des antidouleurs. Prends-les.

J'hésite, mais la douleur remporte le débat.

Ai-je tenu jusqu'à minuit ? J'ai la question sur le bout de la langue, mais je ne veux pas lui parler plus que nécessaire.

Il tapote sur son téléphone.

— Je vais sortir pour passer un appel. Reste ici et ne bouge pas.

Je me redresse, sur le point de balancer mes jambes par-dessus le bord du lit.

— Si tu fais ça, je t'attache.

J'arrête de bouger et je m'enfonce sous les couvertures.

Il hoche la tête en signe d'approbation et sort.

La porte s'ouvre, et j'entends des voix, la sienne résonnant plus fort que les autres. Je me redresse et m'enveloppe dans la couverture. Je suis complètement nue, et ça ne me plaît pas, mais je n'ai pas de vêtements, alors je vais devoir faire avec.

Au moins, je suis propre, et mes cheveux ne sont pas le désastre plein de feuilles auquel je m'attendais. Il les a lavés hier soir, et ils ont séché avec un minimum de frisottis. Une mauvaise journée capillaire est le cadet de mes soucis, mais il marque des points pour avoir dompté mes boucles.

Il revient avec un plateau recouvert de cloches en argent.

— Qu'est-ce que c'est ? je demande.

Il pose le plateau sur le lit. Il y a même un petit vase rempli de marguerites blanches.

— Le petit-déjeuner.

Il soulève la plus grande cloche, révélant une assiette d'énormes gaufres moelleuses recouvertes de crème fouettée et de compote de fraises.

— Livré par les cuisines du Lodge.

L'odeur délicieuse me frappe, et mon estomac gronde si fort qu'on pourrait probablement l'entendre depuis l'espace.

Il s'assied sur le bord du lit, l'air satisfait.

— Mange. Le médecin est en route.

Je m'arrête avec une tasse de café à mi-chemin de mes lèvres.

— Le médecin ?

— Pour examiner ta cheville.

Je repose la tasse avec un claquement.

— Non.

Il plisse ses yeux bleus.

— Petit lapin...

— Ne m'appelle pas comme ça, dis-je en croisant les bras sur ma poitrine.

Il se penche en arrière, sa bouche s'incurvant en un demi-sourire. Il semble trouver mon obstination amusante, ce qui est agaçant mais préférable à le mettre en colère.

— Comment t'appelles-tu ?

Je serre les lèvres dans un ridicule geste de défi. Je ne devrais pas être réticente à partager mon prénom avec lui après qu'il m'ait prise de la sorte.

— Petit lapin... ronronne-t-il d'une façon qui me fait comprendre qu'il en fera mon surnom permanent si je ne lui donne pas ce qu'il veut.

— Elodie, je réponds.

— Elodie.

Il savoure mon nom comme s'il était délicieux.

— Moi c'est Jaeger.

Il le prononce comme la boisson.

— Cool, dis-je, montrant clairement que je ne suis pas du tout ravie de le rencontrer. J'ai rempli les termes du contrat. Et j'ai tenu jusqu'à minuit, n'est-ce pas ?

Il hoche la tête.

Ouf. Ça m'enlève un poids sur les épaules. Dommage que tout cet argent serve directement pour la dette qui pèse sur ma tête et celle de ma sœur.

— Il faut que tu me laisses partir.

Je ne fais pas confiance à un morceau de papier fragile pour me protéger d'un criminel, mais c'est tout ce que j'ai. La douceur avec laquelle il a pris soin de moi suggère un code d'honneur secret.

— Tu es blessée. Je ne peux pas en toute conscience te laisser partir avant que le médecin ne t'ait examinée.

Quelle galanterie.

— Je ne peux pas me permettre de payer un médecin.

Ça m'énerve de devoir l'admettre.

— Ce n'est pas un problème. Fraternitas prend soin des siens.

Je ne veux pas trop réfléchir à ça, alors je reporte mon attention sur le café, les gaufres, le bacon et les saucisses que je découvre sous une autre cloche argentée plus petite. Autant manger. Je l'ai bien mérité.

Jaeger me regarde manger, un demi-sourire sur son beau visage. C'est troublant d'être assise nue devant un tel spécimen parfait de virilité. Il m'observe comme un prédateur, suivant chacun de mes mouvements. Je me sens timide, ce qui m'agace encore plus.

— Désolée, c'était aussi pour toi ?

Je prends ostensiblement un morceau de bacon et le croque.

Il se penche, passe un doigt dans la crème fouettée et soutient mon regard alors qu'il le lèche lentement. Une chaleur tourbillonne dans mon bas-ventre. J'ai soudainement faim d'autre chose.

Je repousse la nourriture. Je ne veux pas être attirée par ce connard. Je me sens encore vidée par tous les orgasmes qu'il m'a donnés. Sans parler de la douleur lancinante de ma cheville.

Il tend la main pour prendre plus de nourriture, et la lumière se reflète sur son anneau d'argent. Le crâne a des orbites vides qui lui donnent un regard sinistre.

— J'aurais dû me douter que tu étais l'un d'entre eux.

Il me lance un grognement interrogateur.

— Fraternitas, dis-je en montrant la bague du doigt. Un voyou.

Il ne répond pas, se contentant de sourire d'une façon qui accélère ma respiration. Mes entrailles se tordent, et je ressens une pulsation dans mon sexe, anticipant ses caresses.

Il se penche pour m'embrasser. Je m'abandonne et soupire contre sa bouche, goûtant la crème fouettée.

Jaeger relève soudain la tête comme un loup captant une nouvelle odeur. Je m'attends à ce qu'il sorte une bêtise sur le fait de vouloir me dévorer pour le petit-déjeuner, mais il traverse la pièce, sort quelque chose d'un tiroir et le fait passer par-dessus ma tête. Le tissu m'engloutit, et je me débats jusqu'à ce que je comprenne qu'il me fait enfiler un t-shirt. C'est un t-shirt noir d'homme assez grand pour lui aller. Il tombe sur moi comme une robe.

Il sent comme lui, le cuir et le musc avec une touche de quelque chose de sauvage, comme une course nocturne à travers une forêt de pins.

La porte d'entrée s'ouvre alors que Jaeger m'aide à tirer le t-shirt vers le bas.

— Le médecin est là.

Super. Je vais rencontrer un autre membre de la pègre. Un idiot qui a perdu sa licence médicale et qui survit en recollant les os des criminels.

Mais quand le médecin entre dans la chambre, magnifique avec sa peau brun clair et son crâne rasé, je me redresse. Mon cœur palpite et mon corps se réveille, réalisant que je suis entourée d'hommes superbes.

Puis, j'aperçois la bague en forme de crâne à son annulaire. Mince, pourquoi suis-je si attirée par les hommes dangereux ?

— Voici Elodie, dit Jaeger.

Le médecin fait un signe de tête à Jaeger avant de se tourner vers moi.

— Elodie, moi c'est Atticus. Je suis venu t'examiner. Où as-tu mal ?

Je me mords la lèvre tandis qu'il manipule ma cheville avec précaution. Jaeger rôde dans mon dos, présence imposante. Atticus touche un point sensible, et la douleur me fait chercher Jaeger. Sa main attrape la mienne, l'enveloppant dans sa chaleur et sa force. Je serre aussi fort que possible, et il me laisse faire.

— Ça m'a l'air d'être une entorse de grade deux, dit Atticus.

— Ça a l'air grave.

— C'est le cas. Tu dois beaucoup souffrir.

Je secoue la tête et serre plus fort la main de Jaeger. Il touche mon dos de sa main libre, caressant mes cheveux. C'est un contact léger, effleurant mes boucles, mais ça aide.

Atticus ouvre sa mallette et sort un sachet blanc. Il l'écrase jusqu'à ce qu'il devienne froid.

— L'élévation et la glace réduiront le gonflement. Je vais te faire un bandage de compression, mais tu devras appliquer de la glace toutes les trois heures.

— Nous réglerons une alarme, dit Jaeger.

Je suis trop épuisée pour protester contre ce « nous ». Le froid fait du bien à ma peau brûlante.

Atticus ouvre une seconde section de sa mallette, révélant des rangées de sachets remplis de pilules.

— Et pour la douleur...

— Pas de médicaments, dis-je rapidement. Rien d'addictif.

Les doigts de Jaeger s'immobilisent sur mon dos, puis il recommence à masser.

Atticus sélectionne un sachet de pilules blanches.

— Tu peux les obtenir sans ordonnance.

— Elle vient de prendre deux aspirines, lui dit Jaeger.

— Ceux-ci sont meilleurs. Prends-en trois.

Jaeger prend le sachet et en verse trois dans ma paume. Atticus continue de discuter de mes soins avec lui juste au-dessus de ma tête.

— Ils peuvent être combinés avec de l'aspirine. Elle devra garder la glace un peu plus longtemps et utiliser ceci pour faire un bandage. Besoin d'une démonstration ?

— J'ai compris.

Jaeger prend le bandage et d'autres poches de glace instantanées.

— Glace toutes les trois heures, avec les pilules, continue-t-il.

— Repos, glace, compression et élévation. Tenez-vous à une routine pour accélérer la guérison. Je peux revenir la voir dans quelques jours.

Je suis sur le point de lui dire que je ne peux pas me permettre ses services quand il ajoute :

— Mais elle devra éviter de mettre du poids sur sa cheville pendant au moins quelques semaines.

— Quoi ?! je m'exclame assez fort pour que les deux hommes se tournent vers moi. Je ne peux pas faire ça.

— Petit lapin...

— Je dois travailler. Je n'ai pas de congé maladie. Je ne peux pas prendre des semaines et des semaines...

— Il faut que tu guérisses, dit Atticus.

Il semble compatissant, mais son ton est ferme.

— Ce dont tu as besoin, c'est du repos, ajoute-t-il.

Je suis trop étourdie pour argumenter. J'ai toujours été fauchée. J'ai emménagé avec ma sœur Margot et ses deux enfants après que son ex l'ait quittée. Elle touche l'allocation d'invalidité dans un appartement subventionné, mais le budget reste serré. Quand j'ai obtenu mon poste de serveuse à l'Inferno, nous avons toutes les deux fêté ça. Je savais que c'était tenu par la mafia, mais ça payait assez bien pour que je ferme les yeux. Je résiste à la tentation de la drogue et de l'alcool et je travaille autant d'heures qu'ils acceptent de me donner. Mais le salaire ne suffit pas à couvrir les frais médicaux de ma sœur, sans parler des dettes que son ex a laissées derrière lui.

La semaine dernière, un homme de main s'est présenté, exigeant le paiement pour un usurier. L'ex de Margot avait emprunté à cet usurier, mais il s'est évaporé dans la nature, alors c'est nous qui sommes responsables. Il l'a menacée, elle et les enfants. C'est pourquoi j'ai accepté la proposition de St. James et signé le contrat si rapidement.

Les dix mille dollars doivent aller directement à cette dette, mais je dois quand même travailler pour manger, pour vivre. Pour payer ma part du loyer afin que notre propriétaire bizarre ne jette pas ma famille à la rue.

Atticus range sa mallette et serre la main de Jaeger.

— Merci, mon frère, murmure Jaeger.

— À ton service. Je te reverrai bientôt, Elodie.

Je secoue la tête.

— Je ne peux pas manquer le travail.

Atticus soupire, et Jaeger lui tape sur le bras comme pour lui dire : *je m'en occupe.* Le médecin sort, et Jaeger s'installe à côté de moi. Ses bras m'entourent, et ses lèvres se posent sur ma tête.

Ce n'est pas le réconfort que j'aurais choisi, mais c'est réconfortant quand même. Je me penche vers lui, fermant les yeux. Si seulement c'était un cauchemar qui pouvait disparaître à mon réveil. Parce que la nuit dernière ressemble à un rêve, une hallucination. Ma cheville pulse comme un battement de cœur, me rappelant que tout ceci est bien réel. Les pilules ont atténué la douleur, mais elle est toujours présente.

Jaeger me frotte le dos, et son contact me fait tellement de bien. Comment se fait-il que la douceur de cet étranger soit la seule chose qui me maintienne encore en un seul morceau ?

— Tout ira bien, petit lapin, dit-il.

J'ouvre brusquement les yeux.

— Non, ça n'ira pas. J'ai besoin de l'argent d'Inferno.

Je n'ai pas de fonds d'urgence, ni d'assurance, ni aucune de ces choses qu'un adulte est censé avoir réglées.

— Pourquoi crois-tu que j'ai accepté de courir nue dans les bois en premier lieu ?

Je tourne la tête. Je déteste avoir l'air désespérée. Je déteste être désespérée.

Il prend mon menton dans sa grande main tatouée et me tourne vers lui.

— Ça ira. On va trouver une solution.

Encore ce « on ».

— OK, dis-je parce que je suis trop fatiguée pour faire quoi que ce soit d'autre.

Cette situation est sans espoir.

D'ici midi, Jaeger sera parti depuis longtemps, et tout cela ne sera qu'un souvenir. S'il y a une chose que la vie m'a apprise, c'est que les hommes partent toujours. Mon père, mon petit ami qui m'a attirée en ville puis m'a abandonnée. Même l'ex de ma sœur, le père de ses enfants. Les hommes partent toujours.

Jaeger ne fera pas exception. Je parierais le peu d'argent que j'ai là-dessus, plus les cent mille dollars que je n'ai pas gagnés.

$$4$$

ELODIE

LA VILLE de New Rome est vaste et dense, abritant des millions d'habitants. Ma sœur Margot s'y est installée dès ses dix-huit ans. Quelques années plus tard, j'ai suivi un garçon jusqu'ici et depuis, je me bats pour joindre les deux bouts.

Jaeger a insisté pour me raccompagner. Mon quartier est pauvre mais fier. Sa Lykan HyperSport noire et or n'y a absolument pas sa place.

Je n'imaginais pas que faire partie d'un gang rapportait assez pour posséder une voiture aussi coûteuse. Mais Fraternitas est bien plus qu'un simple gang.

— Tu peux me déposer ici, dis-je en indiquant le trottoir au bout de ma rue.

Plus nous approchons de l'ancien immeuble où j'habite, plus ma nervosité s'accentue.

Jaeger m'ignore. Sa voiture ronronne jusqu'à ma porte. Le trio d'hommes qui fument toujours sur un banc se redresse, les yeux écarquillés.

— Laisse-moi sortir.

Je prends mon sac à main et essaie d'ouvrir la portière, mais elle est verrouillée.

Il se gare illégalement et sort d'un bond, faisant le tour jusqu'à mon côté.

— Je t'accompagne jusqu'à ta porte, dit-il, comme un prétendant à l'ancienne.

Il est censé être un voyou de Fraternitas. Qui lui a enseigné les bonnes manières ?

— Non..., je proteste, mais il a déjà détaché ma ceinture et m'a prise dans ses bras.

Tous les passants nous dévisagent comme si Jaeger était une célébrité. L'un des fumeurs se précipite même pour lui ouvrir la porte. Jaeger le remercie d'un signe de tête.

— C'est ridicule, je me plains tandis qu'il me porte à l'intérieur.

Vu comment ma cheville pulse de douleur, je suis reconnaissante de ne pas avoir à marcher, mais je ne lui dirai pas.

— Inutile de résister, petit lapin, me murmure-t-il à l'oreille. Tu es blessée. Tu ne peux pas t'enfuir.

Je le savais. Il s'amuse de la situation.

— C'est toi qui vas rire, je marmonne. L'ascenseur est en panne. Depuis des années, dis-je en montrant les escaliers. Je suis au dixième étage.

Il soupire, mais ne ralentit pas. Les dix étages de cette cage d'escalier étouffante me laissent habituellement en sueur et essoufflée. Jaeger ne respire même pas fort. Je commence à me débattre dès qu'il atteint mon étage.

— Pose-moi.

Je ne veux pas que ma sœur, ma nièce et mon neveu me voient comme ça. C'est déjà assez embarrassant d'avoir une cheville bandée et de porter des vêtements flambant neufs – un ensemble d'intérieur bleu ciel et de la lingerie couleur crème sont miraculeusement apparus après le départ d'Atticus, avec mon sac à main.

Il me dépose et me stabilise jusqu'à ce que je trouve mon équilibre, m'appuyant contre le mur.

— Il faut que tu t'en ailles.

Si j'ai l'air ingrate, c'est parce que je le suis. C'est de sa faute si je suis blessée.

Je veux qu'il s'en aille, peu importe à quel point je sais que je fantasmerai sur notre nuit ensemble. Parfois, on obtient ce qu'on veut, mais ce qu'on veut n'est pas toujours bon pour nous. Les connards sont ma cocaïne. J'ai déjà été accro ; je ne me ferai pas avoir à nouveau.

— Tu as besoin d'aide.

Pas de contestation là-dessus.

— Je sais. Je ne veux simplement pas de la tienne.

Voilà, je me suis exprimée clairement. Dommage que je ne puisse pas regarder directement ses magnifiques yeux bleus en disant cela.

— D'accord, petit lapin. Je m'en vais.

Je m'affaisse contre le mur. Dieu merci. C'est une bonne chose qu'il soit d'accord parce que je n'ai aucun moyen de le forcer à faire quoi que ce soit. Je vais simplement ignorer la façon dont mon corps réclame le sien. Combien il me manque déjà, sa chaleur et son odeur. Il n'y a aucune raison pour que j'aie envie qu'il reste.

Parce que j'ai appris il y a longtemps que les envies ne sont pas logiques.

— Tiens.

Il sort un portefeuille en cuir marron usé et en extrait une liasse de billets, tous des billets de cent.

Je me crispe à la vue de cette somme d'argent.

— St. James a dit que l'argent serait sur mon compte.

Payé par Inferno, mais référencé comme une prime.

Il ne me presse pas de la prendre. Il la glisse simplement dans la poche de mon jogging, soutenant mon regard.

Une rougeur envahit mes joues et ma poitrine. Je n'ai pas honte du travail du sexe, mais debout si près de sa silhouette massive, il est impossible d'oublier comment j'ai gagné cet argent. Avec quelle sauvagerie il a pris possession de mon corps.

À quel point nous étions torrides ensemble.

Ses yeux brûlent. J'avale ma salive. Je ne veux pas prendre cet argent. Je ne veux pas en avoir besoin.

Mais c'est le cas.

— Au revoir, je murmure parce que c'est tout ce qui reste.

Il y a tant de non-dits entre nous qui ne seront jamais exprimés. C'est comme ça. C'est comme ça que ça doit être.

Je le regarde se diriger vers les escaliers. Il s'arrête, les muscles de son dos travaillant comme s'il luttait contre lui-même.

Une vague de désir me frappe si fort que j'en suis étour-die. *Retourne-toi. Ne pars pas.*

C'est la chose la plus folle que j'aie jamais ressentie et d'autant plus puissante parce qu'elle est vraie et aussi réelle que la gravité qui maintient mes pieds au sol.

Mais il part quand même. J'attends que sa tête blonde disparaisse avant de frapper à la porte.

Dès que ma sœur l'ouvre, je sais que quelque chose ne va pas du tout. Elle a l'air de ne pas avoir dormi de la nuit. Ses yeux sont gonflés comme si elle avait pleuré, et ses enfants, Tyson et Janie, hurlent en fond.

— T'étais où ? siffle-t-elle, regardant à gauche et à droite comme si elle s'attendait à ce que quelqu'un nous saute dessus. Je t'ai appelée.

— Mon téléphone n'a plus de batterie.

Je la dépasse, m'appuyant contre le mur, boitant aussi vite que possible jusqu'au canapé.

— J'avais du boulot.

L'appartement est en désordre. Des jouets de toutes les couleurs jonchent le sol, la télé diffuse un dessin animé à faible volume, et l'endroit sent les couches sales et le jus renversé avec un léger arrière-goût de moisissure. Dans la fenêtre crasseuse, un climatiseur antique crache de l'air tiède. Il fuit depuis si longtemps qu'une traînée noire va de la fenêtre jusqu'au sol.

Cet endroit, c'est la maison. Mais au lieu du soulagement et du réconfort que m'apporte habituellement cet environnement déprimant mais familier, j'ai un bref élan de nostalgie pour la cabane digne d'un hôtel où j'ai passé la nuit.

Je m'enfonce dans le canapé couvert de miettes. Margot court pour sortir Tyson de sa chaise haute. Lui et sa sœur aînée ont perpétuellement les cheveux en bataille et se promènent dans des couches qui pendent, mais ils semblent heureux. J'aime à croire que ma nièce et mon neveu savent qu'ils sont aimés et que nous avons fait de notre mieux pour les protéger du stress écrasant des factures, des pères absents et des appartements minables. Je ne peux qu'espérer.

Margot installe les enfants devant la télé et revient vers moi.

Ma sœur aînée a toujours été belle. Elle a abandonné le lycée pour partir dans la grande ville commencer sa carrière de mannequin. Elle s'est retrouvée enceinte de Janie à la place.

Son diagnostic de sclérose en plaques est arrivé peu après Tyson, c'est à ce moment-là que le père des enfants est parti.

Elle a besoin de médicaments coûteux. La maladie

attaque son système nerveux, et si son état se détériore, nous craignons que les services sociaux ne lui retirent ses enfants.

Je sors l'argent de mon jogging et le lui tends.

Elle inspire brusquement comme si je lui avais tendu un serpent.

— Qu'est-ce que c'est ?

— Un paiement. Il y en a d'autres qui suivront. On peut rembourser la dette de Trey.

Au lieu de paraître soulagée, son visage se décompose et elle s'affaisse sur le canapé.

— Qu'est-ce qu'il y a ? Qu'est-ce qui ne va pas ?

— C'est trop tard. Il est revenu, dit-elle en chuchotant, jetant des regards nerveux à ses enfants puis ailleurs.

— Le Chauve ?

Elle hoche la tête. La première fois que le sbire de l'usurier est venu, nous l'avons surnommé le Chauve et avons ri dans son dos. Il cherchait Trey. La fois suivante, il nous a dit que Trey avait disparu et que sa dette nous incombait désormais. Que si nous ne payions pas, il nous casserait les jambes. Nous lui avons donné notre argent du loyer comme solution temporaire et avons arrêté de faire des blagues sur le Chauve.

— Quand ?

— Hier soir. Il a frappé si fort à la porte que j'ai cru qu'il allait réveiller les enfants.

Elle passe une main dans ses cheveux. Ce sont de magnifiques cheveux auburn qui tombent habituellement en vagues soyeuses. Mais en ce moment, ils sont ternes et plats, comme si elle y avait passé ses mains moites sans arrêt.

— Il a dit que maintenant on devait le double.

— Le double ? Comment c'est possible ?

Trey avait été assez stupide pour accumuler une dette de jeu auprès d'un usurier nommé « Umberto l'Exécuteur ».

Quitter la ville était la chose la plus intelligente qu'il ait jamais faite.

Dommage qu'il ait laissé une famille démunie derrière lui.

Margot hausse les épaules.

— Les intérêts. Ils peuvent faire ce qu'ils veulent, et il n'y a rien que nous puissions faire.

L'horreur me submerge. Les dix mille que j'ai gagnés ne couvriront pas le nouveau montant. Pas même de près. Et je n'ai aucune idée de comment gagner plus.

— Il va revenir, dit Margot. Il a dit qu'il prendrait les enfants jusqu'à ce qu'on le paie.

Plutôt mourir.

— Hors de question.

— Je ne sais pas quoi faire.

Elle agrippe le col de sa chemise et le remonte comme si elle voulait disparaître. Comme une enfant qui tire une couverture sur sa tête parce que si elle ne voit pas le monstre, il n'existe pas.

— Voilà ce qu'on va faire.

J'ai un nouveau plan. Ce n'est pas génial, mais c'est mieux que rien.

— Tu vas faire des bagages avec tout ce dont vous avez besoin, toi et les enfants. Pas tout, juste l'essentiel. Et je vais te conduire à la gare. Il ne peut pas prendre les enfants s'il ne peut pas les trouver.

— Où est-ce que je vais aller ?

— En Virginie-Occidentale. Chez Tante Carol. Tu te souviens d'elle ?

Margot se redresse, ses joues reprenant un peu de couleur.

— La demi-sœur de maman ? Elle est toujours en vie ?

— Oui. Je lui envoie une carte chaque Nouvel An.

L'été que j'ai passé chez elle, à désherber le jardin et à

apprendre à mettre en conserve des haricots verts et des tomates, a été la meilleure saison de ma vie.

— Elle sera surprise mais contente de te voir. Et elle adore les enfants.

Et le mieux dans tout ça, c'est qu'elle possède une caravane et un bout de terrain isolé sur une montagne. L'usurier ne pourra pas trouver Margot là-bas.

— Va chercher ta valise, dis-je, et Margot se lève d'un bond comme si elle attendait cet ordre.

Elle n'a pas pensé à me demander ce que je ferai pendant qu'elle sera en fuite. Ce qui est bien parce que je n'en sais rien. Je pourrais partir avec elle et les enfants, mais cela pourrait trop attirer l'attention et les ralentir. Mieux vaut que quelqu'un reste ici et garde les lumières allumées, un leurre pour attirer les prédateurs.

Je dois juste savoir quoi faire quand les hommes de main viendront pour moi. Ce n'est pas comme si je pouvais m'enfuir.

Je m'affaisse sur le canapé. Les analgésiques cessent de faire effet, et ma cheville me lance à nouveau. Je dois mettre de la glace.

Une cheville blessée est le cadet de mes soucis.

Pendant une seconde de bonheur, je me rappelle la nuit dernière, courant à travers la forêt. L'air frais sur ma peau et rien d'autre que la menace du chasseur derrière moi.

Tout dans la vie se résume à un simple calcul de survie. Tu t'échappes ; tu vis. Tu te fais attraper, et c'est fini.

Sauf hier soir, quand ce n'était qu'un jeu. Courir était excitant, et être capturée était synonyme d'orgasmes. Je n'aurais jamais pensé apprécier de me rendre. Jaeger s'est assuré que j'y prenne plaisir.

Mais il est parti maintenant, et tout ce qu'il me reste, ce sont mes vrais problèmes.

Margot empile des sacs devant la porte de sa chambre.

— N'oublie pas tes médicaments, je lui rappelle.

J'espère qu'elle en a assez. Encore une chose de plus à ajouter à la liste des soucis.

Pendant un instant de folie, je souhaiterais que Jaeger soit là. Ça n'a aucun sens, mais j'imagine être dans ses bras, m'appuyer sur sa force. *Tout ira bien, petit lapin. On trouvera une solution.* C'est un fantasme stupide parce qu'un homme comme Jaeger signifie plus de problèmes. Mais ça n'arrivera jamais, alors je peux rêver sans danger de son beau visage et de son parfum boisé parfait.

Puis j'ouvre les yeux, et la réalité me frappe en plein visage.

Ma cheville pulse de douleur. Je retire un peu le bandage et grimace en voyant à quel point elle est gonflée. Mon entorse est peut-être le cadet de mes soucis, mais je peux faire quelque chose pour ça.

Je m'apprête à affronter la traversée d'un sol couvert de jouets jusqu'à la cuisine pour prendre de la glace quand un craquement retentit dans le couloir à l'extérieur de l'appartement. Mon cœur rate un battement.

Quelqu'un frappe à notre porte d'entrée.

Margot apparaît à la porte de la chambre, les yeux écarquillés et tremblante.

— Va te cacher, je lui murmure en me levant du canapé.

Elle ne discute pas et court chercher les enfants, les arrachant à leurs jouets. Elle leur raconte une histoire sur un jeu de cache-cache pendant qu'elle les emmène dans la chambre. J'attends que la porte de la chambre se ferme avant de boiter pour regarder par le judas.

Un menton carré couvert de barbe blonde m'accueille. Jaeger est revenu. Je reste figée, incapable d'y croire.

— Laisse-moi entrer, dit le Grand Méchant Loup.

Qu'est-ce que c'est que ce bordel ?

J'ouvre brusquement la porte et m'y appuie, tremblante.

— J'ai apporté des donuts, dit-il comme si cela expliquait sa présence.

Il brandit une boîte rectangulaire rose attachée avec une ficelle.

— Pourquoi ?

Il force déjà le passage.

— Tu ne devrais pas être debout.

Il me prend le bras et me soutient, m'aidant à rejoindre le canapé.

— C'est toi qui es venu toquer, dis-je d'une voix contrariée et essoufflée.

Je m'enfonce dans le canapé avec soulagement.

Il sort une compresse de glace instantanée et s'affaire autour de ma jambe.

— Tu as pris tes médicaments ?

Il se précipite dans la cuisine et revient avec un verre d'eau avant que je puisse répondre.

— Elodie ? Ma sœur jette un coup d'œil depuis la chambre et se crispe à la vue de l'imposant homme tatoué penché sur moi avec un verre d'eau.

— Tout va bien.

Je lui fais signe d'approcher.

— Il n'est pas là pour nous faire du mal.

Comme pour prouver mes dires, Jaeger sort le flacon d'analgésiques de mon sac et en verse quelques-uns dans ma paume.

— C'est mon... je commence et me rends compte que la seule façon de finir cette phrase est mon coup d'un soir, qui a payé pour me baiser après m'avoir pourchassée dans les bois. Jaeger. Euh. Il a apporté des donuts.

Ma sœur le fixe simplement. Pendant un instant, je vois Jaeger à travers ses yeux : un mètre quatre-vingt de sex appeal blond. Elle est habituée aux mannequins masculins maigrichons. Jaeger pourrait probablement en soulever dix à la fois.

— Ravi de vous rencontrer, gronde Jaeger, et il semble si civilisé que mes yeux manquent de sortir de leurs orbites. Voulez-vous un donut ?

Margot déglutit comme si elle n'était pas sûre que ce soit un piège. La seule raison pour laquelle des hommes costauds se sont présentés à notre porte, c'était pour nous racketter.

Les enfants n'ont pas ces scrupules.

— Des donuts ! s'écrie Janie en se faufilant devant sa mère.

Son petit frère de deux ans pousse la chansonnette dans son langage d'enfant : « Do-nu, do-nu. »

Jaeger ouvre la boîte.

— Euh, Margot, pourquoi ne prendrais-tu pas ceux-là ?

Je saisis la boîte et la lui tends avant que les enfants n'y posent leurs petites mains sales.

— Tu peux les couper en morceaux pour les enfants ? Je dois parler à Jaeger une seconde.

Toujours pâle, Margot repère la bague en forme de crâne de Jaeger puis détourne les yeux. Elle serre les lèvres et emmène les enfants qui hurlent dans la cuisine.

Je fixe Jaeger.

— Qu'est-ce que tu fais ici ? je chuchote. Je pensais que tu allais partir.

— Je suis parti. J'ai acheté des donuts.

Il regarde autour de lui, observant l'appartement miteux – la moquette élimée et les traces d'humidité au plafond. Pendant ce temps, je le dévore des yeux. Il paraît irréel, ses cheveux brillant comme de l'or dans la faible lumière. Comme s'il était en couleur et que le reste du monde était délavé.

J'essaie de me convaincre que sa présence est une

complication dont je n'ai pas besoin, mais mon corps frémit comme s'il était la plus belle chose que j'aie jamais vue.

— C'est ici que tu vis ? Avec ta sœur ?

Je me raidis. Il n'a pas le droit de poser des questions. Je ne lui demande pas comment il sait que Margot est ma sœur.

— Euh, elle s'en va.

Il hoche la tête, jetant un coup d'œil à la valise et aux sacs empilés devant la chambre.

— Quand ?

— Tout de suite, en fait. Margot ! Tu devrais préparer les enfants. Je vais appeler un taxi.

Je devrai utiliser ma carte de crédit presque à la limite pour le payer. Dès que les dix mille euros que j'ai gagnés seront sur mon compte, j'en utiliserai une partie pour sortir d'ici et trouver un moyen d'envoyer le reste à Margot et à ma tante.

Je sors mon téléphone, mais il est déchargé.

— Je vais le faire, annonce Jaeger. Et laissez-moi vous aider avec les bagages.

— Non, je proteste.

Je me lève avec difficulté, mais il prend mon épaule et me repousse doucement. Je m'effondre sous son regard orageux. Je ne peux pas lutter contre lui, et je ne sais pas pourquoi je le ferais alors que me tenir debout me fait mal.

— Qu'est-ce qu'elle a à la cheville ?

Margot a moins l'air d'une biche prise dans les phares désormais. Elle replace ses cheveux derrière son oreille, clignant des yeux en regardant Jaeger. Elle ne flirte pas ; elle utilise simplement son physique à son avantage. Ça marche généralement – même fatiguée, avec des cheveux sans volume et des cernes sous les yeux, elle reste belle à faire pâlir les mannequins.

Mais Jaeger ne semble pas le remarquer.

— Elle s'est blessée hier soir, répond Jaeger à ma place.

Je ne sais pas pourquoi ils parlent sans moi alors que je suis juste là.

Le regard de ma sœur se durcit.

— Tu étais avec elle hier soir ?

— On n'a pas le temps pour ça, j'interromps.

Je ne veux pas qu'elle sache comment j'ai gagné cet argent, et nous n'avons pas le temps. Les voyous pourraient arriver d'une minute à l'autre.

— Il faut que tu fasses sortir les enfants.

— D'accord.

Margot s'active, nettoyant les visages et les mains collantes des enfants avant de les habiller rapidement. Jaeger prend sa valise et les quelques sacs supplémentaires qu'elle a réussi à préparer. Janie prend son propre petit sac à dos. Tyson suce la fourrure usée de son ours en peluche préféré.

Je retiens mes larmes, ouvrant les bras pour les embrasser et leur dire adieu.

Je récite l'adresse de ma tante Carol jusqu'à ce que Margot la mémorise.

— Ne l'écris pas, lui dis-je. Et ne m'appelle pas. Ils pourraient tracer l'appel.

Du coin de l'œil, je sens l'attention de Jaeger fixée sur moi. Jusqu'à présent, il est resté silencieux et s'est adapté, mais d'un moment à l'autre, il pourrait prendre la parole et commencer à poser des questions. Et je ne sais pas ce qu'il fera ensuite.

C'est un élément imprévisible dans ce désordre. Je n'aime pas ça. Je veux savoir pourquoi il est revenu, mais encore une fois, j'ai toute une liste de problèmes, et son retour n'arrive même pas dans le top dix.

— N'utilise pas tes cartes non plus. Paie tout en espèces

pour ne pas laisser de traces. Je t'enverrai plus d'argent dès que possible, je te le promets.

Margot hoche la tête et se penche pour me faire un câlin. C'est surprenant parce qu'elle n'est généralement pas du genre à en faire. Ça prend plus de sens quand elle me chuchote à l'oreille :

— Tu es sûre que tout va bien ?

Je suis certaine qu'elle se demande pourquoi un énorme voyou tatoué de Fraternitas m'apporte des donuts.

— Absolument, j'affiche un grand sourire complètement faux et la repousse. Considère ça comme des vacances.

Elle se redresse, toujours peu convaincue.

— Va-t'en, j'insiste de toutes mes forces.

Sa bouche se ferme brusquement, et elle dirige les enfants vers la sortie.

— Venez, on part à l'aventure.

Sa voix est joyeuse et éclatante d'une manière qui me fait comprendre qu'elle est à deux doigts de craquer.

Je me glisse au bord du canapé, voulant l'accompagner jusqu'aux escaliers, mais Jaeger place à nouveau une main sur mon épaule.

— Reste ici.

La chaleur me monte au visage. C'est de la colère, me dis-je. Pas une réaction à son contact.

— Je ne suis pas un chien, je réplique sèchement.

Il hausse un sourcil blond et effleure mes lèvres de son pouce. Juste comme ça, mon corps fond comme une flaque. Je tremble. Mes seins se gonflent. Je suis prête à ce qu'il me prenne ici et maintenant.

Pire encore, il le sait.

— Reste ici, répète-t-il avant de sortir derrière ma sœur.

Il laisse la porte ouverte.

Je suppose qu'il a l'intention de revenir. Je me laisse retomber sur le canapé et me frotte le visage. Les choses vont trop vite, mais au moins je ne m'inquiéterai pas pour les enfants. Je ne pourrais pas vivre avec moi-même s'il leur arrivait quelque chose.

Ils seront tous en sécurité. Il le faut. Maintenant, je dois juste comprendre comment survivre.

En plus de ça, je dois découvrir ce que Jaeger fait ici. Pourquoi la vie ne peut-elle pas être simple ?

Les hommes partent toujours. Sauf Jaeger apparemment.

Il revient.

Les marches devant la porte grincent.

— Tout s'est bien passé ? je demande sans ouvrir les yeux.

— Certainement pas, répond une voix maussade.

J'ouvre brusquement les yeux. M. Wilson, notre propriétaire flippant, se tient au-dessus de moi. Son odeur corporelle atteint mes narines alors qu'il se penche, fronçant les sourcils.

— Est-ce que ta sœur part en voyage ? Vous me devez toutes les deux des loyers impayés.

Super. Voilà un autre de mes problèmes, maintenant en tête de liste.

— Je vais vous le donner, je mens.

Je suis une cible facile dans cet appartement. Dès que possible, je m'enfuirai. J'irai au distributeur retirer autant d'argent que possible. Je trouverai une chambre d'hôtel à la semaine, paierai en liquide, et me ferai discrète.

J'ai passé ma vie à fuir les problèmes, alors pourquoi s'arrêter maintenant ?

— Tu as déjà dit ça la semaine dernière.

Il s'approche, et sa puanteur me submerge, me donnant la nausée.

— Il y a pas mal d'hommes qui rôdent dans le coin. Qui

posent des questions sur vous deux. Ils n'ont pas l'air très sympathiques. J'essaie de protéger mes locataires...

Il ment. Il vendrait sa grand-mère pour sauver sa peau.

— Mais ils ont l'air dangereux. Je vais devoir leur dire tout ce que je sais, sauf si tu me donnes une bonne raison de me taire.

Je suis trop tendue pour respirer. Comme menace, celle-ci est efficace. Il pourrait tout raconter aux sbires de l'usurier, et ils pourraient intercepter Margot et les enfants avant qu'elle n'ait le temps de quitter la ville.

Maudit soit cet homme. C'est un minable qui s'en prend aux plus faibles que lui. Quand il y a du sang dans l'eau, même les charognards rappliquent pour avoir leur part.

— Je n'ai pas d'argent sur moi.

Je lève mes mains vides.

Il hausse les épaules.

— On pourrait trouver un arrangement.

Il est suffisamment proche pour que je puisse voir les vieilles taches sur son pantalon noir délavé.

— Ta sœur, c'est celle qui est jolie, dit-il avec un regard lubrique. Mais toi, tu travailles dans ce club de mafieux, non ? Je parie que tu suces vraiment bien.

Ses mains se dirigent vers sa braguette, et je recule en frissonnant, détournant la tête pour éviter de sentir sa puanteur et de voir le contenu de son pantalon.

Une ombre nous enveloppe alors tous les deux.

— Éloigne-toi d'elle, gronde doucement Jaeger.

M. Wilson n'a même pas le temps de lever les yeux de son pantalon à moitié ouvert avant que Jaeger ne l'attrape par le col et ne l'envoie voler à travers la pièce.

Je plaque mes mains sur ma bouche. Je n'ai même pas entendu Jaeger monter les escaliers. Il est plus silencieux qu'un homme de sa taille n'est censé l'être. Je devrai m'en souvenir.

M. Wilson se relève en titubant. Son pantalon est maintenant baissé jusqu'à ses chevilles, et j'essaie de ne pas regarder de trop près. Au moins, il porte un caleçon.

— Qui es-tu ? demande-t-il en fixant Jaeger bouche bée.

— Tu ne veux pas le savoir.

Jaeger lui serre la nuque et l'envoie droit vers la porte.

— Tu n'es plus le bienvenu ici.

M. Wilson est plus stupide que je ne le pensais, car il heurte le chambranle et tient bon.

— C'est mon immeuble. J'ai des droits ! Elle me doit un loyer.

Plus vite que je ne peux suivre, Jaeger bondit. La seconde d'après, M. Wilson tombe dans le couloir, la bouche pleine de billets.

— Voilà.

Jaeger donne un coup de pied dans une liasse de billets tombée.

— Ça devrait couvrir le loyer. Et fais passer le mot : Elodie et sa famille sont sous ma protection.

M. Wilson postillonne, crachant de l'argent, et Jaeger lui claque la porte au nez.

J'ai toujours les mains sur ma bouche, haletant comme si j'avais monté dix étages en courant. Je sais que Jaeger est violent, mais le voir agir sous mes yeux, c'est autre chose.

Et maintenant, je suis seule avec lui. Que se passe-t-il ? Pourquoi est-il ici ?

Pourquoi suis-je sous sa protection ?

Lentement, Jaeger pivote vers moi. Son visage est impassible et effrayant. Je sais qu'il ne me fera pas de mal, mais il est terriblement intimidant actuellement. Il s'approche, bloquant la faible lumière qui filtre par la fenêtre, et son ombre m'engloutit tout entière.

— Maintenant, mon petit lapin, dit-il d'une voix douce

qui me donne des frissons le long des bras. Tu vas m'expliquer ce qui se passe.

5

Elle lève les yeux vers moi, son visage constellé de taches de rousseur paraissant si jeune dans la lumière matinale. Je lutte de toutes mes forces pour ne pas me laisser tomber sur le canapé pour la prendre dans mes bras et lui assurer que tout ira bien. Mais je suis encore rempli de rage après ma confrontation avec ce propriétaire minable. Je n'ose pas la toucher de peur que la bête en moi se libère. J'ai passé ma vie sur le qui-vive, prêt à me battre, et elle est une créature minuscule et fragile. Je ne risquerai pas de lui faire du mal.

— Je peux t'expliquer, hésite-t-elle. Est-ce que Margot a pris un taxi ?

Voilà pourquoi mon petit lapin a besoin de moi. Je savais que je n'aurais pas dû la laisser seule. Le monde est froid et cruel et croque les petits lapins au petit-déjeuner.

Elle a besoin d'un Grand Méchant Loup à ses côtés. Je suis arrivé juste à temps.

— J'ai fait mieux, lui dis-je. J'ai appelé une escorte

privée. Ils vont lui faire quitter la ville et la mettre dans un hôtel pour la nuit.

D'ici là, mon réseau de contacts aura forgé de nouvelles identités pour Margot et ses jeunes enfants. La sœur d'Elodie recevra de nouveaux papiers, un téléphone jetable et une escorte jusqu'à sa destination finale.

Quelle que soit la situation d'Elodie, elle n'a pas l'expérience pour y faire face. J'ai passé ma vie à gérer des situations délicates. La plupart du temps, je règle les problèmes en assassinant des gens, alors c'est un changement de rythme agréable et relaxant.

Et aider les enfants a toujours été une priorité. Si je suivais mon instinct, tous ceux qui touchent à un seul cheveu d'un enfant doivent mourir.

Personne ne touche à ma lapine non plus.

— Ta sœur sera en sécurité. Je m'en assurerai.

Elle cligne des yeux, le front plissé comme si elle ne me croyait pas.

— Pourquoi ? finit-elle par dire.

— Parce que tu es maintenant sous ma protection.

— Mais... pourquoi ?

Je la fixe. Je ne réponds pas parce que je ne sais pas comment mettre des mots sur mes pulsions.

— Pourquoi ne m'as-tu pas dit que tu étais en difficulté ?

Elle ricane.

— Pourquoi l'aurais-je fait ? Je n'ai pas l'habitude de raconter ma vie à mes coups d'un soir.

Je serre les dents contre la piqûre de jalousie. Ma voix se transforme en grondement.

— Tu en as beaucoup ? Des coups d'un soir ?

Elle secoue la tête.

— Ça ne te regarde pas. Mais non.

Je me détends. Peu importe avec qui elle a été. Ce qui compte, c'est qu'à partir de maintenant, elle soit avec moi.

— Mais d'habitude, ils ne restent pas, dit-elle.

Son ton est accusateur, comme si elle me mettait au défi de partir.

Tant pis. Je ne vais nulle part. Pas sans elle.

J'ai attrapé ma proie parfaite, et je veux la garder.

Je prends son visage dans ma paume tatouée. Elle bat des cils. Pauvre lapine. Elle est blessée et a besoin de repos pour guérir.

— Je t'emmène loin d'ici.

Elle s'écarte brusquement de ma main et me lance un regard noir.

— Si tu es là pour obtenir plus que ce que tu as eu hier soir, tu vas être déçu.

Elle fait un geste vers sa cheville.

— Comme tu l'as dit, je ne peux pas m'enfuir, ajoute-t-elle.

Douce lapine. Ne sait-elle pas que j'apprécie ce nouveau jeu ? Prendre soin d'elle est tout aussi amusant que la chasse. Je n'aurais jamais pensé que j'aimerais garder ce que j'ai capturé, mais avec elle, c'est le cas. Ça satisfait la bête.

— Dis-moi pourquoi tu voulais que Margot et les enfants partent.

Elle soupire.

— Son ex a emprunté de l'argent à un usurier et n'a pas pu rembourser, alors il s'est enfui. L'usurier envoie ses hommes de main pour nous menacer. Nous le tenons à distance en lui donnant notre argent du loyer.

Elle tripote le coussin effiloché du canapé.

— Pourquoi crois-tu que j'ai accepté un boulot de travailleuse du sexe qui impliquait de courir nue dans les bois ? Pour ma santé ?

Lapine grincheuse. J'adore quand elle me lance des piques.

— Combien vous devez ?

— C'était treize mille. Maintenant, apparemment, ça a doublé.

Elle se frotte le front.

— Je suppose que c'est comme ça que fonctionnent les intérêts des usuriers.

— Comment s'appelle cette personne ?

— Umberto l'Exécuteur.

J'ai entendu parler de lui. Il opère en dehors de la ville, de l'autre côté de la rivière, pour ne pas empiéter sur le territoire de Fraternitas et s'attirer notre colère.

— Jusqu'à présent, ils se contentaient de l'argent du loyer, dit-elle. Mais hier soir, l'un d'eux a menacé de prendre les enfants.

— Il ne touchera pas à un seul cheveu de leurs têtes. Ni des tiens, j'ajoute silencieusement.

Elle a l'air si abattue, affalée sur le canapé avec son pied surélevé.

Je m'accroupis pour être à son niveau et lui prends la nuque. Je la serre légèrement, effectuant un massage lent et doux.

— Je vais arranger ça.

Son regard rencontre le mien puis s'éloigne. Mais elle se penche vers ma main. Elle sait qu'elle a besoin de mon aide, même si elle combat son désir pour moi.

Ça me va.

— Tu ne restes pas ici.

— Quoi ?

Je rassemble ses affaires dans son sac à main et la soulève dans mes bras.

— Tu viens avec moi.

— Jaeger, non.

Elle repousse mon épaule, mais c'est à peine plus qu'un coup de patte de chaton.

Je lui souris. J'aime quand elle essaie de me résister. C'est adorable.

Je la hisse plus près, et elle croise mon regard. Elle rougit et détourne les yeux.

Intéressant.

Je n'ai pas le temps d'étudier ses réactions face à moi – le rouge qui s'étend sur ses joues constellées de taches de rousseur, son souffle qui devient erratique, la façon dont elle se penche vers moi malgré ses protestations. Je la porte hors de l'appartement et descends un étage, pour tomber nez à nez avec deux gorilles chauves dans la cage d'escalier. Ils se dirigent clairement vers l'appartement d'Elodie. L'un d'eux a une batte posée sur l'épaule et siffle en montant.

Elodie agrippe ma chemise, la serrant fort.

— Tout va bien, mon lapin.

Je vais devoir la poser pour m'occuper de ces hommes. La laisser sans protection n'est pas mon premier choix, alors je vais devoir faire vite.

Elle n'écoute pas.

— C'est eux.

Son visage blêmit.

— C'est le type qu'Umberto a envoyé. Je n'ai pas encore l'argent pour les payer.

Elle ne leur donnera pas un centime.

— Tu n'en auras pas besoin, lui dis-je. Tu m'as moi.

Elle me regarde sans me voir. Je n'ai pas d'autre choix que de la poser sur une marche sale.

— Reste ici. Je vais m'occuper de ça.

Personne ne menace mon lapin et en ressort vivant.

~

ELODIE

· · ·

Jaeger me laisse appuyée contre la rambarde et se tourne pour faire face aux voyous. Le premier est le Chauve, ce connard qui nous rackette. Le second est sa copie conforme et tient une batte. Il n'a pas l'air d'un type qui aime jouer au baseball, ce qui signifie que la batte sert à frapper autre chose.

Le Chauve s'arrête sur le palier en dessous tandis que Jaeger lui bloque le passage vers les escaliers.

— On ne veut pas d'ennuis. On a des affaires à régler avec elle.

Il me pointe du doigt.

— Grossière erreur, dit Jaeger. Si vous avez affaire à elle, c'est à moi que vous avez affaire.

Le Chauve et son pote échangent un regard.

— Comme tu voudras.

Le second type recule sa batte, prêt à frapper.

Avant que le Chauve ne puisse bouger, Jaeger bondit et atterrit sur lui. Du moins, je crois que c'est ce qui s'est passé. C'est difficile de suivre ses mouvements. Un homme aussi grand ne devrait pas pouvoir bouger si vite.

Le Chauve s'effondre avec Jaeger sur lui. Des cris et un craquement retentissent, puis Jaeger se relève, laissant un corps inerte sous lui. La tête du Chauve est tordue comme pas possible, ses yeux fixant le vide.

Le second voyou grimpe déjà les escaliers dans ma direction. La proie plus faible. Je recule sur le carrelage sale aussi vite que possible, retenant un cri de douleur. J'ai tellement mal que je ne peux pas m'échapper.

Il s'avère que je n'ai pas à le faire. À mi-chemin dans les escaliers, le second voyou s'effondre face contre terre. Jaeger le tire en arrière et le retourne d'un coup de pied.

— Tu t'es attaqué à la mauvaise femme.

Soudain, c'est Jaeger qui tient la batte.

Je me couvre les yeux.

— Non, non, pitié...

Il y a un coup sourd, puis rien que des cris. J'aimerais pouvoir me boucher les oreilles.

Mais j'observe à travers mes doigts les éclaboussures de sang. La partie sauvage en moi rêve de voir et de sentir l'odeur du sang de mes ennemis.

Jaeger fait basculer ce qui reste de l'homme par-dessus la rampe de l'escalier. Mon côté assoiffé de sang jubile de plaisir, ravi de voir qu'il a résolu mes problèmes avec une efficacité brutale.

Jaeger se retourne brusquement, me cherchant du regard. Des taches rouges couvrent son visage parfait et ses cheveux brillants. Quand il voit que je vais bien, un sourire cruel se dessine sur ses lèvres.

Il s'avance vers moi, montant les marches trois par trois. Je ne sais pas si je dois reculer ou l'acclamer. Je choisis de rester immobile alors qu'il me soulève et me berce contre sa poitrine. Il me porte jusqu'en bas des escaliers, enjambant soigneusement le corps du chauve.

Des cris résonnent dans la cage d'escalier au-dessus de nous tandis que les gens ouvrent leurs portes pour découvrir le sang et les corps. Nous passons devant le voyou numéro deux en sortant. Je détourne les yeux du cadavre.

Le soleil nous frappe au visage dès que nous sortons. Jaeger n'hésite pas. Sa voiture est encore garée illégalement devant l'immeuble, mais personne n'y a touché.

Il me dépose doucement sur le siège passager et m'attache. Je le laisse faire. Je ne suis pas catatonique, mais j'absorbe tout ce qui m'entoure comme si c'était un film projeté sur un écran.

Il s'arrête, et je cligne des yeux en le regardant. Je ne sais pas si j'arriverai un jour à arrêter de revivre ce moment où il a frappé à coups de batte le voyou qui, une seconde plus tôt, me menaçait, et la suivante, hurlait pour implorer sa pitié.

Jaeger prend mon visage dans ses mains, et je sursaute, revenant au présent. Il ressemble à un Viking, de retour après avoir pillé de nouvelles terres. Mais son toucher est doux.

Il ne parle pas. Il caresse ma joue de son pouce puis s'éloigne pour fermer ma portière.

Je le regarde glisser quelques billets aux vieux hommes assis sur le banc. Ils lui sourient, l'appelant « monsieur ». L'un d'eux lui fait un salut militaire.

Jaeger s'installe côté conducteur.

— *Veni vidi vici*, murmure-t-il avec ce sourire cruel.

Du moins, je crois que c'est ce qu'il dit. Comment un type comme lui connaît-il le latin ?

Le moteur de la Lykan rugit. La voiture passe de zéro à soixante en un éclair, et tout à coup, mon immeuble disparaît dans le rétroviseur.

Je ne sais pas où il m'emmène.

Je ne peux que m'accrocher et suivre le mouvement.

MON PETIT LAPIN est allongé dans mon lit king-size, couché sur le côté avec sa cheville soigneusement surélevée. Elle s'est endormie presque aussitôt que je l'ai posée. Les événements d'hier soir et d'aujourd'hui l'ont épuisée.

Tant mieux. Elle a besoin de repos pour guérir.

Je ne peux pas m'empêcher de la regarder. Ses cheveux sont comme une flamme sombre contre les couvertures bleues. Ses yeux sont fermés, et sa respiration est douce, mais de temps en temps, son nez frémit, et elle marmonne quelque chose. Son front se plisse jusqu'à ce que je pose ma main sur son genou. Mon contact l'apaise à chaque fois.

Elle est belle comme ça, endormie et sereine. Je l'aime ainsi, mais je l'aime aussi quand elle me fusille du regard, les yeux étincelants. Elle a des yeux sombres comme je n'en ai jamais vus. Ils sont presque violets avec une teinte rougeâtre, comme des mûres. Et ses taches de rousseur sont une merveille. J'ai envie de les tracer une par une, même si mes mains rugueuses et tatouées sur sa peau pure et tachetée semblent obscènes. Comme les griffes d'un démon sur les ailes d'un ange.

Elle était effrayée aujourd'hui dans l'escalier, mais elle ne s'est pas écartée de moi. Pendant un instant quand elle m'a regardé, j'ai lu une excitation sauvage dans ses yeux sombres. Elle n'a pas seulement accepté ma violence ; elle l'a embrassée.

Elle a été faite pour moi.

L'argent que Fraternitas me rapporte me permet de posséder ce penthouse luxueux, mais je ne l'ai jamais considéré comme un foyer. Pas jusqu'à maintenant. Avant Elodie, je ne venais ici que pour dormir entre mes missions pour Fraternitas. La confrérie est tout ce qui compte.

Maintenant, j'entrevois que la vie pourrait avoir plus à offrir. C'est comme si j'avais vécu dans l'obscurité et que quelqu'un venait d'allumer les lumières.

Il n'y a pas beaucoup de place dans ma vie pour les choses douces et tendres. Le monde est violent et cruel, et je suis devenu encore plus violent et cruel pour y survivre. Mais peut-être que survivre n'est pas tout ce qui compte. Peut-être qu'après toute cette lutte, il peut y avoir une récompense. Le loup peut faire de la place dans sa tanière pour un petit lapin endormi.

Peut-être que celui-ci, je peux le garder.

6

ELODIE

UNE FOIS DE PLUS, je me réveille dans un espace étrange mais magnifique. La chambre de Jaeger est faiblement éclairée et ne contient rien d'autre que l'immense lit dans lequel je suis allongée et deux tables de chevet assorties avec des lampes. Aucun autre meuble. Mais les draps et les couvertures sont doux et sentent comme lui.

Il y a pire comme endroit pour se réveiller. J'essaie de faire le point sur tout ce qui s'est passé – la nuit dans les bois, mon retour à l'appartement, Margot partant avec les enfants – et mon cerveau bégaie quand j'en arrive au nombre de victimes de Jaeger.

Je n'ai jamais vu un meurtre auparavant. Encore moins deux. Cela fait paraître la violence qu'il a infligée à M. Wilson presque amicale en comparaison. Et à ce moment-là, cette violence était la pire que j'avais jamais vue.

Je dois être prudente. Je suis dans la tanière du loup sans possibilité de m'échapper. Du moins jusqu'à ce que ma cheville se porte un peu mieux. La dernière chose dont je me souviens, c'est Jaeger me portant dans son penthouse. L'endroit était sombre, mais j'ai pu percevoir son immensité et son vide. C'est comme cette chambre, meublée dans un style moderne mais sans touches personnelles. Il pourrait tout aussi bien vivre dans un hôtel.

Il y a un verre d'eau sur la table de chevet à côté de mes antidouleurs. Deux comprimés sont posés sur le bouchon ouvert. Je les prends et me glisse vers le bord du lit pour aller aux toilettes.

Une fois encore, Jaeger apparaît sans un bruit pour m'alerter de sa présence. Comment fait-il pour toujours apparaître quand j'ai le plus besoin de lui ?

— Bien dormi ? demande-t-il.

Il a l'air parfaitement réveillé et alerte, le salaud.

Ma vessie me fait souffrir, et je ne suis pas complètement réveillée, alors je me contente de grogner et de lever les bras.

Il s'approche et me soulève, me portant vers une magnifique salle de bain avec un sol et des murs en marbre noir et gris, une élégante baignoire blanche et une douche caverneuse. Il me laisse sur les toilettes dans l'alcôve privée, et à travers la porte, j'entends le bruit de l'eau qui coule.

Il revient m'aider alors que je me traîne jusqu'à la baignoire. Je retiens un petit cri de joie quand je vois celle-ci qui se remplit de mousse. Je ne m'arrête pas pour demander pourquoi un truand de la mafia a un bain moussant parfumé au sucre brun dans sa salle de bain luxueuse. Soit cela faisait partie de tous les meubles modernes et coûteux, soit il l'a acheté pour moi. L'idée qu'il ait commandé des choses pour moi fait frémir mon ventre, et je ne veux pas trop m'attarder là-dessus.

Il me laisse m'appuyer sur lui pour que je puisse retirer le débardeur et la culotte avec lesquels j'ai dormi, et je me glisse dans l'eau chaude avec un gémissement. Il s'assoit sur un tabouret à côté de moi, m'observant avec cette courbe satisfaite sur ses lèvres.

Je me fiche même d'être nue alors qu'il est entièrement habillé. La plupart du temps que nous avons passé ensemble, nous étions plus ou moins nus.

C'est un peu étrange quand il sort un gant de toilette et qu'au lieu de me le donner, il entreprend de me laver lui-même.

Mes joues chauffent à cause de l'eau chaude du bain mais aussi de la façon dont il prend son temps pour frotter le gant de toilette sur ma peau. Je me souviens comment il m'a lavée sous la douche après notre jeu primitif. Il semble adorer les soins post-séance, mais c'est si intime que j'ai du mal à soutenir son regard bleu vif. Je lutte contre l'envie de me dérober.

Le gant de toilette tourbillonne de plus en plus bas, lavant mon ventre en descendant entre mes jambes.

— Je peux le faire, dis-je d'un ton haletant en attrapant son poignet.

Mais il ne lâche pas le gant, et je ne suis pas assez forte pour le lui arracher des mains. Il soutient mon regard avec ce sourire narquois sur son beau visage et frotte le gant entre mes jambes. Je frissonne sous son toucher parfait.

Beaucoup trop vite, il retire le gant. Je m'enfonce plus profondément dans l'eau tandis qu'il lave mes jambes et examine ma cheville enflée.

— Atticus va passer pour t'examiner à nouveau, dit Jaeger.

Cela ne fait qu'un jour que le médecin m'a vue. Je n'ai même pas eu de bilan de santé de base depuis des années, et maintenant je reçois plusieurs visites médicales en moins de vingt-quatre heures.

Mais Jaeger est aux commandes, alors je ne dis rien.

— J'ai quelque chose à te montrer.

Il sort son téléphone et le tient pour que je puisse voir l'écran.

C'est une photo de Janie qui sourit dans un jardin ensoleillé, Tyson penché en avant et jouant dans l'herbe derrière elle. Ils sont tous deux entourés de grandes plantes soutenues par des piquets colorés. Des plants de tomates, je réalise, et puis je comprends ce que je regarde. C'est le jardin de tante Carol. La photo date de ce matin.

— Ils sont arrivés, dis-je d'une voix étranglée par l'émotion.

Ils vont bien.

— Mes hommes ont décidé qu'il serait plus sûr pour eux de conduire toute la nuit. Ta tante a été surprise de les voir, mais elle les a accueillis immédiatement, et ils se sont tout de suite installés.

J'examine la photo, savourant les sourires des enfants. Ils ont l'air parfaitement à l'aise.

— Ils auront bientôt de nouvelles identités aussi, dit Jaeger. Personne ne pourra les retrouver.

Mon inquiétude refait surface.

— Margot a une sclérose en plaques. Elle a besoin de médicaments, d'assurance. Si elle ne peut pas...

— Hé.

Jaeger pose sa main sur mon genou. Sous son contact, les battements anxieux de mon coeur s'apaisent.

— Tout ira bien. On s'assurera qu'elle soit suivie par un médecin. En attendant, Atticus peut lui prescrire ce dont elle a besoin depuis ici.

Un autre avantage d'avoir un médecin de la mafia à disposition.

La vague de soulagement me laisse étourdie. Mon plus gros problème vient d'être résolu, comme ça.

— Merci, dis-je.

Sans réfléchir, je lui prends la nuque et l'attire près de

moi pour presser mes lèvres contre les siennes. Je fais goutter de l'eau savonneuse sur le dos de sa chemise, mais il ne semble pas s'en soucier. Il penche la tête et prend le contrôle, plongeant sa langue dans ma bouche. Mes tétons durcissent, et au moment où il rompt le baiser, je suis haletante.

Il essuie des bulles sur ma poitrine.

— Petit lapin, murmure-t-il en glissant sa main plus bas.

Cette fois, je ne l'arrête pas. Je me penche en arrière et écarte les jambes, acceptant son toucher expert sur mes replis. Il sait exactement comment appuyer, comment frotter, mais au final, c'est l'éclat intense de ses yeux qui me fait basculer.

Et puis, sa main disparaît, et il se lève pour enlever son t-shirt et son jean. Je suis étourdie, mon corps frémissant encore, quand il me soulève hors de l'eau. L'eau et la mousse inondent les magnifiques carreaux et les tapis de bain moelleux, mais il ne semble pas le remarquer. Il me pose sur le marbre du lavabo et se rapproche pour positionner son sexe à mon entrée, ignorant mes protestations.

— Jaeger, non. Je ne peux pas, ma cheville...

— Chut.

Il saisit ma cuisse droite.

— Détends-toi, petit lapin. Je ferai tout le travail.

Et il me pénètre.

Jaeger

Elle est douce et chaude. Je la stabilise sur le comptoir, qui est parfaitement à ma hauteur.

Son sexe serre le mien. En un rien de temps, elle a des

étoiles dans ses yeux sombres. Je soulève ses fesses généreuses du marbre et la pénètre profondément.

Sa plainte meurt dans un gémissement.

— Ooooh.

— Voilà. Jouis pour moi.

J'embrasse son front jusqu'à ce qu'elle penche la tête en arrière et que je puisse atteindre ses lèvres. J'ai pris soin de me placer sur un tapis de bain pour que mes pieds ne glissent pas.

Cela fait presque vingt-quatre heures que je ne l'ai pas prise, et je ne peux pas attendre une minute de plus. Je vais la baiser souvent, je décide. Plusieurs fois par jour. Elle aura besoin de nourriture et de repos pour suivre le rythme, mais avec le temps, son endurance augmentera. Elle vivra ici et ne manquera de rien.

Je le lui dirai bientôt. Elle semble confuse sur la raison de sa présence ici. Je devrais être gentil et y aller doucement, mais je vais déjà aussi lentement que possible. Je la veux dans ma vie, dans mon lit, pour toujours.

Je veux qu'elle soit mienne.

Mes testicules se contractent, et je claque mes hanches plus fort contre les siennes. Ses muscles internes serrent mon sexe. Mes mains sont occupées à la maintenir suspendue en l'air, donc je n'ai pas de main libre pour trouver son clitoris, mais j'oriente mes hanches pour que mon bas-ventre la frotte de la bonne façon. Elle halète, frissonnant sous l'orgasme. Je continue à la pilonner, ma propre jouissance s'accentuant.

Ses bras entourent mon cou, serrant fort. Ses seins magnifiques frottent contre mon torse. Mais c'est la façon dont elle se blottit contre moi, s'accrochant comme si j'étais sa bouée de sauvetage, qui me fait basculer.

Je veux être son roc dans la tempête. Son tout. Elle est la

seule qui m'ait jamais remercié. Elle m'a embrassé, et pendant un instant béni, j'étais un héros.

J'en veux plus.

Mais il y a un obstacle à ma conquête d'Elodie. J'ai prêté serment à Fraternitas, et nous ne sommes pas une confrérie ordinaire. J'aurai besoin de l'approbation du Diable et de mes frères avant de la revendiquer officiellement. Je dois faire les choses correctement. Je suis un soldat loyal, mais je ne tolérerai pas que quiconque m'enlève Elodie.

Rien ne m'empêchera de posséder ma douce proie.

POUR LE DEUXIÈME JOUR CONSÉCUTIF, je prends mon petit-déjeuner au lit avec l'homme qui a payé pour me pourchasser et me baiser dans les bois. Cette fois-ci, je ne sais pas pourquoi.

— Qu'est-ce que tu fais ? je lui demande.

Je suis nue dans le lit, adossée aux oreillers. Jaeger porte un jean et rien d'autre, avec un plateau de nourriture sur ses genoux.

— Je te nourris.

Intensément concentré, Jaeger prend des œufs brouillés et guide soigneusement la fourchette vers ma bouche.

— Ouvre.

Je m'agite face à l'humiliation d'être nourrie comme un bébé, mais je cède et j'obéis. Je mâche et avale pour pouvoir continuer à le questionner.

— Je veux dire, pourquoi suis-je ici ? Dans ta maison... ton penthouse ?

Cet endroit est incroyable, mais ça ne ressemble pas à

un foyer. C'est joli, mais il n'y a aucune touche personnelle. La première chose que je ferais si je vivais ici serait d'acheter des bibelots et des coussins, peut-être une fougère d'intérieur.

— Parce que je te veux ici, lâche-t-il, ses lèvres s'incurvant vers le haut. Et tu es blessée, donc tu ne peux pas partir.

Je laisse échapper un grognement du fond de ma gorge.

— Tu viens de grogner contre moi ? Petit lapin... dit-il avec tant d'affection que j'ai envie de le frapper. Il vient de grimper sur ma liste des Personnes Que Je Veux Tuer. Il n'est pas en tête, mais la journée ne fait que commencer.

— Tu veux retourner à ton appartement ? demande-t-il.

Je ne le veux pas, bien sûr, mais je ne peux pas l'admettre devant lui. Il l'utiliserait comme argument pour me convaincre de rester.

Et pourquoi ? Que veut-il de moi ? À part me baiser puis me nourrir au petit-déjeuner pendant que je suis nue et lui non ?

J'ai peur de lui demander directement.

Je plisse les yeux vers lui.

— Tu n'as pas peur d'être inculpé pour meurtre ? Pour les deux types ?

— Quels types ?

Il fronce les sourcils en étalant de la confiture de fraise sur un biscuit qui semble moelleux.

— Ceux que tu as balancés dans les escaliers.

Le voir éliminer ces hommes a été le moment le plus intense de ma vie. Glaçant... et un peu excitant. Mais apparemment, Jaeger l'a déjà oublié.

— Non.

Il ricane et me donne le biscuit. Je devrais paniquer parce que Jaeger a non seulement commis un double homicide devant moi mais le balaie complètement d'un revers de main. Et on dirait bien que les flics feront de même.

Au lieu de ça, je mange le biscuit au beurre le plus moelleux que j'aie jamais goûté directement de sa main. Je ne sais pas où il a trouvé ces biscuits typiques du sud des États-Unis à New Rome, mais je pourrais l'embrasser pour ça.

Encore. Mais il se ferait des idées.

Encore.

— Et si M. Wilson parle...

— Il ne parlera pas. Il ne fera rien. Personne d'autre non plus.

Il essuie les miettes de mon visage avec une serviette et se penche pour m'embrasser au coin de la bouche. Ses lèvres ont un goût sucré, je devais donc avoir de la confiture de fraise sur les miennes. Le baiser s'approfondit rapidement, sa langue pénétrant ma bouche, et je me perds dans les vagues, je coule...

Je pose mes mains sur son torse nu et je le repousse. Je ne parviens pas à le faire bouger, mais ça attire son attention.

— C'est censé être terminé. J'ai rempli le contrat.

Je montre ma poitrine, qui est nue parce que les couvertures ont glissé.

— Tu as eu ce que tu voulais, alors...

Il enroule sa main autour de ma nuque.

— Je veux prendre soin de toi.

Cela me fait taire. Je le laisse reprendre ses baisers parce que je n'arrive plus à respirer. Personne ne m'a jamais dit ça. Il a l'air déterminé.

Juste au moment où je pense qu'il va repousser les couvertures et me prendre à nouveau, il se penche en arrière et quitte le lit pour débarrasser le plateau du petit-déjeuner.

— Je ne cherche pas de petit ami, lui dis-je avec méfiance quand il revient.

— Tant mieux. Je ne suis pas un ami.

Il m'adresse un sourire dangereux. Un frisson parcourt

mon corps parce que ma chatte devient idiote dès qu'il est concerné.

Je soupire.

— Quand est-ce que je reçois mon argent alors ?

Si Jaeger insiste pour que je reste avec lui, je le ferai jusqu'à ce que ma cheville guérisse un peu. Ensuite, je pourrai utiliser l'argent gagné pour m'échapper.

— Aujourd'hui.

Il sort son téléphone et commence à envoyer des messages.

— Je vais prendre les dispositions nécessaires. St. James devrait être de retour en ville maintenant.

Je me raidis parce que St. James est l'homme le plus effrayant que j'aie jamais rencontré. Le fait qu'il porte des costumes coûteux ne le rend que plus intimidant. J'ai survécu en travaillant dans une entreprise dirigée par Fraternitas en faisant profil bas. St. James est le patron de mon patron de mon patron, et j'ai su instinctivement que je ne devais pas attirer son attention.

Mais maintenant j'ai attiré celle de Jaeger, pour le meilleur ou pour le pire. Et pendant que ma cheville guérit, je suis coincée avec lui. Autant m'y faire et utiliser ce temps pour planifier mon évasion.

— Il dit que l'argent est prêt pour toi à l'Inferno. On peut y aller ensemble pour le récupérer.

— Quoi ? On m'avait dit que l'argent serait déposé sur mon compte.

Je ne vais pas m'opposer à un homme comme St. James, mais je pâlis à l'idée de retourner sur mon lieu de travail avec une cheville blessée et Jaeger à mes côtés.

— Qu'est-ce que je vais porter ?

Et c'est ainsi que je me retrouve transportée dans une boutique de mode haut de gamme, le genre d'endroit où les amies mannequins de Margot travaillaient en attendant de percer.

— Il faut que tu arrêtes de faire ça, dis-je en me plaignant, même si je passe un bras autour de son cou pour me stabiliser dans ses bras.

Les clients se retournent et nous fixent.

— Tu ne peux pas marcher.

Il ne semble pas se soucier de mes plaintes. Il a juste l'air amusé.

— Et tu as dit que tu avais besoin de vêtements, ajoute-t-il.

Je porte le jogging d'hier et l'une des chemises de Jaeger. Elle est énorme sur moi, alors je l'ai nouée dans le dos.

— Je croyais pourtant que c'était ton plan. Me garder nue, je marmonne.

— C'est toujours mon plan. Mais je me suis dit que tu préférerais ça.

Je me tais parce que parmi toutes les options, celle-ci est la meilleure. Ce n'est pas une bonne idée de retourner à mon appartement, et je n'ai rien pris avec moi. Pas que je possède quoi que ce soit qui vaille la peine d'être emporté. Tout ce que je possède tiendrait dans une valise, et ça ne me dérangerait pas de tout laisser derrière moi.

Je ne m'attendais pas à ce que Jaeger se dirige directement vers une boutique exclusive sur la 5e Avenue. Avec ses manches tatouées, il attirerait l'attention même s'il ne me portait pas comme une mariée à travers ce magasin chic.

Près d'un présentoir de bijoux, trois dames aussi minces que des squelettes se retournent et nous dévisagent. L'une d'elles a un minuscule chien dans son sac, qui commence à aboyer quand Jaeger passe. Il tourne la tête et lance un long regard dur à l'animal jusqu'à ce qu'il gémisse. Les dames hoquettent et s'enfuient précipitamment.

Les vendeuses se figent quand Jaeger s'approche.

— Elle a besoin de vêtements, leur dit-il.

Je leur fais un petit signe de la main en guise de bonjour et croise les bras sur ma poitrine.

La responsable des ventes jette un coup d'œil à la bague en forme de crâne de Jaeger et s'active.

— Oh, euh, oui... oui, bien sûr.

En un rien de temps, je suis installée dans un fauteuil confortable avec une coupe de champagne. Jaeger prend les commandes, debout à côté de moi, donnant des ordres au personnel. Les vêtements s'empilent autour de moi. Je me sens comme Cendrillon, mais au lieu d'une marraine-fée, j'ai hérité d'un parrain géant et effrayant.

— Celle-là aussi.

Jaeger désigne un mannequin proche exhibant une robe de cocktail moulante en sequins blancs, et je me sens obligée d'intervenir.

— Je n'ai pas besoin d'une robe, je proteste. De toute façon, elle ne m'ira pas.

— Nous l'ajusterons, me rassure la vendeuse. Il nous faut juste vos mensurations.

J'ouvre la bouche pour dire : « Je ne peux pas me le permettre », mais Jaeger parle en premier.

— Bien. Prenez les mesures.

Les yeux de la vendeuse s'illuminent.

— Et pour les sous-vêtements, vous avez une idée ?

Jaeger se tourne vers moi, me réduisant au silence par son regard brûlant.

— De la lingerie. Beaucoup de lingerie.

— C'est ridicule, dis-je lorsque je suis de retour dans ses bras, portée hors du magasin et vêtue d'une toute nouvelle tenue.

Jaeger a tout payé. Je n'ai pas demandé combien cela avait coûté, mais la responsable des ventes arborait un grand sourire quand elle a promis de faire livrer les sacs à son penthouse.

Dehors, les vitrines reflètent l'image de Jaeger me portant. J'ai l'air bien dans ma nouvelle jupe en simili cuir vegan et mon pull à épaules dénudées. Jaeger est sexy dans sa veste en cuir noir, mais il a toujours l'air sexy.

Le pire quand il me porte, c'est à quel point il sent bon. Et je suis tout près de son profil parfait, de la barbe dorée sur ses pommettes hautes. Même si je ne le connais que depuis deux jours, mon corps est en alerte et prêt. J'imprègne ma nouvelle culotte en dentelle.

— Il faut qu'on s'arrête acheter des béquilles, je proteste. Tu ne peux pas me porter partout.

— Si, je le peux.

Il est certainement assez fort pour ça.

— Ce n'est pas pratique. Je vais le dire à Atticus. Il sera d'accord avec moi.

— Atticus ne peut pas te voir avant ce soir. Il y a eu une urgence au club de combat.

Je me mords la lèvre supérieure. Le club de combat clandestin est une des spécialités de Fraternitas. À classer dans les choses que je préfère ne pas savoir.

— Tu aimes juste me porter.

— Tu as raison, mon petit lapin.

Il sourit avec une telle chaleur que je dois détourner le regard.

Devant nous se trouve un grand magasin populaire.

— Emmène-moi au moins là-bas pour acheter du maquillage, je grommelle pour me distraire de sa présence.

— Tu n'en as pas besoin, dit-il, mais il fait quand même le détour.

— Ouais, mais ton appartement aurait bien besoin de coussins décoratifs.

Je pointe du doigt une jolie présentation dans le rayon maison.

Il s'arrête, la fixant.

— À quoi ça sert ?

Je lève les yeux au ciel.

— Ils rendent l'endroit plus chaleureux. Tu as vu où tu habites ? J'ai déjà été dans des halls d'entreprise qui avaient plus de personnalité.

Il me dépose dans un fauteuil et fait signe à un vendeur.

— Choisis ce que tu veux.

— Tu es sérieux ?

Pour toute réponse, il prend deux bougies. L'une parfumée au pin, l'autre étiquetée « cidre épicé ».

— Rouge ou verte ? demande-t-il.

Au final, nous prenons les deux bougies, un tas de coussins décoratifs et des bibelots. C'est bizarre de décorer l'appartement d'un homme de main de Fraternitas, alors je fais comme si je faisais du lèche-vitrine avec Margot.

Le penthouse de Jaeger va ressembler à mon magazine hygge préféré quand j'en aurai fini avec lui. Est-ce qu'il regardera tout ça et se souviendra de moi quand je serai partie ?

Je ne peux pas penser à ça maintenant.

Après le rayon maison et le comptoir de maquillage, je lève les bras pour que Jaeger me soulève.

— Je pense qu'on a fait assez de dégâts pour aujourd'hui. Je te rembourserai pour le maquillage.

— Non.

Il se penche et enfouit son nez dans mon cou, humant l'échantillon de parfum que j'ai essayé.

Je frissonne, et des picotements se répandent dans tout mon corps.

— Arrête, je murmure.

— Arrêter quoi ?

Ses lèvres effleurent mon oreille.

— Ça ?

Il incline la tête et embrasse l'endroit où mon pouls bat furieusement.

Je tourne la tête. Malheureusement, nous sommes dans le rayon bijouterie du magasin, et j'aperçois une bague qui me fait soupirer.

— Qu'est-ce qu'il y a ? demanda Jaeger en levant la tête, toujours aussi alerte.

— Rien, dis-je.

Mais je ne peux pas détacher mon regard de la bague. Elle est faite d'or rose délicat, avec de minuscules diamants en forme de larme entourant une pierre centrale rose.

Il nous rapproche.

— Celle-là ?

Il examine la vitrine.

Je ne peux rien dire. Je n'ai jamais rien vu d'aussi beau.

— Je peux vous aider, monsieur ? demande un vendeur.

— Elle veut essayer cette bague, répond Jaeger en la désignant d'un signe de tête.

— Non, je ne veux pas, dis-je en serrant les poings.

Étonnamment, je suis au bord des larmes.

Le vendeur est déjà en train de sortir la bague de la vitrine.

— Vous êtes sûre, mademoiselle ?

— Essaie-la juste...

Jaeger m'incline pour que je puisse tendre ma main. Le vendeur la glisse à mon annulaire.

Elle me va parfaitement.

— Magnifique ! s'extasie le vendeur.

— Je n'en veux pas, je murmure.

J'enlève la bague et la lui rends.

Jaeger se contente de répondre par un : « Hmmm ». Je

garde les yeux rivés sur les formes noires de ses tatouages qui tourbillonnent sous son col.

Au bout d'un moment, il passe à autre chose. Je pousse un soupir quand il me porte hors de la boutique.

— C'est l'heure du déjeuner, annonce-t-il.

Je ne dis rien. J'essaie de comprendre ma panique dans la boutique. Je suis plutôt à l'aise avec le fait que Jaeger me porte littéralement jusqu'à chez lui, me traite comme si j'étais impuissante, m'achète tout ce dont j'ai besoin. Résout mes problèmes. Me prenne comme il veut.

Qu'est-ce qui fait que j'accepte tout ça, mais que lorsque je vois quelque chose que je veux réellement, je me fige de peur sans raison ? Suis-je tellement usée par la vie que tout ce que je peux faire, c'est baisser la tête, passer d'un problème à l'autre et simplement essayer de survivre ?

Aurais-je un jour le courage de tendre la main vers ce que je veux vraiment ?

7

ELODIE

QUAND JAEGER me porte dans le vestibule sombre de l'Inferno, l'hôtesse aux cheveux noirs arborant un piercing au nez orné d'un rubis s'y prend à deux fois pour nous regarder.

— Elodie ?

Mon amie écarquille les yeux quand elle voit qui me porte.

— Salut, Daria.

Je lui fais un petit signe de la main.

Elle déglutit tandis que Jaeger s'approche, et elle saisit deux menus.

— Par ici, monsieur.

Son ton est vif et professionnel, mais elle jette quelques regards en arrière tout en nous guidant à travers le club.

— On était vraiment obligés de venir ici ? je lui murmure.

— Tu veux être payée.

— Oui, mais je n'ai pas prévenu mon patron que j'allais être absente pendant quelques jours.

Dans toute cette agitation, j'ai oublié d'appeler. J'espérais pouvoir m'expliquer et peut-être échanger mes horaires avec une hôtesse qui peut aussi servir aux tables. Je peux travailler si je peux rester assise tout le temps.

— Tout est réglé.

— Comment ça ?

— St. James est au courant pour ta cheville.

Je retiens mon souffle. Être sur le radar de St. James n'est PAS ce que je veux. J'ai envie de demander ce qu'il sait d'autre sur moi, mais en même temps, je préfère ne pas savoir.

L'Inferno est divisé en deux zones. À l'avant, on trouve des tables avec banquettes de style steakhouse et des salons privés lambrissés d'acajou. C'est l'heure du déjeuner, donc cette partie du restaurant est bondée.

À l'arrière se trouve le club pour gentlemen. Je n'y travaille pas, sauf quand c'est vraiment plein à craquer. Je sais qu'il s'y déroule des parties de poker secrètes, des jeux d'argent, et des affaires illégales de toutes sortes à toute heure.

Aujourd'hui, quelques groupes parlent affaires autour des tables rondes, ignorant la danseuse burlesque sur scène. Je fais un signe à la danseuse, Angel, en passant. Elle agite son éventail en plumes blanches et me fait un clin d'œil.

Daria nous guide à travers le club jusqu'à l'espace VIP au-dessus de la scène des danseuses. J'ai déjà servi les tables à l'avant d'Inferno et dans la zone des danseuses, mais je n'ai jamais été ici auparavant.

Cette zone est réservée aux membres de Fraternitas.

Daria s'arrête à un box central adossé au mur.

— Ça vous convient ?

— Parfait.

Jaeger me dépose, et je me glisse au fond du siège circulaire.

Deux types tatoués sont assis au bar. Ils doivent être de Fraternitas s'ils sont dans la zone VIP. En effet, tous deux portent des bagues en forme de crâne à leur majeur. Jaeger leur fait un signe de tête.

— Je reviens tout de suite.

Il plonge sa main dans mes cheveux et tire ma tête en arrière, m'embrassant à perdre haleine. Je suffoque contre sa bouche avant qu'il ne fasse glisser ses lèvres jusqu'à ma clavicule où il suce assez fort pour laisser une marque.

Puis il s'en va, et je frotte l'endroit humide qu'il a laissé sur ma peau. C'est probablement rouge vif. Une marque de possession.

Furtive comme une ombre, Daria se glisse dans le box à sa place. Elle se penche vers moi, le bijou de son anneau de nez scintillant.

— Meuf, qu'est-ce qui se passe ?

Je reprends encore mon souffle.

— C'est une longue histoire.

— Alors, raconte-moi, siffle-t-elle.

Une ombre s'étend sur la table, et nous nous redressons, pour découvrir que c'est une autre serveuse, Honey.

— Qu'est-ce que vous faites ? demande-t-elle, et nous la faisons taire.

— Elodie est ici... avec quelqu'un.

Daria hausse les sourcils d'un air suggestif.

— Genre... Le regard d'Honey se dirige vers les voyous au bar. L'un d'entre eux ? Lequel ?

— Il s'appelle Jaeger, dis-je.

— Oooh, murmure Honey. Il est canon. Son frère aussi. Tu as déjà rencontré Kaiser ?

— Non.

Je ne savais même pas que Jaeger avait un frère.

— Il est effrayant. Mais c'est sexy.

Honey fait semblant de s'évanouir.

—Allez, ma belle, dit Daria en tapant sur la table. Raconte. Tu as trente secondes avant que Lucy nous repère.

Lucy est la responsable d'Inferno et elle règne d'une main de fer. Elle peut être plus intimidante que tous les membres de Fraternitas réunis.

— Lucy nous pardonnera, dit Honey. Elle t'aime bien.

— Non, pas du tout, réplique Daria sans me quitter des yeux.

— Si, insiste Honey.

C'est une vieille dispute, qu'elles reprennent volontiers par bribes, en plaisantant, entre deux clients. Je me glisse vers le bord de la banquette.

— Aidez-moi à me lever. Je veux aller aux toilettes.

— Qu'est-ce qui est arrivé à ta cheville ? demande Daria, mais elle et Honey se placent de chaque côté de moi et m'aident à me traîner jusqu'au bout du couloir.

Nous entrons dans les toilettes spacieuses. Il y a un salon à côté des cabines, et je m'effondre dans l'un des fauteuils.

— Dis-nous tout, exige Daria.

Je ressens une chaleur réconfortante face à elles. Depuis que j'ai abandonné mes études et commencé à travailler ici, ma vie n'a été que boulot dodo, avec en prime du babysitting pour Margot. J'ai été trop épuisée pour faire quoi que ce soit pour moi-même, et encore moins pour garder contact avec les amis que je m'étais faits à l'université.

Je n'avais jamais eu l'intention que mes collègues deviennent mes amies les plus proches, mais c'est ainsi que va la vie. L'endroit où tu passes ton temps devient ta maison. Les personnes qui t'entourent deviennent ta communauté. Une fois que j'ai choisi de travailler à l'Inferno, tous les autres choix ont découlé de celui-ci, et mon destin était scellé.

Mais en regardant Daria et Honey, je réalise à quel point j'ai besoin de leur amitié. Nous partageons des commérages, des pansements pour ampoules et nous plaignons des longues heures de service et des clients radins. Leur soutien est tout ce que j'ai, et pour cette raison, il représente tout ce que j'ai de plus cher.

Alors je leur raconte mon histoire, en commençant par l'offre de St. James et en terminant par la virée shopping, mais je garde pour moi ma panique à propos de la bague. Les filles s'extasient aux moments appropriés, et quand j'ai terminé, Daria se tapote le menton, plongée dans ses pensées.

— St. James ne fait pas ce genre d'offre à n'importe qui, dit-elle. Pas aux serveuses ou aux danseuses, en tout cas, parce que l'une d'entre elles aurait parlé, et je l'aurais su. Ça veut dire que Jaeger t'a choisie spécifiquement.

Honey suffoque.

— Parce qu'il te veut. Tu as été choisie.

Elle me gratifie d'un sourire éblouissant.

— Quoi ? je demande.

— Tu sais, comme l'une d'entre elles, dit Honey avant d'ajouter dans un murmure : une *elita*.

Je jette un coup d'œil à Daria, mais aucune de nous n'a la moindre idée de ce dont Honey parle.

— C'est quoi une *elita* ? demande Daria en croisant les bras sur sa poitrine.

— Une des élues.

Honey perçoit notre air perplexe et lève les yeux au ciel.

— Il faut vraiment que vous commenciez à faire attention à ce qui se passe autour de vous.

— Faire attention peut nous coûter la vie, grommelle Daria, et je suis d'accord.

— N'importe quoi, dit Honey. Vous vous souvenez d'Odette ?

Le nom me semble familier, mais je ne me souviens d'elle que lorsque Daria dit :

— La danseuse ? Elle a travaillé ici pendant, genre, deux secondes.

— Exact. Et maintenant elle ne vient plus qu'au bras de ce grand type avec le tatouage dans le cou. Celui avec des joyaux sur sa bague, dit Honey en baissant encore la voix, l'un des Sept.

Je ne sais pas ce qu'elle veut dire par « l'un des Sept », et je ne veux pas le savoir. Mais je me souviens d'Odette.

— Elle est venue il y a quelques semaines avec lui, dis-je lentement. Elle portait un ruban noir autour de la gorge avec un bijou bleu dessus.

— Oui, pour aller avec sa bague.

Honey fait un geste, l'air de dire : « tadaa » avec ses mains et soupire quand nous la regardons toujours avec confusion.

— C'est une initiée. C'est ce que tu deviens avant la cérémonie quand tu es revendiquée.

Cérémonie ? J'ai tellement de questions, mais j'ai l'impression d'avoir marché à travers les bois, pour finalement arriver devant une clôture couverte de fil barbelé et un panneau *Défense d'entrer*.

Daria semble sceptique.

— Comment ça se fait que tu en saches autant sur tout ça ?

Honey rougit et examine sa manucure française.

— Je le sais, c'est tout.

— D'accord, dis-je. Et alors ? Certains membres de Fraternitas revendiquent leur élite...

— *Elita*. Ou *Electus*, s'ils sont des hommes, corrige Honey en tirant la langue à Daria, qui secoue la tête.

— *Elita*.

Je ne peux pas me débarrasser de ce sentiment de terreur, comme si je ne devais pas connaître ce terme.

— Quel est le rapport avec Jaeger ?

— Tout.

Honey s'accroupit devant moi et prend mes mains dans les siennes.

— La raison pour laquelle tu es ici – dans un box et pas en train de travailler sur le plancher – c'est parce que Jaeger veut te revendiquer.

— Il ne peut pas me revendiquer. Je ne suis pas... pas...

Mon cerveau devient vide comme lorsque j'ai essayé la bague. *Danger ! Fais demi-tour !*

— Ce n'est pas ça.

— Il t'a amenée ici pour t'exhiber devant Fraternitas. Il veut te revendiquer comme son *elita*.

— Qu'est-ce que ça impliquerait ? demande Daria.

— Je ne sais pas. Le rituel est gardé secret. Comme tout ce qui concerne Fraternitas. Je peux essayer de contacter Odette...

— Non, ne fais pas ça, dis-je en secouant la tête.

— C'est comme les bagues à tête de mort, dit Honey. Ils les gagnent en tuant un homme. Ou est-ce dix ?

J'ai un violent flash-back de Jaeger dans la cage d'escalier, le sang éclaboussé sur sa mâchoire.

— Oh, mon dieu, dis-je en me penchant sur mes genoux. Je ne veux pas savoir.

— Elodie, dit Daria, et je couvre mes oreilles avec mes mains.

Pas que je puisse entendre quoi que ce soit au-delà du bruit assourdissant, comme de l'eau qui se précipite à travers un trou dans un immense barrage. Je ferme les yeux.

Quand je les ouvre à nouveau, Honey et Daria me regardent avec compassion.

— Je suis sûre que tout ira bien, dit Honey.

Elle me serre le genou et se lève.

— On doit retourner travailler.

Daria fait signe à Honey de partir et hésite, me regardant.

— Allez-y, dis-je. J'ai besoin d'une minute.

Je dois me calmer avant de pouvoir affronter Jaeger et une pièce pleine d'hommes avec des bagues à tête de mort.

Daria hésite encore, et je lui fais signe de partir d'un geste de la main.

— Ça va aller.

Je serre mes mains l'une contre l'autre jusqu'à ce que la porte se ferme, et je me retrouve seule.

Ma cheville est endolorie mais loin d'être aussi douloureuse qu'hier. Cette bonne nuit de sommeil a énormément aidé. Peut-être que je serai mobile plus tôt que prévu.

Et après ? Est-ce que je peux fuir ? Où irai-je ? Je ne peux pas aller chez Tante Carol. En plus de ne pas vouloir y mener les usuriers, son hospitalité sera trop mise à l'épreuve. Mieux vaut que je fuie dans la direction opposée.

Une autre pensée me frappe. Jaeger sait où se trouve Margot. Il pourrait la menacer, elle et les enfants, ou les utiliser comme chantage pour me faire revenir.

Je rejette cette pensée aussitôt qu'elle me traverse l'esprit. Jaeger ne lui fera jamais de mal, ni aux enfants. Je ne le connais pas bien, mais ça, je le sais.

Il a un étrange sens de l'honneur pour un criminel meurtrier.

Mais j'ai peur que Honey ait raison. Jaeger pourrait vouloir me garder. Et rien ne l'arrêtera.

Des murmures se font entendre dans le couloir, derrière la porte, et je me dis que j'ai passé assez de temps ici.

J'attrape l'accoudoir de la chaise et je m'en sers pour soutenir ma progression lente en boitant vers la porte. Une fois arrivée, je m'appuie sur la poignée, déplaçant mon poids, et j'ouvre.

J'aperçois une silhouette sombre dans le couloir. Je recule brusquement jusqu'à ce que la faible lumière éclaire une tête dorée.

— Jaeger ?

Tout ce que je peux distinguer, c'est une main tatouée et une bague en forme de crâne.

Quand la silhouette s'avance dans la lumière, je réalise que ce n'est pas du tout Jaeger.

L'homme ressemble à Jaeger, avec la même tête de lion et les mêmes yeux bleus orageux. Son visage est identique, et même les tatouages sont similaires. Mais ce n'est pas le même. Ce n'est pas l'homme que j'ai fui dans la forêt ni celui contre qui je me suis blottie hier soir.

Non, cet homme me regarde comme si j'étais un insecte qu'il s'apprête à écraser. Jaeger ne m'a jamais regardée comme ça.

— Qui es-tu ?

Ma question meurt sur mes lèvres quand il s'avance. Une grande main, couverte jusqu'aux jointures d'un tatouage en toile d'araignée, saisit mon menton. Il tourne mon visage d'un côté puis de l'autre.

Un éclair de peur me traverse face à son toucher insensible. Je me fige comme un lapin pris au piège.

Avant que je ne me ressaisisse pour crier ou le repousser, il me relâche et recule, un rictus déformant son visage.

— Alors, Petit Chaperon rouge, dit-il. C'est toi qui as piégé mon frère.

8

JE RESTE bouche bée devant le blond. Il ressemble tellement à son frère que c'en est troublant. Des jumeaux identiques. Comme Jaeger, il est terriblement séduisant. Mais alors que Jaeger m'inspire confort et désir, cet homme, avec le même visage, ne m'inspire que terreur. Je tremble en m'appuyant contre le mur à l'extérieur des toilettes.

— Qu'as-tu à dire pour ta défense ?

Il se tient trop près. Jaeger envahit constamment mon espace personnel, mais je m'y suis habituée. Je le désire même, alors que mon corps perçoit ce type comme une menace pure et sans filtre. Nous sommes dans un couloir sombre où seuls d'autres membres de Fraternitas pourraient entendre mon appel à l'aide.

— Alors ? insiste le frère de Jaeger.

— Je ne l'ai pas piégé, dis-je en couinant.

Moi, piéger Jaeger ? C'est plutôt l'inverse. Mais comment lui expliquer ça ? La peur me tord tellement l'estomac que j'ai envie de vomir.

Il lève une main, et je tressaille, mais c'est seulement pour caresser le duvet doré sur son menton. Sa bague en forme de crâne trône ostensiblement sur son majeur. Les ombres dans les orbites du crâne semblent infinies.

— Kaiser, lance soudain Jaeger qui apparaît au bout du couloir.

Je ne peux pas contenir la vague de soulagement qui me submerge en le voyant alors qu'il s'avance vers moi d'un pas nonchalant. Il me soulève dans ses bras, et je m'accroche à lui. Kaiser me fusille du regard, mais je suis en sécurité dans les bras de son frère. J'ai le sentiment que la seule raison pour laquelle il ne m'a pas brisé la nuque et laissée pour morte, c'est parce que Jaeger est là. Cela me fait m'accrocher encore plus fort à lui.

— Voici Elodie, dit Jaeger. Elodie, je te présente mon frère, Kaiser.

Kaiser et moi ne nous disons rien.

— Elle ne devrait pas être ici, dit Kaiser à Jaeger tout en continuant à me fixer comme s'il espérait que son regard me réduise en cendres.

Je n'essaie même pas de soutenir celui-ci. Un lapin ne peut pas défier un loup.

— Elle est avec moi.

Kaiser tourne son regard furieux vers son frère. Un autre duel visuel intense s'engage. Cette fois, les adversaires sont de force égale. Je ne peux qu'espérer que le jumeau qui me tient gagne.

— Elle a sa place ici, dit Jaeger, et cela me trouble.

J'ai l'impression qu'il ne parle pas seulement de notre déjeuner ici, cette fois-ci.

— On verra, dit Kaiser avant de s'éloigner.

Son ombre s'étire le long du couloir. Une fois arrivé au bout, il claque la porte.

Eh ben, ce n'est pas du tout inquiétant.

— Est-ce que ça va ?

Je m'accroche plus fort à lui. Je n'ai jamais été l'objet d'une haine aussi intense de la part de quelqu'un que je viens de rencontrer.

— Tout va bien. Kaiser ne te fera jamais de mal.

Je n'en suis pas si sûre.

De retour au box, notre table est pleine de nourriture. Je m'assieds et me tords les mains pendant que Jaeger dévore un steak de la taille d'une assiette.

— Tu ne manges pas.

Il fronce les sourcils et pousse un plat de purée de pommes de terre vers moi.

Je hausse les épaules.

— Tiens.

Il se penche et attrape une mallette noire, la faisant glisser sur la table.

— Ça t'aidera à te sentir mieux.

Je l'ouvre, m'attendant à moitié à y trouver des sachets en plastique remplis de petites pilules tentantes. Au lieu de ça, elle contient des piles et des piles de billets de cent dollars.

— Qu'est-ce que c'est ? je demande bêtement.

J'ai la folle impression que je devrais refermer cette mallette d'un coup sec et la cacher au cas où le FBI surveillerait notre échange illicite.

— Ton paiement.

J'essaie de faire un calcul mental, mais mon esprit reste vide. C'est bien plus que dix mille dollars.

— Cent mille, dit Jaeger pour m'aider. Tu peux les compter. St. James ne sera pas offensé.

St. James. C'est vrai, ce requin est impliqué dans tout ça. Moins il pense à moi, mieux ce sera.

Je ferme la mallette et la repousse.

— Je n'ai pas tenu jusqu'à l'aube.

— Ah bon ?

Il sourit quand je le dévisage.

Sous-entend-il que je lui ai survécu ? Je suppose que oui. J'ai vécu jusqu'à l'aube. Il ne m'a pas tuée et abandonnée dans les bois.

Au fond de moi, je sais que c'était une possibilité. Mais étonnamment, j'ai échappé à ce destin. Dans ce sens, j'ai bien gagné cet argent.

Tout à coup, je n'ai plus peur. Je suis en colère.

Je prends la mallette et la pose à côté de moi, soutenant son regard tout du long.

— Avec cet argent, je pourrais te quitter.

— Tu pourrais essayer, murmure-t-il. Tu n'irais pas loin. Tu es blessée, tu te souviens ?

— Je ne serai pas toujours blessée.

C'est imprudent, mais je m'en fiche. Je ressens la même chose que dans les bois, quand j'en avais assez de courir et que je me suis arrêtée pour le défier.

— Tu as raison. Tu guériras vite.

Il se penche suffisamment près pour que je puisse distinguer les stries sombres dans ses yeux orageux.

— C'est là que tu découvriras que si tu fais plus que quelques pas loin de moi, je te traquerai. Et tu sais à quel point je suis doué pour la chasse.

Mon cœur rate un battement et l'adrénaline me traverse de toute part, actionnant tous les interrupteurs pour me donner un coup de boost. Mais mon sexe, lui, pense que c'est le moment. Les lèvres de Jaeger sont proches des miennes, son odeur hivernale emplit mes poumons. Le désir pulse dans mon bas-ventre, me laissant trempée.

— Tu ne peux pas t'échapper, me nargue Jaeger, avec une expression heureuse sur son visage parfait.

Il a presque l'air angélique avec son sourire serein et ses cheveux dorés.

— Va te faire foutre ! dis-je assez fort pour que les hommes au bar se retournent.

Les yeux bleus de Jaeger s'illuminent.

— Avec toi ? Certainement. Ça a toujours été le plan.

❧

MON PETIT LAPIN refuse de me parler pendant tout le trajet du retour. Je pensais qu'elle serait heureuse de recevoir une telle somme d'argent, mais cela n'a fait qu'apporter plus d'inquiétudes.

Elle est habituée à s'inquiéter. La vie n'a pas été tendre avec elle. J'espère être un bouclier pour elle, un lieu sûr dans la tempête.

Je la porte dans mon penthouse, prêt à la déshabiller et la prendre. Une bonne baise intense la fait toujours se sentir mieux.

Dès que les lumières s'allument, illuminant l'appartement, elle pousse un cri de surprise. Il y a quelques nouvelles acquisitions, à commencer par deux orchidées en fleurs sur des socles de chaque côté de l'entrée.

— D'où viennent-elles ?

Je m'arrête pour lui permettre de toucher un des pétales violets de l'orchidée.

— Tu les aimes ?

Elle avait dit qu'elle voulait apporter des changements au penthouse. J'ai payé la boutique pour qu'ils envoient leur meilleur décorateur avec les achats qu'elle avait faits. Le décorateur avait carte blanche pour ajouter quelques touches personnelles.

À en juger par le regard ébahi d'Elodie, ça en valait la peine.

— Elles sont magnifiques.

J'attends qu'elle ait bien regardé et je la porte dans le salon. L'espace est transformé. Il y a plus de plantes – des fougères et ce genre de trucs – placées dans les coins, et des bougies parfumées diffusent une douce lumière dans l'appartement. Les trois coussins décoratifs qu'Elodie avait choisis sont disposés sur le canapé, avec d'autres coussins sur chaque fauteuil et des couvertures duveteuses drapées sur les accoudoirs des fauteuils.

Les yeux d'Elodie brillent. Je la pose, et elle serre un coussin contre sa poitrine, absorbant tout.

— Quand est-ce que tout ça s'est passé ?

— Pendant que nous déjeunions. J'ai tout fait livrer par la boutique.

Elle plisse le nez.

— Comment ?

Je dépose un baiser sur son front. Elle est trop adorable.

— J'ai payé.

L'argent peut tout faire.

— Ça te plaît ?

— Oui.

Son humeur semble plus légère, alors je lui serre la nuque, la maintenant immobile tandis que je m'empare de ses lèvres. *Tout cela est pour toi.* Il faut que je lui dise qu'elle peut apporter tous les changements qu'elle souhaite. *C'est ton chez-toi maintenant.*

Un texto, suivi d'un coup frappé à la porte, m'indique qu'Atticus est dehors. Je le fais entrer et l'amène à Elodie. Je porte toujours la mallette pleine d'argent, alors je les laisse et me dirige vers mon coffre-fort le plus proche. J'en ai plusieurs dans le penthouse et d'autres dispersés dans toute la ville, remplis de caches d'armes, de bijoux, d'identités alternatives et d'argent en plusieurs devises.

— Je voulais venir ce matin, mais il y a eu une urgence, explique Atticus à Elodie.

— Ce n'est pas grave.

Elle tend son bras et le laisse la tamponner pour une injection. Il l'a convaincue de le laisser lui administrer une perfusion de vitamines et d'analgésiques, un cocktail curatif de sa propre conception.

Je sens son regard sur moi et me tourne pour lui montrer le coffre-fort caché derrière un panneau mural.

— Le mot de passe est ta date de naissance.

Je place la mallette à l'intérieur. Elle peut y accéder quand elle veut.

Si elle l'utilise pour s'échapper, elle n'ira pas bien loin, mais cela la rassurera de savoir que c'est là.

Quand elle sera plus installée, je lui montrerai les options d'investissement. St. James gère plusieurs fonds spéculatifs sous différentes sociétés-écrans. C'est grâce à lui que Fraternitas possède une véritable fortune. Avec son aide, la confrérie est passée d'un gang de ruelles à un véritable pouvoir dans la ville avec des entreprises diverses et légitimes. Il a structuré l'organisation pour que tous les membres de Fraternitas partagent les bénéfices, ce qui fait de nous tous des multimillionnaires.

St. James peut faire de même pour elle. Investir dans ses entreprises fera grimper ses économies de plusieurs millions en seulement quelques années.

Mais il y aura le temps d'expliquer tout cela. Ma petite lapine est craintive dans son nouvel habitat et a besoin de temps pour s'adapter.

Je m'assieds sur le canapé à côté d'Elodie, en faisant attention de ne pas la bousculer. Pendant qu'elle parle avec Atticus, je joue avec ses boucles.

— Je te recommande toujours de ne pas solliciter ta cheville, dit Atticus. Elle semble aller mieux, mais tu n'es pas encore tirée d'affaire.

Les épaules d'Elodie se tendent.

— Et pour le travail ?

— J'ai parlé à Lucy, dis-je.

Lucy dirige l'Inferno.

— Elle te gardera ton poste jusqu'à ce que tu sois guérie.

Une fois qu'Elodie sera mienne, elle n'aura plus besoin de travailler, mais elle semble être amie avec les autres serveuses. Je ne veux pas bouleverser toute sa vie ou interférer dans ses relations.

Je veux simplement être le seul homme de sa vie. Et la rendre heureuse.

Elodie fronce les sourcils.

— Tu n'avais pas le droit, dit-elle.

— Lucy m'aime bien. Et tu semblais stressée à ce sujet. J'ai pensé que je pourrais lui expliquer la situation pour toi.

Elle soupire mais n'ajoute rien. Elle commence à comprendre comment cela va se passer à partir de maintenant : quand la vie est difficile, je ferai tout pour écarter les obstacles de son chemin.

— On dirait que tu as le feu vert pour te reposer et guérir, dit Atticus. Évite toute activité qui solliciterait ta cheville.

— Et pour le sexe ? je lui demande tout en observant attentivement mon petit lapin.

Elodie ouvre grand la bouche, et une rougeur s'étend sur ses joues constellées de taches de rousseur.

Atticus reste imperturbable. Il traite toutes sortes de blessures, des membres du club de combat aux danseuses de l'Inferno, sans parler des soumises du Lodge et de l'autre club BDSM de St. James, le Club Empire.

— Pour le sexe, pas de problème.

Je savoure l'éclat rouge foncé sur les joues d'Elodie, alors j'ajoute :

— Y a-t-il quelque chose que nous devrions éviter ? Comme la fessée ?

— Ça, c'est entre vous deux, répond Atticus en me lançant un regard impassible. En ce qui me concerne, elle peut te donner autant de fessées que tu le souhaites.

Ha. Ha. Je lui offre un sourire glacial. Il m'adresse un sourire en coin, jetant une poignée de préservatifs sur la table basse, ainsi que quelques sachets de lubrifiant.

— Amusez-vous bien, dit-il.

Je l'accompagne jusqu'à la porte et verrouille derrière lui avant de revenir d'un pas de prédateur aux côtés d'Elodie.

Elle fronce à nouveau les sourcils.

— Il faut qu'on parle.

Je bondis.

— Plus tard.

Je lui enlève son pull avant qu'elle ne puisse se débattre.

— Je vais te faire du bien, lui dis-je.

— Jaeger, gronde-t-elle, et j'embrasse son cou, sentant son pouls s'accélérer sous mes lèvres.

Je caresse ses tétons à travers son nouveau soutien-gorge en satin, elle frissonne. Je sème des baisers de sa gorge jusqu'à son sternum et caresse son ventre doux.

— Ça m'a manqué.

Je défais le côté de sa jupe et la fais glisser suffisamment pour libérer son parfum. Son odeur s'épanouit autour de moi, me mettant l'eau à la bouche.

— Qu'est-ce qui t'a manqué ? On a été ensemble toute la journée, rétorque-t-elle en me lançant un regard revêche.

— Mon petit lapin n'aime pas le changement.

J'embrasse l'espace entre ses seins et je frotte mon

menton rugueux sur sa peau tendre jusqu'à ce qu'elle se tortille.

— Il a besoin de se sentir en sécurité.

— Je ne sais pas de quoi tu parles, dit-elle.

— Vraiment ?

Je me redresse et sors une petite pochette en velours de ma poche. Je secoue la bague qu'elle désirait dans ma paume, et elle hoquette de surprise. Je prends sa main et la glisse à son annulaire gauche.

Je n'ai jamais accordé d'importance à la tradition ou aux cérémonies, mais il y a quelque chose de satisfaisant à la marquer ainsi. La pierre rose émet un éclat subtil dans un écrin de diamants étincelants. *La mienne.*

— Tu l'as achetée.

Elle est à nouveau stupéfaite, fixant la bague.

Je hausse les épaules.

— Tu la voulais. Ce que ma femme veut, elle l'obtient.

Elle tripote la bague comme si elle était réticente à l'accepter mais qu'elle l'aimait trop pour l'enlever. Elle serre sa main contre sa poitrine et se mord la lèvre.

— Je peux te rembourser.

Je me redresse brusquement.

— Non.

Je la fusille du regard, offensé qu'elle puisse proposer cela.

— Tu es ma femme. Tu ne paies rien. Jamais.

— Je suis... ta femme ?

Son front se plisse. Elle recommence à tourner la bague autour de son doigt, réfléchissant intensément.

— C'est un paiement ?

— Quoi ?

Elle lève sa main, exhibant la bague.

— C'est mon paiement pour coucher à nouveau avec toi ?

La colère envahit ma poitrine si rapidement que j'en reste sans voix.

Elle relève le menton.

— Qu'est-ce que j'obtiendrai si je passe la nuit ici ? Dix mille dollars de plus ?

— Je ne te paie pas, je grince. Je ne t'engage pas.

— Alors...

— Tu es ma femme.

Je prends sa main et vérifie la bague, m'assurant qu'elle est bien en place. Sa main douce dans la mienne m'apaise. Je dépose un baiser sur sa paume et la relâche.

— Demande-moi n'importe quoi, et c'est à toi.

Elle cligne des yeux plusieurs fois.

— Comme les coussins décoratifs.

Elle en soulève un pour illustrer son propos.

— Oui.

Elle plisse les yeux.

— Aider ma sœur. S'assurer qu'elle et les enfants sont en sécurité. Et qu'elle a ses médicaments.

Je hoche la tête.

— C'est fait.

— Et cette bague. Tu crois qu'avec ça, je t'appartiens ?

— Tu m'appartiens.

Je pose ma main à la base de sa gorge.

— Je ne te demande pas la permission. Tu n'as pas le choix, bébé.

Je me penche suffisamment près pour entendre son souffle se couper. Pour sentir la douceur de son sexe qui commence à s'humidifier pour moi.

— Mais je rendrai ça agréable pour toi. Tu ne manqueras plus jamais de rien.

Je fixe les yeux de Jaeger, qui scintillent plus brillamment que n'importe quel joyau.

Il a acheté la bague. Il a acheté la bague !

— Je ne suis pas à vendre, je lâche, désespérée.

— Je ne t'achète pas.

Le poids de sa main autour de ma gorge est réconfortant.

— Je t'ai revendiquée. Tu m'appartiens déjà.

Il veut te revendiquer. Honey me l'avait dit, mais je ne voulais pas l'écouter. *Il veut que tu sois son elita.*

Flash info, Honey, il pense que c'est déjà fait.

Il est contrarié par ma perplexité. Comme si ma présence ici, le fait que je lui appartienne, était une conclusion inévitable.

Aujourd'hui, il m'a emmenée faire du shopping et a acheté tout ce dont j'aurais besoin pour une vie avec lui. J'ai mentionné une fois que je n'aimais pas sa maison, et il a tout redécoré. Immédiatement.

Il agit comme si nous étions déjà en couple. À un certain niveau, je le savais. C'est probablement pour ça que j'ai été perturbée par la bague.

Mais ensuite, il m'a donné une mallette contenant cent mille dollars pour services rendus. Mes yeux se tournent vers le panneau mural où il a mis mon argent dans le coffre-fort.

Il suit mon regard et mon raisonnement.

— Le paiement était pour une nuit, un échange entre deux parties indépendantes. Il n'y aura plus de versements. Nous ne sommes plus des parties indépendantes. Nous ne faisons qu'un.

Je secoue légèrement la tête, et sa main se resserre jusqu'à ce que je ne puisse plus bouger. Je suis la pauvre proie impuissante prise au piège.

— Tu n'es pas indépendante, Petit Chaperon rouge. Tu m'appartiens.

9

JE SUIS ALLONGÉE dans mon lit, avec de la glace sur ma cheville. Depuis la visite d'Atticus il y a quelques jours, l'enflure a beaucoup diminué, mais je prends toujours des antidouleurs et continue d'appliquer de la glace. Je suis la routine et j'évite de poser le pied par terre pour guérir.

Je n'ai pas grand-chose d'autre à faire. Maintenant que Margot et les enfants sont en sécurité, je n'ai plus à me battre pour survivre. J'ai tellement l'habitude d'enchaîner les crises que je ne sais pas quoi faire, à part m'inquiéter pour Jaeger et moi.

Tu es ma femme. Comme ça, tout à coup, je lui appartiens.

Comment peut-on être aussi certain ? Aussi sûr ?

Nous avons établi une trêve précaire. Il semble sentir que j'ai besoin de temps pour digérer tout ça. Il me laisse tranquille pour manger des plats délicieux – il a une sorte de service de restauration pour son penthouse parce que tout ce dont j'ai envie apparaît sur un plateau couvert en quelques minutes – et flâner dans le salon douillet à regarder des comédies romantiques.

La bague scintille à mon doigt. Chaque fois que je la regarde, j'ai envie d'hyperventiler, mais je ne l'enlève pas.

Ça ne peut pas durer. Les hommes finissent toujours par partir. Autant profiter au maximum de cette situation folle avant qu'il ne se lasse de m'avoir autour de lui.

Si ça fait de moi une croqueuse de diamants, qu'il en soit ainsi.

Jaeger disparaît la majeure partie de la journée, ce dont je suis reconnaissante au début mais que je commence aussi à ressentir. Il n'a pas un emploi traditionnel de neuf à cinq, mais il rôde, prend des appels téléphoniques, puis va et vient à toute heure. Je me demande ce qu'il mijote. Que fait-il pour Fraternitas ? Tout indique qu'il est un homme de main pour la confrérie, ce qui implique du sang et de la violence. Je m'angoisse à cette idée avant de me dire que je ne veux pas savoir.

Il saisit chaque occasion pour m'embrasser, me dévorer ou me prendre. À tel point que je mouille dès qu'il entre dans la pièce.

Cet après-midi ne fait pas exception. Je me réveille d'une sieste au son de la porte qui s'ouvre.

— Chérie, je suis rentré, dit Jaeger en s'approchant de moi d'un pas félin pour m'embrasser avant même que je ne réalise que je ne rêve pas d'un maraudeur viking faisant irruption dans ma maison hyggelig parfaite pour me posséder.

Sa barbe blonde de trois jours frotte mes joues, et cette sensation piquante me réveille.

Sans m'en rendre compte, je l'enlace et glisse mes mains sous sa chemise, le long de son dos. Je sens quelque chose de rugueux sous ma paume. Sa marque. Je réalise ce que je touche et retire brusquement ma main.

— Où étais-tu ? je demande avant de me rappeler que ce n'est pas une question à poser à un mafieux.

— Dehors. Tu as mangé ?

Il fouille dans les restes de mon déjeuner et fronce les sourcils quand il trouve un sandwich club entier. J'ai grignoté un morceau de bacon et mangé la soupe à la tomate et les chips à la place.

— Tu ne manges pas assez, m'accuse-t-il avant d'engloutir la moitié du sandwich en une bouchée.

J'époussette les miettes de mon sweat-shirt pour ne pas avoir l'air complètement déprimée.

— Je vais bien.

— Tu as besoin de prendre des forces, dit-il en examinant ma cheville et en pressant mon genou nu.

J'ai pris l'habitude de porter des jupes et des robes pour faciliter l'habillage et le déshabillage. À son toucher innocent, une chaleur monte le long de ma jambe nue, et mon sexe commence à palpiter.

— Tu as besoin de toutes tes forces pour me supporter.

Mon corps s'échauffe, prêt à le *supporter*.

Je croise les bras sur ma poitrine.

— Tu n'as pas à me dire quoi faire.

— Ah non ?

Il termine le sandwich et m'adresse un sourire de loup qui fait gonfler mes seins.

Pour cacher ma réaction, je grogne contre lui.

— Petit lapin grognon, dit-il en grimpant sur moi, me pressant contre les coussins du canapé et enfouissant son visage contre le mien.

Mes hanches se soulèvent automatiquement à sa rencontre.

— C'est normal. Je sais comment t'adoucir.

Il va me prendre encore une fois et me laisser hébétée et docile après plusieurs orgasmes. Et mon corps est prêt.

Je pousse son épaule.

— Arrête.

Il saisit ma paume et l'embrasse.

— Tu ne veux pas que je te prenne ? Que je suce ton clitoris jusqu'à ce que tu cries mon nom ?

Je retiens mon souffle. Bien sûr que je veux tout ça. Je l'ai déjà eu, plus tôt aujourd'hui et trois fois hier, et mon clitoris s'en souvient avec plaisir. Il ne joue pas fair-play.

Il se redresse, ses hanches pressant toujours contre mon sexe palpitant. Son poids est délicieux, et j'en veux plus, mais il prend un moment pour me caresser la joue de sa main énorme.

— Tu m'aimes bien, mon petit lapin. Alors pourquoi tu résistes ?

Du coin de l'œil, je vois sa bague à tête de mort. Je suis habituée à la voir, et je ne devrais pas l'être. Elle devrait encore m'inspirer un frisson de peur.

Je me mords la lèvre.

— Tu es stressée ? me demande-t-il en m'examinant.

— Bien sûr que je suis stressée. J'ai vingt-deux ans et j'ai passé la majeure partie de ma vie complètement fauchée. Quelle jeune femme fauchée de vingt ans et quelques n'est pas une boule de stress ?

— Je peux arranger ça ?

Je soupire.

— Pas aujourd'hui.

Surtout parce que c'est lui qui m'inquiète.

— D'accord, mon petit lapin.

Il m'embrasse sur le nez et se redresse. Son absence me donne le vertige.

Il se dirige vers la cuisine, comme si tout était normal. Je lance le film que je regardais avant de mettre sur pause pour faire une sieste. Une minute plus tard, Jaeger revient avec une boîte géante qui contient, comme je le découvre, trois types de pop-corn sophistiqués.

Il me propose d'abord la boîte, et je prends une poignée, mais je me crispe quand il s'installe sur le canapé à côté de moi. Je suis à mi-chemin d'une comédie romantique complètement folle qui se déroule dans une petite ville qui célèbre Noël toute l'année. Si Jaeger ressemble à mes ex-petits amis, il est à cinq secondes de prendre la télécommande pour changer de chaîne afin de regarder du sport.

Une minute passe. Je retiens mon souffle. À l'écran, la gagnante du concours de beauté Reine des Neiges fait un discours sur la sauvegarde de la ville.

Jaeger croque son pop-corn, ses yeux bleus rivés sur l'écran.

— C'est celui avec le concours de fabrication de pain d'épices ?

Je cligne des yeux en le regardant.

— Quoi ?

— Le film. C'est celui avec le concours de fabrication de pain d'épices pour sauver la petite ville ? Ou celui avec le prince perdu de vue depuis longtemps et la veuve ?

Je regarde alternativement l'écran de télévision et lui. Il a l'air sérieux.

— Il y en a un avec un prince perdu de vue depuis long-temps et une veuve ?

— Tu n'as pas vu celui-là ?

Il pointe l'écran où un bûcheron robuste hurle contre trois enfants habillés comme des lutins, leur disant qu'il déteste Noël.

— C'est l'acteur qui joue le prince. Ils lui ont juste fait raser sa barbe et teindre ses cheveux en blond.

— Vraiment ?

Le bûcheron a fière allure avec sa barbe d'homme

sauvage. J'essaie de l'imaginer rasé de près et blond, et le résultat est plutôt fade.

— Beurk.

— Ouais. Il est mieux comme ça.

Jaeger prend une autre poignée de pop-corn et se penche en arrière, passant son bras libre derrière moi.

— Mais il y a une super scène de patinage. On a qu'à regarder le film du prince ensuite.

Quoi ? Je me tourne pour le fixer.

— Tu aimes ces films ?

Il hausse les épaules.

— Qui ne les aime pas ?

— La plupart des hommes machos préfèreraient mourir plutôt que d'être surpris en train de regarder ce genre de trucs.

Je tends la main, cherchant son entrejambe. Ma paume effleure une bosse dure dans son jean.

Il hausse un sourcil.

— Je vérifiais juste que tu as bien une queue.

Il saisit mon poignet et presse ma main plus fermement contre lui.

— Oh, j'en ai une. Tu veux que je te le prouve ?

Je secoue la tête, me tournant vers l'écran.

— Regardons simplement le film.

À ma grande surprise, c'est ce qu'il fait. Nous terminons le film, et il met ensuite celui avec le prince blond. L'intrigue est encore plus ridicule que le premier et très satisfaisante.

À la moitié du film, il termine le pop-corn et va se laver les mains. Quand il revient, il pose une main sur mon ventre et caresse ma peau. Je fronce les sourcils vers lui, et il me sourit en retour.

Il continue à me caresser pendant les scènes finales, et, oui, la scène de patinage est épique. Je commence à m'agiter sur mon siège, me tortillant sous son toucher. C'est incessant et il ne descend jamais plus bas que ma taille.

Finalement, le générique défile.

— Alors ? je demande impatiemment.

— Alors quoi ?

Il se penche pour m'embrasser.

— Tu sais très bien quoi.

— Mmmm.

Il se presse contre moi, me déplaçant jusqu'à ce que je
sois sur le dos et qu'il soit au-dessus de moi. Je lui rends son
baiser, mais il s'arrête.

— Tu étais stressée tout à l'heure. Dis-moi pourquoi.

Oh, maintenant il veut parler ? Je donne un coup de
hanches, essayant de ramener son attention sur ce que nous
faisons.

Il ne bouge pas mais continue à me regarder d'un air
interrogateur. Suis-je censée avoir une conversation avec lui,
allongé sur moi ?

— On ne devrait pas être ensemble, je lâche brusquement. On n'est pas compatibles.

Il scrute mon regard comme si je me retenais de lui
donner la vraie réponse.

— Tu te trompes. Tu as simplement peur.

Il déplace légèrement son corps, et je frémis sous son
poids délicieux.

— Tu sais que nous sommes faits l'un pour l'autre, continue-t-il.

Je le pousse. J'ai besoin d'espace pour cette conversation.
Il se relève comme si je l'avais repoussé par la force, mais je
sais que ce n'est pas le cas car je suis incapable de le forcer
physiquement à faire quoi que ce soit.

Je m'efforce de me redresser, et il m'aide, puis s'assoit sur
la table basse, assez proche mais sans m'envahir. Il se
penche en avant, l'image même d'un prédateur prêt à

bondir. Son jean est déchiré, avec des fils blancs effilochés sur ses genoux. La lumière qui filtre par les fenêtres du penthouse se reflète sur sa barbe de trois jours et la fait briller comme de l'or.

Il est tellement sexy qu'il me coupe le souffle.

— Je n'ai pas peur, je rétorque, et il hausse un sourcil. C'est vrai. C'est juste que... on se connaît à peine.

— Je sais ce qu'il faut. La traque, la chasse. Ça t'a plu, dit-il ses yeux brillant de satisfaction. Tu as joui assez fort sur ma queue.

Au mot « queue », mes yeux se posent sur la bosse dans son jean. Merde, il est encore dur. Une chaleur envahit ma poitrine.

Je relève les yeux sur son visage, où il observe mes réactions.

— Ne me mens pas, mon lapin. Tu as aimé être ma proie.

Sans réfléchir, je lui lance un coussin. Aussitôt, son regard bleu se fait perçant, comme un laser. Il se jette sur le canapé, bondissant.

Je pousse un petit cri et tente de m'éloigner en roulant, mais il m'immobilise facilement. Il presse son corps contre le mien, et mes hanches se soulèvent à sa rencontre.

— Je te l'ai dit. Tu aimes ça.

Il embrasse le bout de mon oreille, provoquant des frissons dans mon dos.

— Tu aimes me provoquer.

Il embrasse le côté de mon nez, là où mes taches de rousseur sont les plus nombreuses. Il est obsédé par mes taches de rousseur. Un jour, je les couvrirai de maquillage pour voir sa réaction.

— Tu m'aimes bien.

Il m'empêche de rétorquer avec un baiser profond. La chaleur se répand en moi. Au lieu de le repousser, j'enfonce mes doigts dans son t-shirt doux, le tirant plus près. Son odeur m'enveloppe, ce musc viril qui me rend folle.

— Va te faire foutre, je murmure contre sa bouche.

— Oh, avec toi ? C'est bien mon intention.

Il remonte ma robe et voit que je ne porte pas de culotte. Il émet un son approbateur et me fait basculer sur le côté pour claquer mes fesses.

— Aïe ! je glapis, même si ça n'a pas vraiment fait mal.

Il frotte pour apaiser la douleur, et je retiens un gémissement.

— Putain, Jaeger.

— Oui, mon lapin. Oui, je vais te prendre.

Ses doigts trouvent le col de ma robe, et il la déchire. Je halète, et mes seins se libèrent. Aujourd'hui, c'était journée sans soutien-gorge.

— Oui, souffle-t-il avant de plonger en avant.

Sa barbe frotte contre ma chair sensible et je m'agite.

— Tu es si douce.

Il caresse mon ventre. Il se fiche qu'il ne soit pas tonique et plat. Il semble adorer la façon dont les plis moelleux débordent sous ses mains.

Chaque baiser empreint d'adoration m'écorche un peu plus. J'émets un bruit de douleur, et il relève la tête.

— Je t'ai fait mal ?

Mon ventre est rouge à cause de l'ombre rugueuse de sa barbe. Je prends son visage en coupe.

— Ta barbe.

Il commence à se relever.

— Je peux me raser...

— Non.

Je le tire vers moi. Je mouille sur les coussins du canapé. Je ne peux plus attendre.

— Non ?

Il plonge ses yeux dans les miens.

— Je ne veux pas te faire mal, dit-il en jetant un coup d'œil à ma cheville. Tu es fragile.

— C'est bon.

Et c'est vrai parce qu'il prend soin de moi. N'importe quel autre mec serait déjà de l'histoire ancienne, mais Jaeger ne partira pas. Il ne me laissera pas partir non plus.

En ce moment, c'est exactement ce dont j'ai besoin.

— J'aime ça, je murmure, et cette fois-ci, quand je le tire vers le bas, il plonge à nouveau.

Il frotte sa mâchoire le long de l'intérieur de mes cuisses, embrassant mes vergetures et passant sa langue sur les cicatrices argentées. J'ondule des hanches, désespérément en quête de soulagement quand il traîne ses lèvres jusqu'à ma chatte. Il me dévore sans retenue, enfonçant ses doigts dans mon creux humide, trouvant mon point G et le massant jusqu'à ce que je sois sur le point d'exploser.

Il s'arrête avant que j'atteigne l'extase. Je grogne contre lui, mais il se redresse, enlevant sa chemise, et la vue de ses muscles qui se contractent me distrait. Ses tatouages sont un chaos sombre et tourbillonnant, des serpents et des océans, un naufrage, un dieu aux yeux blancs. Un loup rôdeur à côté d'une fleur de lotus épanouie. Une déesse aux yeux bandés. L'effet global est saisissant. Il est une œuvre d'art vivante.

Il baisse son jean juste assez pour libérer son sexe dur et suintant. Je me lèche les lèvres, ma respiration s'accélérant.

— Tu es prête pour moi, petit lapin ?

Il se caresse, les yeux rivés sur ma fente humide.

Je me glisse vers le bas et écarte les jambes. Il me rend faible. J'ai besoin qu'il me remplisse et me pilonne contre le canapé jusqu'à ce que je perde la tête et que toutes mes inquiétudes s'éloignent.

Il s'enfonce en moi, et nous soupirons tous les deux. J'enroule ma jambe gauche autour de son dos, l'incitant à laisser reposer son poids sur moi. Il est plus grand que moi, alors je me retrouve blottie contre sa poitrine. Complètement couverte par lui. Au chaud et en sécurité.

Quand il est en moi, aussi proche de moi qu'une personne peut l'être, tout prend sens.

Et quand il bouge, il chasse chaque pensée de ma tête bruyante. Je m'appuie contre lui. L'océan tourbillonne devant mes yeux. La fleur de lotus se fane et s'épanouit.

Il glisse une main le long de ma jambe levée, la hissant plus haut. Sous cet angle, il frotte mon clitoris, et je m'abandonne, mordant son téton au passage. Ses pectoraux se raidissent sous mes lèvres. Avec un rugissement, il jouit en moi.

Mais il n'a pas complètement terminé.

Il enroule sa main autour de mon cou, relevant ma tête. Son dos s'arque pour qu'il puisse m'embrasser, ses lèvres dominant les miennes assez fort pour les meurtrir.

En un rien de temps, il est à nouveau dur en moi.

— Encore ?

— Encore.

Quand il a terminé, le soleil s'est couché. Le penthouse est sombre à l'exception de quelques bougies parfumées au cidre qui vacillent. Nous sommes allongés ensemble, enchevêtrés sur le canapé. Je suis sur le côté, et il m'enveloppe. Il a veillé à ce que ma cheville blessée soit soutenue par un oreiller.

Mes pensées me reviennent, une par une. Je les regarde flotter et s'estomper, et la panique s'en va avec elles.

Tu es ma femme. Quand a-t-il décidé cela ? Était-ce la nuit où il m'a poursuivie ? Le matin d'après ?

— Ça va ?

Jaeger passe ses doigts dans mes cheveux. Je réalise que je le fixe avec un froncement de sourcils.

— J'essaie de te comprendre.

Il sourit.

— Je suis un homme simple. Je suis loyal envers mes frères et je protège ma femme. Qu'y a-t-il d'autre à comprendre ?

— Quand l'as-tu su ? Que tu me voulais. Pour, tu sais... ça.

Il me regarde, et je lutte contre l'envie de m'agiter. Son sperme coule encore hors de moi, mais j'évite de faire directement référence au commentaire « ma femme ».

— Quand as-tu décidé que tu me voulais plus qu'une nuit ?

— Quand ai-je décidé que tu étais ma femme ?

— Euh, dis-je en me trémoussant un peu. Oui.

Satisfait, il se penche en arrière.

— Tu me fuyais. Je pouvais goûter ta peur, et j'en étais avide. Mais ensuite, tu t'es mise en colère. Tu t'es arrêtée et tu m'as fait face.

Je me souviens de ce moment. J'avais pensé que tout était fini. *Viens me chercher*, je l'avais défié.

— Avant, je me battais dans les rings souterrains. J'ai affronté beaucoup d'hommes. Ils commençaient tous confiants, mais après quelques coups, la douleur effaçait leur courage jusqu'à ce qu'ils supplient que ça s'arrête.

J'ai entendu des rumeurs au sujet du club de combat Fraternitas : certains affrontements se font jusqu'à la mort. Je ne sais pas si Jaeger a participé à ces combats, mais pour l'instant, il est perdu dans ses pensées.

Je pose ma main sur sa joue pour le ramener à l'instant présent.

— Tu étais différente, dit-il. Tu n'avais aucune chance. Mais quand ta peur s'est dissipée, il ne restait que toi.

— Donc tu m'as voulue... parce que je t'ai crié dessus ?

— Oui, affirme-t-il.

Comme si c'était une équation simple qui faisait parfaitement sens.

— Tu ne me connais même pas, je murmure, surtout pour moi-même.

Mais Jaeger entend. Il a les sens aiguisés d'un prédateur.

— Je veux te connaître.

Je soupire.

— Laisse-moi te connaître, murmure-t-il, prenant mon menton entre deux doigts pour que je ne puisse pas échapper à son regard.

Qui est cet homme ? Il est couvert de tatouages et porte un crâne marqué au fer sur son dos. Il tue sans remords. Pourtant, il regarde des comédies romantiques et adore les câlins, et il veut me connaître.

— D'accord, dis-je.

Je décide de faire un test.

— Tu veux bien m'emmener quelque part ce soir ? je lui demande.

Il se redresse en position assise, m'emportant avec lui.

— Où tu veux, dit-il.

Il dit ça maintenant, mais on verra combien de temps ça durera.

Une demi-heure plus tard, il s'arrête à la destination. Je lui ai donné l'adresse sans explication pour qu'il ne sache pas où nous allions jusqu'à ce que sa Lykan ronronne le long du trottoir.

— Une église ? s'étonne-t-il, levant les yeux vers la croix fixée sur la façade du modeste bâtiment en briques.

— Quoi ? je le provoque. Tu as peur de prendre feu si tu entres ?

Il sourit d'un air narquois et éteint le moteur de la voiture. Une fois de plus, il s'est garé illégalement devant. C'est comme s'il n'avait aucun respect pour les lois.

Il fait le tour pour m'ouvrir la portière et me soulever.

— J'ai été élevé par un homme d'Église, mon petit lapin. Cet endroit ne me fait pas peur.

— Attends, vraiment ?

Je l'ai accusé de ne pas me connaître, mais je ne sais pas grand-chose de lui non plus.

— Où as-tu grandi ?

— Dans les rues de New Rome, dit-il si facilement que je me raidis. Mais ce n'est pas faute d'avoir essayé de la part du Père Francis.

Suivant mes indications, il me porte autour du bâtiment jusqu'aux escaliers menant au sous-sol où se tiennent les réunions des Narcotiques Anonymes.

Un trio de fumeurs se tient à l'écart du chemin. Ils s'y prennent à deux fois pour nous regarder, Jaeger et moi, et je leur fais un signe de la main. Je me suis tellement habituée à ce que Jaeger me porte que je remarque à peine les regards.

— Attends, dis-je alors que nous entrons dans le sous-sol moisi, passant devant d'autres groupes de personnes qui discutent pour entrer dans une longue salle au plafond bas remplie de chaises pliantes. Qui est le Père Francis ?

— Un prêtre de Saint-Xavier dans le centre-ville. Il a fondé l'École Hieronymus pour les Perdus.

J'ai entendu parler de Saint-Xavier. C'est une église d'apparence médiévale à la limite du centre-ville. Maintenant que j'y pense, j'ai aussi entendu parler de l'école. C'est un orphelinat.

— Toi et Kaiser êtes allés à Saint-Xavier ?

Jaeger nous trouve des sièges au fond de la salle. La plupart des gens se sont rassemblés près de l'entrée ou de la table au fond qui contient des boîtes de beignets sucrés de la veille et une urne à café qui distribue du goudron noir.

Il m'a placée de façon à être entre moi et la porte. Il ne cesse de scanner les lieux. Il garde une main sur ma cuisse, et je me sens chanceuse qu'il ne m'ait pas fait asseoir sur ses genoux.

— Oui et non. Nous assistions à la messe seulement les jours les plus froids. Le Père Francis a fondé une soupe populaire, et nous avons commencé à amener des enfants de la rue, ceux trop jeunes pour se débrouiller seuls. C'est alors que le Père a fondé l'école et collecté l'argent pour construire les dortoirs.

Je le fixe du regard. J'avais perçu que son enfance avait été dure, mais je n'avais aucune idée que c'était si terrible.

— Quel âge avais-tu ?

Il hausse les épaules.

— Neuf ou dix ans.

Je retiens mon souffle. *Si jeune.*

— Tu es resté à l'école ?

— Une nuit ou deux. Kaiser et moi étions trop sauvages pour rester en place. Mais c'est à Hieronymus que nous avons rencontré le Diable et St. James. Ce sont eux qui ont fini par fonder Fraternitas.

Il y a des tonnes de rumeurs et de spéculations qui circulent autour de la fraternité et de l'homme qu'on appelle le Diable. Honey serait ravie que je puisse lui donner des réponses.

Je me fiche de Fraternitas. Je veux poser plus de questions sur Jaeger et Kaiser, deux enfants d'âge scolaire sans foyer.

Mais la réunion est sur le point de commencer. Plus de personnes envahissent la salle.

— Salut, Elodie.

Un des participants à la réunion s'approche, un beignet à la main. Je reconnais ses cheveux bleus et son visage mince.

— Salut, Tommy.

— Bonjour.

Il lève une main pour saluer Jaeger. Jaeger se contente de le regarder.

— Tommy, voici Jaeger, dis-je rapidement. Un... ami.

Jaeger prend ma main entre les siennes.

— Plus qu'un ami, je corrige.

Les yeux de Tommy se posent sur la bague à mon doigt puis sur la bague en forme de crâne de Jaeger.

— Euh, compris. À plus tard.

Il recule, filant vers un siège près de la porte.

Je soupire.

— S'il te plaît, n'intimide pas les gens ici. J'ai rencontré Tommy à mes débuts chez NA. Nous avons échangé nos numéros pour nous soutenir mutuellement pendant les douze étapes.

— Je ne le ferai pas.

Jaeger incline la tête pour que moi seule puisse l'entendre.

— Juste avec les amis qui sont plus que des amis.

— Il n'y a personne comme ça ici.

Je vérifie si Tommy va bien, et il discute avec quelqu'un d'autre tout en mangeant son beignet. Je lance un regard noir à Jaeger.

— À part toi. Tu le sais bien.

Il se rassoit, l'air satisfait, mais garde ma main entre les siennes.

La réunion d'aujourd'hui comporte un témoignage. Après avoir accueilli les nouveaux venus et récité la Prière de la Sérénité, une femme avec des tresses se lève et partage son histoire.

Le sous-sol de l'église est à la fois froid et humide, avec la chaleur de tous ces corps entassés, et ça sent la sueur et la fumée froide.

Je me laisse immerger dans l'histoire de l'oratrice, versant quelques larmes aux passages tristes comme je le ferais pour un film. Son histoire a une fin heureuse, cependant, car elle est ici et partage son expérience. Pour beaucoup dans cette salle, l'histoire ne se terminera pas bien, mais c'est la vie. Nous vivons tous des millions d'histoires, et leur nature, horrible ou héroïque, dépend des moments que l'on choisit de mettre en lumière.

Les mains de Jaeger sont chaudes sur les miennes. Dans cette foule, il se démarque, pas seulement parce qu'il est plus grand que tous les autres. Il a une sorte d'aura, comme un saint dans une peinture classique. Peut-être est-ce son beau visage ou ses cheveux dorés. Ou son air de calme autorité. Il paraît plus réel que tous les autres, comme sous un projecteur qui ferait disparaître le reste de la pièce.

À un moment, il se lève et me quitte. Sa chaleur me manque et je suis soulagée quand il revient avec une boîte de mouchoirs. Il en prend un et essuie mes larmes.

— Merci, lui dis-je silencieusement.

Il prend mon visage en coupe un instant, me regardant avec une telle intensité que je détourne les yeux. Mais je me demande ce qu'il pense. Est-ce qu'il nous juge, nous tous, les dépendants ? Je n'ai jamais amené un homme ici. Je n'ai fréquenté personne depuis que je suis clean. Et je n'aurais jamais imaginé quelqu'un comme Jaeger à mes côtés. Est-il à l'aise d'être ici ?

Me verra-t-il différemment maintenant qu'il sait que je suis une addicte ?

La réunion se termine. L'ambiance est plus légère, comme si l'histoire de l'oratrice était celle de nous tous, et que notre confession collective nous permettait de laisser certaines ombres derrière nous.

Jaeger comprend intuitivement que je ne veux pas m'attarder ou parler à qui que ce soit. Il me prend dans ses bras, ignorant les haussements de sourcils. Je fais un signe à Tommy quand nous passons devant lui, et il me salue en retour. Je lui enverrai un message plus tard pour lui dire que c'était bon de le voir.

Dehors, une légère pluie nous accueille. La Lykan est toujours garée au bord du trottoir. Une voiture de police est là, stationnée tout près, mais il n'y a pas de contravention sur le capot.

Nous restons assis dans la voiture un moment, regardant les gouttes d'eau glisser sur le pare-brise.

— J'aimerais que tu saches que je n'ai pas consommé depuis trois ans, dis-je. J'ai traversé une période difficile quand j'ai dû abandonner mes études.

Jaeger serre ma main et ne dit rien. Son silence me facilite la tâche pour lui raconter le reste.

— Mon petit ami de l'époque... aimait faire la fête. J'ai traversé... des choses difficiles. À l'université. Et je pensais que faire la fête m'aiderait. J'ai peu de souvenirs de ces nuits – rien que des lumières clignotantes, des sols crasseux de clubs, et cette sensation de sable dans mes yeux et ma bouche. La lumière du jour était comme des couteaux dans mon crâne, et j'étais fatiguée tout le temps, une fatigue profonde que je me sentais trop jeune pour ressentir. On s'est séparés quand j'ai décidé d'arrêter. Margot était enceinte et n'allait pas bien, et je savais que je devais l'aider. Les pilules étaient une échappatoire que je ne pouvais plus me permettre.

Il se tourne sur son siège, face à moi. Il prend ma joue dans sa main et ne dit rien. Je m'appuie contre sa paume.

— La vie est dure, dis-je. Mais d'autres personnes ont des vies pires encore.

Il caresse mes lèvres de son pouce.

— C'était difficile de travailler à l'Inferno ?

— Tu veux dire... est-ce qu'il y avait de la tentation ? Il y a toujours de la tentation. Mais j'ai appris...

J'essaie de mettre de l'ordre dans mes pensées.

— Ce... ce moment-là est réel par exemple, j'ajoute. Même si ça fait mal, la douleur en vaut la peine. L'extase de la drogue était fausse. Et ça ne durait pas.

Il hoche la tête, et mon cœur bat plus vite avec le sentiment qu'il comprend.

— Et il existe d'autres plaisirs, dit-il.

— Oui.

— Comme ça.

Il se penche et effleure mes lèvres des siennes. Je tends le cou pour me rapprocher, désirant plus.

— Tu es si belle, murmure-t-il contre ma bouche. Si courageuse.

La chaleur dans sa voix est comme une eau profonde dans laquelle j'ai envie de me plonger. J'ai envie de le serrer contre moi, de modeler mon corps au sien, d'être si proche de lui que sa chaleur m'envahisse et répare toutes mes fêlures. J'ai passé tant d'années à essayer de me maintenir debout, et voilà qu'il y a cet homme prêt à m'envelopper de ses bras solides pour créer un refuge où je puisse enfin me reposer.

Je détacherais bien ma ceinture pour grimper sur ses genoux, mais il y a un policier juste là, alors je dis :

— Ramène-moi à la maison.

Il met la Lykan en marche.

Je le regarde fixement pendant tout le trajet, mémorisant la façon dont la lumière et l'ombre glissent sur ses traits.

Je ne réfléchis même pas au fait que j'ai qualifié son penthouse de « maison ».

~

JAEGER

. . .

Je suis allongé dans le lit, Elodie somnolant dans mes bras. Elle est nue, ses jambes courtes entremêlées aux miennes. Je ne peux pas m'empêcher de caresser sa peau douce. Elle a d'adorables taches de rousseur sur les épaules, et ses cuisses généreuses ont des fossettes et sont soyeuses au toucher.

Sa cheville va mieux. Ces derniers jours, elle a pu se reposer et guérir. Je la quitte aussi peu que possible, mais quand le devoir m'appelle, je sais qu'elle est en sécurité et au chaud. Je rentre et la trouve blottie sur le canapé sous plusieurs couches de couvertures duveteuses, regardant des émissions de rénovation. Une lapine confortable dans sa tanière.

Elle est exactement là où je la veux. Quand elle est comme ça, à l'aise et que je viens de la prendre, elle oublie de me combattre, s'oublie elle-même et se détend dans l'instant. Elle est heureuse.

Mais je crains que lorsqu'elle sera guérie, elle ne décide qu'il vaut mieux pour elle de partir. Je dois trouver de nouvelles façons de la piéger, de l'attirer dans mon monde.

Il y a plusieurs façons dont je pourrais m'y prendre. J'étale ma main sur son ventre moelleux. Elle est magnifiquement ronde et douce, à présent. À quoi ressemblera-t-elle quand elle portera mon enfant ? Atticus pourrait facilement la sédater et lui faire une injection de fertilité. Je garde cette option pour plus tard. Il y a peut-être un moyen plus simple.

Ces derniers jours, elle s'est ouverte à moi, me racontant son passé. Elle pensait qu'elle me ferait fuir. Elle ne me connaît pas si elle pense que je vais facilement prendre peur. Je tuerais pour elle. Aller à une réunion et soutenir sa guérison est le minimum que je puisse faire.

Mais elle craint toujours mon mode de vie. Mes frères. Fraternitas. Je dois lui montrer qu'il y a une place pour elle. Dans mon lit, en étant ma femme. À mes côtés, choyée comme mon doux animal de compagnie. Agenouillée à mes pieds, portant mon collier.

Je vais la présenter à mes frères et me battre pour qu'ils l'acceptent. Et puis je lui apprendrai où est sa place.

~

— J'AI une course à faire, me dit Jaeger.

Je suis assise sur le canapé, faisant défiler les réseaux sociaux sur mon téléphone avec des comédies romantiques en fond. J'ai pensé à contacter des amis de l'école, mais j'ai l'impression que c'est ma vie d'avant. Quand j'ai lu quelques-unes de leurs publications s'extasiant sur « la brillante conférence du professeur Boylin », mon estomac s'est noué et j'ai supprimé l'application.

Alors quand Jaeger insiste pour que je l'accompagne pour cette course, je suis heureuse de sortir du penthouse.

Il conduit à travers la ville, zigzaguant entre les gratte-ciels du centre-ville jusqu'à ce que les hautes flèches majestueuses d'une cathédrale apparaissent. St. Xavier. Je reconnais la pierre blanche brillante et les grands escaliers de l'église.

Je m'attends à ce que Jaeger se gare illégalement juste devant comme il le fait toujours, mais il tourne dans un petit parking latéral avec une entrée équipée d'une rampe pour fauteuils roulants.

Alors que Jaeger me porte à l'intérieur, les cloches de la tour commencent à sonner. L'endroit est silencieux et sent le propre, avec une légère odeur de fumée et d'épices provenant de l'encens. Il s'enfonce dans l'église, traversant un sol de marbre à damier et une rangée de colonnes blanches pour entrer dans le sanctuaire caverneux.

Je reste bouche bée devant les plafonds hauts et les fenêtres gothiques. Je n'ai pas été élevée dans le catholicisme, donc je n'ai aucune idée de ce que sont ces scènes représentées sur les vitraux aux tons de joyaux, mais de petites plaques dorées en dessous annoncent les « Stations de la Croix ». Entre les fenêtres se trouve une série d'alcôves en pierre, chacune avec une statue de marbre blanc différente. L'endroit est opulent, bien plus que je ne le pensais. Peut-être que beaucoup de personnes fortunées fréquentent cette église, et la paroisse utilise leurs dons pour décorer, ainsi que pour gérer l'école et l'orphelinat.

Il n'y a personne ici. Je n'ai pas aperçu la moindre trace d'un être humain. Le silence a une certaine pesanteur, et je garde les lèvres closes, peu disposée à troubler cette quiétude sacrée.

Jaeger avance d'un pas assuré dans l'allée centrale et me dépose sur un banc poli.

— Attends-moi ici.

Quoi ? Il passe devant l'autel et disparaît par une petite porte à l'arrière, au-delà des stalles du chœur.

Je reste assise, mal à l'aise, baignée dans une lumière jaune et rouge provenant de l'un des vitraux. Dans le silence, j'entends les cris des enfants qui jouent dehors. Il est logique que le foyer pour enfants ait une aire de jeux à proximité.

Que m'a dit Jaeger ? *Nous n'assistions à la messe que les jours les plus froids.* J'essaie de les imaginer lui et son frère, tapis au fond de cette belle salle, leur peau rougie par le froid. Le Père Francis a fondé l'école. *Nous amenions les enfants des rues, ceux trop jeunes pour se débrouiller seuls...*

— Je peux vous aider ?

Je sursaute sur mon siège face à cette voix inattendue.

Un homme se tient dans l'allée à côté de moi. Je ne l'ai pas entendu approcher.

— Pardonnez-moi. Je ne voulais pas vous effrayer.

Il tend la main et la maintient près de mon épaule dans un geste rassurant, sans toutefois me toucher. Il a la peau pâle, avec des cheveux brun clair épais et une barbe courte. Il a entre quarante-cinq et cinquante ans, avec un visage buriné.

Il porte une soutane noire avec un col blanc et une grande croix en bois au bout d'une chaîne autour du cou. Un prêtre.

— Euh... non ça va. Je suis venue avec un ami. Il a dit qu'il avait une course à faire.

Je fais un geste vers l'avant de l'église où Jaeger est parti.

— Si je ne suis pas censée être ici, je peux partir..., j'ajoute.

— Non, pas du tout. L'église est ouverte à toute heure pour quiconque souhaite se recueillir.

Il se détend en s'appuyant contre l'un des bancs, m'observant.

Je me crispe davantage.

— Oh, je ne suis pas là pour... faire ça. Je ne suis pas croyante.

— Je sais pourquoi vous êtes ici, Elodie.

Un frisson me parcourt. Comment connaît-il mon nom ?

Il rit doucement.

— Je suppose que Jaeger vous a amenée ici pour que nous puissions nous rencontrer.

Ses yeux bleus se plissent, marqués par les rides du rire mais quelque chose dans son regard est troublant.

— Je suis le Père Francis.

10

JE FIXE l'homme dont Jaeger m'a parlé.

— Mais... Jaeger m'a dit que c'était le Père Francis qui l'avait élevé.

Cet homme ne semble pas assez âgé pour avoir élevé un homme adulte.

— Je ne m'attendais pas à ça, conclus-je.

Le Père Francis ne semble pas perturbé par mon examen minutieux.

— Je connais Jaeger depuis longtemps, dit-il, comme s'il pouvait entendre mes pensées. Depuis qu'il est enfant. J'ai pris mon poste ici à vingt-six ans. À l'époque, c'était une paroisse pauvre avec un clergé vieillissant et un bâtiment nécessitant des rénovations. Personne ne voulait de ce poste.

Il jette un regard autour du magnifique sanctuaire.

Je retrouve ma voix et suis son regard pour contempler la splendeur qui nous entoure.

— Cet endroit est magnifique.

— Nous sommes désormais bénis par des donateurs très

généreux. Je crois que vous en avez rencontré quelques-uns en travaillant à l'Inferno.

Père Francis croise les mains devant lui, me regardant d'un air interrogateur comme s'il venait de révéler quelque chose d'important.

Cet endroit est-il lié à Fraternitas ? Jaeger a dit que lui et St. James avaient été élevés par Père Francis, tout comme le chef de l'organisation, un homme que je connais seulement sous le nom du Diable.

La confrérie pourrait-elle être le principal donateur de l'église ? Cela aurait du sens s'ils voulaient rendre la pareille à l'homme qui les avait aidés, eux et tant d'autres enfants.

Un prêtre s'associe-t-il vraiment avec un chef de gang appelé Le Diable ?

— Peut-être, dis-je.

Je jette un coup d'œil à ses mains, cherchant une bague à tête de mort.

Avec un sourire malicieux, il lève les mains et me montre le devant et le dos. Ses doigts sont nus. Le seul bijou qu'il porte est la croix.

Au lieu d'être soulagée, je me crispe davantage. Il semble lire dans mes pensées. Et s'amuse de mon examen minutieux.

C'est un prêtre, bon sang. Alors pourquoi ai-je l'impression qu'un requin tourne autour de moi dans l'eau ?

— Je sais que vous avez rencontré St. James, dit-il.

Ah oui. Toute personne associée à St. James n'est pas quelqu'un en présence de qui je baisserai ma garde. Bien qu'il soit ironique qu'un homme sans âme comme St. James soit autant impliqué dans une église.

— Pourquoi pensez-vous que Jaeger voulait que nous nous rencontrions ? je lui demande.

Il penche la tête.

— Vous ne savez pas ?

Il pince les lèvres, et j'ai le sentiment que si j'avais été un spécimen intéressant auparavant, désormais je l'ai déçu.

— Je suppose que ce n'est pas à moi de l'expliquer, dit-il.

Qu'est-ce que ça veut dire, bordel ? J'ouvre la bouche pour lui poser la question, mais il continue :

— Disons simplement que Jaeger est très important pour moi. Et il sait que je voudrais rencontrer toute personne importante pour lui.

Ma réponse impolie meurt sur ma langue.

Les yeux du Père Francis se plissent face à mon mutisme. Avant qu'il ne puisse en dire plus, j'entends mon nom.

— Elodie.

Jaeger apparaît, revenant de l'autel. Il s'approche de moi et me prend dans ses bras avant de faire face à Père Francis.

— Je vois que vous vous êtes rencontrés.

— Oui, dit Père Francis. Nous parlions justement de toi.

— Pas en mal, j'espère.

Jaeger sourit mais scrute mon visage. Je dois avoir l'air un peu sous le choc.

J'ai l'impression d'avoir été convoquée pour rencontrer le seul et unique parent de Jaeger sans aucun avertissement.

C'est probablement le cas.

Une ombre s'étend sur nous alors qu'une autre silhouette contourne l'autel. C'est Kaiser, vêtu d'un jean et d'une veste en cuir, tout en noir. Il nous fusille du regard. Sans un mot de salutation, il descend l'allée latérale et s'en va.

Je regarde tour à tour le dos de Kaiser qui s'éloigne et Jaeger. Les frères avaient-ils rendez-vous ici ? Ou Kaiser se trouvait-il là par hasard ?

Que se passe-t-il ?

Jaeger me rend mon regard mais ne dit rien.

— C'est charmant de te voir ici, Jaeger, dit Père Francis. Resterez-vous tous les deux pour la messe ?

Jaeger secoue la tête.

— Bien, dit le prêtre en haussant les épaules. Je devais poser la question.

— *Dum spiro spero*, dit Jaeger, et Père Francis sourit.

— Je vois que certaines leçons de latin ont porté leurs fruits.

Le Père Francis se lève pour laisser passer Jaeger.

— Au revoir, donc. Et ravi de vous avoir rencontrée, Elodie. J'ai le sentiment que nous nous reverrons. Il reste dans l'allée et nous regarde sortir.

— Qu'est-ce que tu as dit ? je demande à Jaeger pendant qu'il me porte.

— C'est du latin. « *Tant que je respire, j'espère* ».

Il me porte dehors, et en haut des marches, je peux voir le terrain voisin, qui abrite une aire de jeux remplie d'enfants.

— C'est l'école ? Je la montre du doigt.

— Oui.

Je tends le cou alors que nous passons devant la clôture, mais je ne peux voir qu'un modeste bâtiment en brique de cinq ou six étages avec de nombreuses fenêtres.

Jaeger m'a dit qu'il n'avait pas fréquenté l'école, mais visiblement, Père Francis a quand même essayé de lui donner une éducation. Ça se comprend. Certaines manières de Jaeger et sa façon de parler sont étrangement formelles. Et je n'ai jamais rencontré de voyou qui connaisse le latin.

Il me dépose dans la voiture et se dirige vers le côté conducteur. Il ne m'a toujours pas dit ce qu'il faisait là ou pourquoi Kaiser était présent.

— Tu as pu faire ce que tu avais à faire ? je lui demande pour le sonder.

— Oui.

Il pose la main sur le levier de vitesse mais s'arrête, se tournant pour me lancer un long regard.

J'ai envie de l'interroger davantage sur son frère, sur Père Francis et sur cette course qui nécessitait une visite à l'église, mais je m'abstiens. Je me lèche les lèvres et me cale dans mon siège. Jaeger engage une vitesse, et nous laissons Saint-Xavier et Père Francis derrière nous.

— ELODIE, une voix profonde appelle mon nom. Elodie, réveille-toi.

Je me réveille en sursaut. Je suis dans la chambre sombre avec Jaeger à mes côtés. Il est appuyé sur un coude, sa main libre sur mon épaule. Il ordonne aux lumières de s'allumer au niveau le plus bas.

— Tu faisais un cauchemar.

J'en suis encore prisonnière. Il y avait un tunnel sombre d'arbres, et je courais comme je l'ai fait avec Jaeger. Mais ce n'était pas lui qui me poursuivait. C'était quelqu'un du passé, quelqu'un que j'ai essayé d'oublier.

Je suis couverte d'une sueur froide, agrippant les couvertures. Je prends une profonde inspiration pour revenir à moi.

Jaeger glisse une boucle derrière mon oreille.

— Ça va ?

— Ça va.

— Tu veux m'en parler ?

Au lieu de répondre, je me blottis contre lui, cachant mon visage contre son torse. Nous nous sommes rapprochés ces derniers jours, mais je ne veux pas lui parler de cette partie de mon passé. Ça soulèverait trop de questions. Il découvrirait la chose la plus traumatisante qui me soit jamais arrivée.

Jaeger n'est pas le pire prédateur que j'aie jamais rencontré. Il est plus grand, plus redoutable et bien plus dangereux, mais manifestement, mon psychisme le considère comme sûr. C'est pourquoi je rêve du passé – pour m'en purger. Au fond de moi, je sais que si je lui racontais l'histoire de l'homme qui m'a blessée, Jaeger s'assurerait que celui-ci paie le prix de ce qu'il a fait.

Jaeger m'enveloppe de ses bras et embrasse le sommet de ma tête. Je suis détendue et commence à me rendormir quand il glisse sa main entre mes jambes.

J'ouvre les yeux, pleinement réveillée. Les lumières sont toujours allumées, assez basses pour que je puisse m'endormir mais assez vives pour que je voie l'éclat dans les yeux orageux de Jaeger. Il doit être environ minuit, et il m'a déjà prise un peu plus tôt, alors je ne suis pas sûre de comprendre ce qui se passe. Peut-être veut-il que j'oublie mon cauchemar ?

Pendant un moment, il se contente de me caresser, soutenant mon regard tandis que son pouce titille mon clitoris. Mes hanches commencent à bouger, et il s'arrête jusqu'à ce que je me calme, puis il recommence à me caresser.

— Je serai absent presque toute la journée demain. Est-ce que je vais te manquer ?

Je le fixe. Il essaie d'avoir une conversation, maintenant ?

Il arrête de me toucher.

— Est-ce que je vais te manquer ?

Oui. Mon corps connaît la bonne réponse.

— Non, je mens.

Chaque jour me rapproche de ma guérison complète et de mon évasion.

Sauf que je n'ai pas vraiment pensé à m'échapper dernièrement. Certes, je suis déconcertée par toutes ces histoires de Fraternitas et par la sortie d'aujourd'hui pour rencontrer le Père Francis. Mais j'adore mes journées tranquilles dans ce magnifique penthouse. Prendre la fuite signifierait vivre dans des motels miteux payables à la journée, des endroits qui acceptent l'argent liquide pour que je puisse passer inaperçue. Il faudra que je trouve une planque. Que je décroche un nouveau boulot.

Ce sera pénible, mais c'est la vie. On court tous sans cesse jusqu'à ce que la mort nous rattrape.

À force de courir, je pourrais peut-être oublier Jaeger, qui me regarde actuellement en fronçant les sourcils comme s'il pouvait lire dans mes pensées. J'efface toute expression de mon visage.

— Quoi ?

— Hmmm.

Il reprend ses caresses, faisant glisser son pouce le long de mes lèvres inférieures. J'ai envie d'attraper son poignet et de me frotter contre sa main, mais je ne veux pas briser le charme. Mon orgasme se rapproche à mesure que les secondes s'écoulent. Je suis sur le point de chevaucher cette douce vague, mais il s'arrête à nouveau.

— Que penses-tu de mon frère ? demande-t-il, et mon plaisir s'évanouit lorsque je me souviens du visage de Jaeger sur cet étranger au regard glacial.

C'était un choc de le voir à St. Xavier.

— Je crois qu'il ne m'aime pas. Pas du tout.

Je frissonne en me rappelant ses menaces devant les toilettes des femmes à l'Inferno.

Jaeger balaie cette remarque d'un mouvement de tête.

— Il n'aime personne.

— Même pas toi ?

J'ai pourtant eu l'impression que Kaiser m'avait menacée par instinct protecteur envers son frère.

Jaeger prend ma main et la place sur le muscle pectoral saillant sous sa clavicule. Mes doigts effleurent la crête relevée d'une blessure cicatrisée depuis longtemps. Je réalise que ses tatouages cachent un labyrinthe de cicatrices. Celle-ci est large et très proche de son cœur.

— Qu'est-ce que c'est ?

— Ça date de l'époque où Kaiser a essayé de me tuer.

Mes doigts se figent sur sa poitrine.

— Quoi ? Pourquoi ?

— C'était quand nous étions jeunes. Ne t'inquiète pas. Il ne le refera probablement jamais.

Je reste sans voix, et mon corps se refroidit. Jaeger bouge sous moi, et ma jambe frôle son sexe dur. Il y a une minute, je me serais allongée sur le dos pour l'accueillir, mais maintenant je lutte contre l'envie de me recroqueviller en boule.

Me raconte-t-il ça parce qu'il veut que je lui parle de mes propres cauchemars ?

La cicatrice est si réelle sous mes doigts. Je ne devrais pas fouiller dans le passé violent de Jaeger. J'ai enfoui ma tête dans le sable jusqu'à présent. Et pourtant...

— Quel âge avais-tu ? je demande.

Il sourit.

— Quinze ans.

Je retiens mon souffle.

— Nous étions dans les rings de combat. Ceux sous la ville.

— Ceux que gère Fraternitas ?

— À l'époque, Fraternitas ne les gérait pas parce que Fraternitas existait à peine. Kaiser et moi étions sous la « garde » – encore un sourire sinistre – d'un homme nommé Maestro. Il était notre tuteur sur le papier. Il nous a pris dans la rue et nous a gardés captifs. Et quand nous avons atteint l'âge, il nous a fait combattre.

Mon souffle reste figé dans mes poumons. Des images terribles envahissent mon esprit. Mes veines semblent se resserrer comme autrefois quand j'avais besoin d'une dose.

— À quel âge ? je murmure.

— Il a pris possession de nous après notre puberté. Nous avons passé un an et demi sur les rings.

Je passe mes mains sur ses épaules et sa poitrine, sentant les bosses et les bords déchiquetés de ses cicatrices sous l'encre. Je savais que sa vie avait été brutale. Je ne réalisais pas que la violence avait commencé quand il était si jeune.

— Et le Père Francis ?

— Il nous a cherchés. Tout comme St. James et tous les autres enfants des rues qui allaient rejoindre Fraternitas. Maestro nous cachait, Kaiser et moi, dans un endroit où ils ne pouvaient pas nous trouver. Jusqu'au jour où nous nous sommes libérés.

Mes doigts trouvent la cicatrice sur son cœur.

— Que s'est-il passé ?

— Nous l'avons tué. Après qu'il nous ait fait nous battre l'un contre l'autre, et que Kaiser m'ait fait ça.

Il couvre ma main de la sienne, immense, moulant ma paume sur sa poitrine meurtrie. Nos mains montent et descendent au rythme de sa respiration.

— Pour me sauver la vie. Pour nous sauver tous les deux. Maestro avait décrété que l'un de nous devait tomber, alors je l'ai fait. Et pendant que je gisais en train de me vider de mon sang, Kaiser s'est retourné contre Maestro et l'a tué.

Je ferme les yeux, mais la scène décrite par Jaeger se joue dans mon esprit. Encore et encore, sans fin. Deux garçons identiques aux cheveux blonds, sauvages et couverts de sang, s'affrontant dans un cercle d'ombres.

Jaeger caresse le dessus de ma main, et mes yeux s'ouvrent brusquement. Je plonge dans les mers orageuses de ses iris, avec l'impression d'avoir vu chaque partie de lui, à l'intérieur comme à l'extérieur. Je n'ai jamais été aussi proche de quelqu'un.

Je n'ai jamais laissé quelqu'un s'approcher autant de moi. Nos souffles se mêlent et n'en font plus qu'un.

— Pourquoi me racontes-tu tout ça ?

— Je sais que tu me désires, Elodie. Mais tu as aussi peur.

Je m'éloigne de lui en roulant et me recroqueville en boule. Il roule aussi, m'entourant de son corps. Son sexe dur pousse contre mon dos, mais il garde sa main entrelacée avec la mienne, serrée contre mon cœur.

Ses lèvres trouvent mon oreille.

— Tu savais que la nuit où nous nous sommes rencontrés, c'était mon anniversaire ? Tu étais le cadeau que St. James m'a offert, dit-il d'un ton empreint d'émerveillement. Je n'ai jamais reçu de cadeau d'anniversaire avant. Maestro nous gardait en cage.

Je serre les yeux encore plus fort.

Il continue si doucement que je me demande si je ne l'ai pas imaginé.

— Je sais que tu ne veux pas connaître cette partie de moi. Je sais que tu veux fuir.

Son souffle agite les boucles à l'arrière de ma nuque.

— Mais tu es courageuse, plus que tu ne le crois.

Il est si proche que ses lèvres effleurent le dos de mon oreille.

— Je n'ai jamais raconté ces choses à personne, Elodie. Pas même au Père Francis ou à mes frères de Fraternitas. Kaiser et moi n'en parlons jamais. Mais s'il y a une chance que quelqu'un dans ce monde connaisse tout de moi, je veux que ce soit toi.

11

ELODIE

LE LENDEMAIN MATIN, Jaeger me réveille avec son visage entre mes jambes. J'émerge du sommeil, mon désir passant de zéro à cent en une seconde. Mon corps est déjà sensibilisé par ses caresses nocturnes, et toute la lourdeur de la confession d'hier soir et mes rêves intenses s'évaporent instantanément.

Je me tortille, luttant contre sa prise sur mes cuisses alors qu'il me dévore comme s'il était affamé et que j'étais la meilleure chose qu'il ait jamais goûtée. Mon orgasme se rapproche en spirale, à portée de main. Mon sexe se resserre autour de son unique doigt. J'ai juste besoin d'un peu plus...

Il s'arrête et se redresse. Mes muscles internes se contractent dans le vide, suppliant pour plus de stimulation.

— Qu... ? dis-je en le fixant. Qu'est-ce que tu fais ?

— Je m'assure que je vais te manquer.

Jaeger me caresse le ventre. J'attends que sa main glisse entre mes jambes, mais elle ne bouge pas davantage.

— Tu as besoin d'aller aux toilettes ?

J'ai besoin d'un orgasme ! Mais je hoche la tête. Il me porte jusqu'à la salle de bain et me laisse faire ce que j'ai à faire.

Quand nous revenons sur le lit, il se penche pour m'embrasser. Je glisse une main sous la cascade soyeuse de ses cheveux, enserrant sa nuque pour le garder près de moi.

Il pousse en avant, m'obligeant à m'allonger sur le lit. Ses mains parcourent mon corps, ses lèvres ne quittant jamais les miennes.

Ça, c'est mieux. Son corps imposant recouvre le mien, et mon centre se réchauffe, prêt à ce qu'il écarte mes jambes et me domine.

Je frémis sous lui quand il rompt le baiser.

— Ah, ah, fait-il en agitant un doigt.

— Jaeger...

Ma bouche s'ouvre en grand quand il quitte le lit et marche nu vers le placard, me laissant délaissée.

Qu'est-ce qu'il mijote ? Je me souviens de notre conversation d'hier soir. Toutes ces choses intenses qu'il m'a confiées dans l'intimité de la nuit. Son adolescence, ses traumatismes, ses cicatrices. Il a dit qu'il voulait me connaître. La nuit dernière prouve qu'il veut aussi que je le connaisse.

Et maintenant j'en sais assez pour l'imaginer petit garçon, grandissant sans personne pour s'occuper de lui. Comment sait-il si bien prendre soin de moi ?

Il mérite quelqu'un qui prenne soin de lui. Et je me sens toute chaude et pleine d'espoir à l'idée que cette personne puisse être moi.

Mais c'est aussi bouleversant. Il n'est dans ma vie que depuis peu. Tout est allé si vite, si intensément, et j'ai peur de trop m'appuyer sur lui.

Je ne sais pas quoi faire de tout ça.

Je n'arrive pas à réfléchir avec cette douleur lancinante au creux de mon ventre.

Il pense qu'il peut me taquiner et me laisser comme ça ? Je peux m'occuper de moi-même.

Je m'enfonce dans les oreillers et glisse ma main entre mes jambes. Mes propres doigts sont petits et délicats comparés à ceux rugueux de Jaeger. J'utilise ma main libre pour pincer mes tétons. L'étincelle de douleur me rapproche du bord.

—Ah, ah.

Jaeger se penche davantage, attrapant mes poignets. Il me chevauche – youpi ! – mais au lieu de s'enfoncer dans mes replis humides et de me punir avec de violents coups de reins, il épingle mes bras au-dessus de ma tête et manipule quelque chose sur la tête de lit.

Puis il se déplace. J'essaie de bouger mes bras, mais ils restent au-dessus de ma tête.

— Qu'est-ce que...

Je tends le cou. Il a bouclé des menottes autour de mes poignets, les laissant enchaînés à la tête de lit. J'essaie d'atteindre ma main gauche avec ma droite pour voir si je peux défaire les menottes, mais la chaîne est juste assez courte pour qu'une main ne puisse pas atteindre l'autre.

— Jaeger ?

Je secoue les chaînes, les faisant claquer contre le bois.

— C'est quoi tout ça ?

Il pose une main sur ma cuisse.

— Pas de contact.

Il se penche pour m'embrasser. Je grogne et tourne la tête, et sa barbe naissante me pique la joue à la place.

Il se lève et enfile sa chemise, complétant son uniforme habituel de jeans et t-shirt. Pendant ce temps, je suis nue, essayant de me redresser pour voir si je peux desserrer la languette en cuir de la boucle avec mes dents.

— Non.

Il revient, attrape ma cheville gauche et me tire vers le bas. J'essaie de lui donner un coup de pied, mais il me maintient facilement pendant qu'il cherche d'autres liens au pied du lit. Je me retrouve avec la cheville gauche menottée et le reste de mon corps immobilisé par une sangle autour de ma taille.

— Voilà.

Il place un oreiller sous ma cheville droite, la surélevant. Je me tortille, mais je ne peux pas bouger beaucoup.

Je halète quand il fait le tour du lit, vérifiant chacun de mes liens et testant la circulation dans mes doigts. Mon indignation a fait mourir mon orgasme, mais quelque chose dans sa proximité, son odeur, et le fait que je sois attachée embrouille mon esprit. Mon sexe palpite de désir.

— Pourquoi tu fais ça ? je demande pour éviter de le supplier de me toucher.

— Je m'assure que tu ne puisses pas te caresser.

Il passe ses doigts entre mes jambes, effleurant mes plis et faisant trembler mes cuisses. Il lèche mon goût sur ses doigts tout en maintenant mon regard. Je rougis mais commence à paniquer quand il se détourne.

— Jaeger, dis-je en tirant sur les liens. J'ai besoin de toi.

— Je sais, répond-il en s'arrêtant sur le seuil. Je reviens.

— Où tu vas ?

Je me débats sérieusement contre les menottes, mais elles tiennent bon.

— Ne me laisse pas.

— Ne t'inquiète pas, mon petit lapin.

Il me montre son téléphone. On y voit une image de moi telle que je suis maintenant, au lit. Il pointe le plafond dans le coin de la chambre.

— J'ai une caméra. Je te surveillerai tout le temps.

Incroyable putain !

— Jaeger, si tu pars, je te jure que...

— À plus tard, mon lapin.

Il ferme la porte.

Je m'affaisse sur le lit. Quel salaud !

J'attends qu'il revienne, mais les minutes s'écoulent lentement. Il n'y a pas d'horloge dans sa chambre, donc je ne peux qu'estimer l'heure en observant la lumière qui s'intensifie sous la porte, indiquant que le soleil monte dans le ciel.

Je passe un moment à essayer de me tortiller dans une position qui me permettrait d'atteindre les menottes, mais c'est inutile. Je finis en sueur, avec les bras et la cuisse gauche douloureux d'avoir tiré sur les chaînes.

Un million d'années plus tard, la porte grince et Jaeger apparaît tenant un sac en tissu noir.

— Toujours là, mon lapin ? dit-il en riant. Évidemment.

Il s'assoit et porte une bouteille d'eau à mes lèvres.

Je lui lance un regard noir mais je bois. Il me donne toute la bouteille puis me fait boire un smoothie avec une paille. Il me détache suffisamment longtemps pour que j'aille aux toilettes, mais ensuite il me ramène au lit et m'attache à nouveau.

— Tu comptes me laisser encore comme ça ?

— Oui. Tu as toujours faim ?

Je secoue la tête.

— Tu es si sage pour moi.

Il plonge la main dans le sac noir et en sort un godemiché rose fixé à un ensemble de sangles en cuir noir.

— Voyons si on peut rendre ça plus intéressant.

— Jaeger, s'il te plaît...

Je lutte, mais je ne peux pas l'empêcher de me maintenir et de glisser le godemiché en moi. Je suis si mouillée qu'il entre facilement, et je gémis en sentant qu'il me remplit. C'est agréable, mais pas suffisant pour me faire jouir. Il finit d'attacher les petites sangles autour du haut de mes cuisses et de sécuriser le harnais qui maintient le godemiché en moi.

— Ce n'est pas juste, je me plains.

— Je sais. C'est pour ça que c'est amusant.

Il dépose un baiser sur mon nez. Je lui montre les dents.

Le vibromasseur se met à bourdonner. Mon grognement se transforme en cri. Je me soulève du lit autant que les liens me le permettent. Le jouet appuie contre tous les points délicieux à l'intérieur de moi, me taquinant jusqu'à ce que je halète. Chaque muscle en moi se contracte, mais alors que je m'approche de l'orgasme, le vibromasseur s'arrête.

Je m'affaisse sur le lit, trop bouleversée pour parler.

— Je reviens, mon lapin, dit-il, et il part.

Je lutte pour m'échapper mais n'arrive à rien avant que le vibromasseur ne se remette à pulser en moi.

Je ne sais pas combien de temps il me laisse comme ça. Tout ce que je perçois, ce sont les moments intenses quand le vibromasseur est en marche et me torture. Je serre les cuisses, me contractant autour de lui, mais je n'arrive pas à trouver le bon angle pour déclencher mon orgasme. La sueur coule sur ma tempe. Mes muscles internes hurlent quand je les contracte. Bien trop vite, le vibromasseur s'arrête. Je retiens un cri et compte les secondes avant qu'il ne redémarre.

Quand il revient, plusieurs séances de vibromasseur plus tard, je suis à cent pour cent une lapine grincheuse. Ça n'aide pas qu'il soit toujours aussi sexy que lorsqu'il est parti, pas un seul cheveu doré déplacé.

— Toi, je grogne.

— Moi.

Il s'installe sur le lit mais ne fait aucun geste pour me libérer.

— Tu m'as laissée. Toute la journée.

Je secoue les chaînes pour souligner mes mots.

— Tu veux quelque chose, mon lapin ?

Il effleure mon sein de ses doigts, et je lutte contre l'envie de m'arquer vers sa caresse.

— Tu sais ce que je veux.

— Mmm.

Il presse mon sein, et je soupire.

Sa bouche descend. Sa langue effleure mon mamelon.

Je serre les poings dans la taie d'oreiller. Je veux qu'il me baise. Je veux qu'il me détache pour que je puisse le gifler et forcer son visage entre mes jambes.

C'est effrayant à quel point j'ai besoin de lui.

Il relève la tête, une lueur malicieuse dans ses yeux orageux.

— Encore un peu plus longtemps, je pense.

— Non !

Mais il n'écoute pas. Il fixe un accessoire au gode, un qui se glisse entre mes fesses et stimule mon entrée sensible là derrière. Je me tortille mais ne peux pas le déloger. Cela ajoute une autre dimension délicieuse à mon excitation. Délicieuse et troublante. Je n'ai jamais su à quel point un vibromasseur à cet endroit pouvait être agréable.

Cette fois, il me laisse plus longtemps. Le temps n'a plus de sens. La lumière sous la porte se teinte d'ambre puis s'éteint, chassée par les ombres.

Au moment où la porte grince à nouveau, je suis soulagée de le voir mais trop épuisée pour bouger. Ma peau brille suite à mes efforts.

Il retire le jouet, et je n'ai même pas honte du bruit mouillé qu'il fait en quittant mon sexe. Il défait les liens autour de ma taille et de ma jambe, et je gémis.

— Jaeger, il faut que tu m'aides.

— Je vais le faire, mon lapin. Chut.

Il me prend dans ses bras et m'embrasse. Il me libère des

chaînes pour pouvoir me soulever du lit mais garde les menottes autour de mes poignets. Il les attache ensemble pour que mes mains soient toujours liées.

— Pas de contact, me prévient-il.

Je suis tellement épuisée que j'acquiesce. Tout pour être libérée de cette torture à bas régime.

Il m'emmène dans la salle de bain et me rince sous la douche. Je m'assieds et le laisse me laver. Il fait attention avec le pommeau autour de mon sexe gonflé. J'écarte largement les jambes, et il secoue la tête.

Il ne va pas me laisser jouir. Mais le fait qu'il me refuse ça est encore plus excitant. Ça me perturbe de voir à quel point ça m'excite.

J'ai l'impression qu'il me prépare à quelque chose, mais je ne veux pas demander quoi. J'ai peur de déjà le savoir.

Après un dîner qu'il me donne à la main, je me sens plus moi-même. Il attache mes menottes au côté de la chaise et me quitte un moment avant de revenir et de me porter jusqu'au lit, où il a changé les draps.

— Je vais te retirer les menottes, mais si je te surprends à te toucher, tu resteras attachée toute la nuit et toute la journée de demain.

— D'accord.

Je lui tends mes poignets. Il retire les menottes et frotte les marques rouges, les embrassant même. Le frôlement de ses lèvres provoque des frissons dans mon ventre.

Ce qui me rappelle...

— Qu'est-ce qui se passe si je jouis accidentellement ?

— Tu seras punie.

Le regard qu'il me lance accentue la peur et l'excitation en moi.

— Et tu n'aimeras pas ça.

J'aimerais être assez courageuse pour le faire quand même. De quel genre de punition parlons-nous ici ?

C'est comme s'il pouvait lire dans mes pensées.

— Il existe des ceintures de chasteté en métal conçues pour être portées toute la journée. Elles couvrent tout, d'ici à là.

Il passe une main au-dessus de mon sexe, puis sur mes fesses.

— Tu penses qu'une journée c'est difficile ? Essaie une semaine entière.

Je rejette la tête en arrière.

— Tu n'oserais pas.

— Si.

Son regard est impassible, terriblement sérieux, au point que je recule.

— Mais...

Je jette un coup d'œil à l'avant de son jean, tendu par son érection.

— Toi non plus tu ne jouiras pas.

— Ça en vaudra la peine.

Il m'embrasse sur le front. Le simple contact de ses lèvres me provoque des frissons dans le bas-ventre. J'ai envie de pleurer. Il se recule et voit mon expression.

— Ne fais pas la moue.

Il me borde dans les couvertures, s'assurant que mes mains restent au-dessus.

Comment vais-je pouvoir dormir avec cette pulsation dans mon sexe ?

Jaeger enlève son jean, et sa queue est comme un mât de drapeau. Je lui ferais bien un salut si j'étais de meilleure humeur.

Je le regarde tristement jusqu'à ce qu'il se couvre avec une couverture.

— Je te déteste, lui dis-je.

Il sourit et passe son pouce sur mes lèvres. Je penche la tête en arrière, ma respiration s'alourdissant.

Il retire sa main, et je grogne du fond de ma gorge. Je n'avais pas réalisé que je laissais tout le temps échapper des grognements jusqu'à ce qu'il me le fasse remarquer.

— Je vais te tuer.

Il est définitivement bien placé sur ma liste des Personnes Que Je Veux Tuer.

— Parle-moi, pense à autre chose.

Oh, maintenant il veut parler ? Je me souviens à quel point les choses sont devenues intenses hier soir et je secoue la tête.

— Non.

Il s'étire à côté de moi comme si nous avions une discussion post-coïtale détendue. C'est atroce parce que sa présence, son odeur et sa chaleur sont maintenant des déclencheurs de mon excitation. Mon clitoris pulse si fort que j'ai envie de hurler.

— Tu ne m'as jamais dit ce que tu penses de mon frère, dit-il.

— Il est sur la liste, je marmonne.

— Quelle liste ?

— La liste des Personnes Que Je Veux Tuer, dis-je parce que mon filtre a disparu.

Il a l'air amusé.

— Suis-je en haut de la liste ?

Je lève les yeux au ciel. Monsieur Ego.

— Non.

Bien qu'il pourrait l'être s'il ne me laisse pas jouir bientôt.

Il penche la tête sur le côté.

— Alors qui est-ce ?

— Pourquoi est-ce important ? Tu n'es pas contrarié d'être sur la liste ?

Il hausse les épaules.

— Je suis sur de nombreuses listes de ce genre. Tu es la première personne à me le dire directement.

Il sourit comme si cela lui faisait plaisir.

— Maintenant, dis-moi. Qui d'autre veux-tu tuer ?

Je me tourne sur le côté, me détournant pour montrer clairement que je mets fin à cette conversation.

Il me fait rouler vers lui.

— J'ai des moyens de te faire parler.

— Qu'est-ce que tu vas faire ? Fouler ma deuxième cheville ?

Il prend mon sein en coupe, effleurant mon mamelon de son pouce.

— Non. Pas quand il y a des choses bien plus amusantes que je pourrais te faire.

Je repousse sa main, mais il la laisse simplement retomber sur ma taille.

— Tu sais ce que je fais pour Fraternitas ?

— Tu travailles pour eux.

J'ai essayé de ne pas trop y penser, mais c'est facile d'assembler les pièces. Et après les confidences d'hier soir, j'ai l'impression que nous avons franchi des kilomètres au-delà de la limite que j'aurais fixée si j'avais été intelligente.

— Comme un homme de main ? je devine.

— C'est une façon de le décrire. Je suis le muscle. La démonstration de force de Fraternitas. Je sors les poubelles.

Donc, les meurtres qu'il a commis dans la cage d'escalier n'étaient pas ses premiers. Son travail est de tuer des gens ou de les faire disparaître.

Sa main ornée de bagues repose sur ma hanche. La main d'un tueur, assez grande pour étrangler une victime, son visage étant la dernière chose qu'ils voient.

Mais c'est un si beau visage. Je tends la main pour le toucher parce que je le peux. Personne d'autre ne peut le voir ainsi, le toucher ainsi.

Cela me fait me sentir puissante.

Sa joue se love dans ma paume. Sa barbe naissante gratte ma peau.

— Tu prétends être méchante et haineuse, mais au fond, tu es douce.

— Non, pas du tout.

Je me tortille dans les draps, essayant de calmer mon désir montant.

— Tais-toi. Je suis une tueuse psychopathe comme toi.

Sa voix est chaude comme lorsqu'il me murmure des mots doux à l'oreille après l'amour.

— Mon lapin...

— Je suis un lapin tueur en mode attaque, dis-je en posant un doigt sur ses lèvres. Je te préviens.

Il lèche mon doigt puis l'avale. Je ferme les yeux, étourdie de désir.

— Mon Dieu, Jaeger...

Il retire mon doigt de sa bouche et en embrasse le bout.

— Je veux savoir qui tu veux tuer, insiste-t-il.

— Personne.

Je tente de m'éloigner à nouveau, mais il m'en empêche. Nous finissons par lutter, ce qui me laisse épinglée sous lui, respirant fort et prête pour une bonne baise intense.

J'incline mes hanches.

— Si je te le dis, tu me prendras ?

— Je le ferai... plus tard.

Je plisse les yeux.

— C'est-à-dire plus tard ?

— Quand que je choisirai.

Toute cette frustration a donc un but. Il a des projets pour moi.

— Alors non.

Je vais le torturer comme il me torture.

— Je vais te toucher...

J'attrape sa main avant qu'il ne puisse toucher ma chatte pour me frustrer davantage.

— Non. Je suis une nonne.

Il semble ravi par cette idée, et je suis dans un état bizarre à cause de toute cette frustration et ce déni, alors je continue.

— Plus de liste de meurtres pour moi. Je fais vœu de non-violence. J'ai le pardon dans le cœur.

Il sourit lorsqu'il tend la main et me claque le côté de la fesse.

— Menteuse.

Mais il n'insiste pas. Il se laisse retomber sur le lit, me serrant contre lui. Il commande aux lumières de la chambre de s'éteindre.

Dans le ventre sombre de la pièce il n'y a que le son de notre respiration. Mon désir pour lui s'apaise en un feu qui est moins douloureux mais tout aussi puissant. Nous sommes de retour dans ce sanctuaire nocturne où tout est paisible, même mes pensées agitées.

— Je veux tuer tellement de gens, j'avoue à l'obscurité. Tellement. Mais tu ne comprendrais pas.

Sa main vient se poser sur ma gorge.

— Dis-moi.

Nous ne plaisantons plus. Mais il a partagé tant de choses avec moi que j'ai l'impression qu'il a gagné le droit à mes secrets.

— Tu ne sais pas ce que c'est.

Les mots me brûlent comme de l'acide dans la gorge.

— Tu es plus grand et plus fort que n'importe qui. Personne ne t'embête. La moitié des gens ont l'air de vouloir s'enfuir quand tu entres dans une pièce. Ce n'est pas comme ça pour moi. Tout le monde me marche dessus. Le propriétaire flippant, ma patronne, même toi.

Je serre les poings.

— Et je dois juste l'accepter.

Mes dents me font mal à force de les serrer, alors je détends ma mâchoire et prends une respiration tremblante.

— Alors j'ai fait une liste, et j'imagine ce que ce serait d'être forte.

Jaeger et Kaiser ne sont pas en haut de la liste. Pas même proches. En haut se trouvent les ordures qui m'ont brisée, qui ont pris sans rien donner en retour, qui m'ont laissée les aimer puis sont parties comme si je n'avais aucune importance. Et le pire de tous est celui qui a profité de sa position d'autorité pour détruire ma vie et ma paix au point où j'ai dû abandonner mes études.

Je ne suis pas prête à parler d'eux à Jaeger, et il n'insiste pas.

— Je suis désolé, mon lapin.

— De quoi ? dis-je en laissant échapper un rire amer. C'est la vie. Les forts écrasent les faibles. Certains sont des prédateurs. Le reste d'entre nous sommes des proies. Tout ce qu'on peut faire, c'est essayer de survivre.

Il me frotte le dos. C'est apaisant, mais je sais qu'il porte à son doigt un anneau qui le marque justement comme prédateur.

— Je n'ai pas toujours été plus grand que tout le monde, dit-il. Dans la rue, j'étais une proie.

Je n'ai rien à répondre à cela parce qu'il m'a raconté les détails les plus sommaires de son asservissement envers cet homme appelé Maestro, et ils étaient si horribles que je n'arrive pas à les comprendre.

— Je ne voulais plus vivre comme ça. Mes frères non plus. Alors nous sommes devenus Fraternitas.

Je comprends cela. Si j'avais vécu ce qu'il a vécu, je ferais n'importe quoi pour devenir puissante, moi aussi. On devient le prédateur, ou on meurt en tant que proie.

Comme je l'ai dit, au final, nous essayons tous simplement de survivre.

Je prends sa main et la serre.

— Je suis désolée, moi aussi.

Dans cette confession de minuit, nous sommes les témoins l'un de l'autre.

Mais l'absolution est quelque chose que nous ne pouvons nous accorder qu'à nous-mêmes.

12

ELODIE

JE RÊVE de me toucher mais je me réveille en gémissant, Jaeger caressant le haut de mes cuisses. Ma peau est couverte de ma moiteur qui s'écoule.

— Jaeger, s'il te plaît.

Je frissonne, ayant besoin de libération.

— S'il te plaît, laisse-moi...

— Plus tard, dit-il en m'embrassant la joue. Pas encore.

Je grogne mais ne fais aucun geste pour me toucher quand il s'éloigne.

— Je dois aller quelque part encore aujourd'hui. Si je ne t'attache pas, tu seras une gentille fille ?

J'acquiesce vigoureusement. N'importe quoi pour échapper à une autre longue journée à lutter contre le vibromasseur.

Il plisse les yeux, mais ce qu'il voit en moi le convainc que je dis la vérité.

— Tu es si sage pour moi, mon petit lapin.

Il me caresse la joue du nez, et je tourne la tête. La sensation de sa barbe naissante contre ma peau est trop intense.

Je ne sais pas ce qu'il prépare, mais il mijote quelque chose, et j'ai peur de savoir quoi. Quoi que ce soit, c'est important.

Il s'éloigne, et nous suivons notre routine matinale. Il m'aide à m'habiller d'un jean large et d'un haut blanc ajusté.

Ce n'est que lorsqu'il m'a installée sur le canapé avec ma cheville surélevée qu'il me dit :

— J'ai invité tes amies à venir.

— Des amies ? Quelles amies ?

Il se penche pour allumer les bougies sur la table basse et se redresse.

— Les filles de l'Inferno.

— Honey et Daria ? Tu les as invitées ? Tu les laisses venir ici ?

— C'est aussi chez toi.

Je pince les lèvres. Certes, j'habite ici, mais ce n'est pas vraiment mon appartement.

— Elles seront bientôt là. J'ai commandé à manger. Le portier les laissera entrer.

Je serre une couverture en cachemire contre ma poitrine, l'observant se déplacer dans la pièce, rendant l'endroit aussi douillet que le décor d'une comédie romantique de mes rêves.

Il répond à la porte pour la livraison de nourriture et m'embrasse avant de partir.

— Rappelle-toi, je t'interdis de te toucher. Sinon il y aura des conséquences.

Mes amies arrivent à temps pour un brunch tardif. Nous n'avons jamais passé de temps ensemble en dehors du travail, alors je suis un peu nerveuse de voir comment ça va se passer. Au moins, le penthouse de Jaeger sera un endroit plus agréable pour traîner que mon ancien appartement.

Daria entre lentement, tournant la tête pour regarder partout. Elle me salue d'un signe de tête, gardant ses mains enfoncées dans sa veste en cuir noir.

La suivante à entrer est Angel, une des danseuses de l'Inferno.

— Salut, ma belle, dit-elle en souriant. Ça te dérange si je m'incruste à la fête ?

— Bien sûr que non, dis-je.

Je ne connais pas très bien Angel, mais elle semble gentille. Sur scène, elle porte surtout des perruques, mais ses cheveux sont longs, lisses et teints en noir.

Honey entre en bondissant, tout sourire dans une robe moulante taupe, avec ses boucles anglaises.

— Elodie ! Tu es magnifique ! Qui t'a coiffée ?

— Salut, Honey. Tu es superbe aussi.

Je ne lui dis pas que c'est Jaeger qui a fait mes cheveux. Il n'a pas l'air d'en être capable, mais il est plus doué pour me coiffer que je ne l'ai jamais été. Il semble aimer prendre le temps de me chouchouter. L'étagère dans la douche est remplie de masques capillaires et d'après-shampoing spéciaux pour mes boucles, et les résultats ont été fabuleux. Ma peau est rayonnante, mes boucles brillent et sont plus belles que jamais.

Honey est déjà passée à autre chose.

— Oh mon dieu ! s'écrie-t-elle en voyant le buffet de brunch que Jaeger a commandé.

Angel la rejoint, attrapant une fraise dans un bol de fruits coupés.

— Alors c'est chez lui, hein ?

Daria s'attarde dans l'entrée, se penchant pour regarder à travers la porte ouverte de notre chambre.

— Eh oui, dis-je en lui faisant signe d'entrer. N'hésite pas à fouiner.

Honey rit, et les épaules de Daria se détendent un peu.

— Allez, venez, dit Angel en leur faisant signe.

Son assiette est déjà remplie de bacon et de pancakes. La nourriture tente suffisamment Daria pour qu'elle rejoigne les deux autres.

— Tu as l'air en forme, dit Honey.

— Merci.

Elle me propose plus de café et de crème au caramel et j'accepte.

— Meuf, cet endroit... s'extasie Angel.

— Je sais, dis-je.

Daria est toujours dans la cuisine, ouvrant les placards et les inspectant. Je ne serais pas surprise qu'elle découvre l'emplacement du coffre-fort de Jaeger.

— Ça me plaît, annonce Honey.

Angel lui lance un regard affectueux, et Daria lève les yeux au ciel. Il est évident que n'importe quel membre de Fraternitas a l'approbation de Honey. Son manque d'instinct de survie m'inquiète.

— Est-ce qu'il t'a dit autre chose à propos de... tu sais ? demande Honey en agitant un morceau de bacon vers moi.

— Regarde sa bague, fait remarquer Daria.

Honey laisse tout tomber pour s'extasier. Même Angel semble impressionnée. Je lutte contre l'envie de cacher ma main.

— Il m'a clairement fait comprendre que je suis sa femme, j'admets.

Honey tape dans ses mains.

— Et la cérémonie de revendication ? Il a dit quelque chose à ce sujet ?

Je secoue la tête.

— C'est censé être secret, explique Honey avec un regard lointain.

— Ce qui signifie que tu sais tout sur le sujet, raille Daria.

Honey lui tire la langue.

— Il y a des informations contradictoires. Certains disent que ça se passe dans un club BDSM du centre-ville.

— Pas à l'Inferno ? demande Daria.

— Non, un autre endroit. Au Club Empire.

Daria hoche la tête.

Angel est devenue silencieuse. Elle porte des manches longues, mais elle se frotte le haut du bras, là où je sais qu'elle a un tatouage de serpent. Elle cache habituellement l'encre avec du maquillage, mais je l'ai vu dans le vestiaire.

On frappe à la porte.

— J'y vais, dit Honey en se relevant.

Daria bondit de sa chaise et se précipite pour la rattraper.

— Pas si vite.

Elle dépasse Honey et demande :

— Qui est-ce ?

La voix familière du livreur annonce :

— J'ai une livraison pour Petit Lapin.

— Petit Lapin ? demande Honey.

— C'est bon, dis-je. Laissez-le entrer.

Elles ouvrent toutes les deux la porte et acceptent le colis.

C'est un cadeau de forme rectangulaire. Angel aide à dégager les bougies et les bibelots pour lui faire de la place sur la table basse devant moi.

— Ouvre-le, s'écrie Honey.

À l'intérieur de la boîte, un épais papier de soie couleur crème dégage un parfum de lavande et de bois de santal. J'en sors une courte robe blanche – une gaine en dentelle doublée de soie.

— Oh mon dieu, murmure Angel.

Honey pousse un demi-cri et se couvre la bouche. Elle pense que c'est une robe de mariée.

Pendant une seconde, mon cœur s'arrête de battre.

Un morceau de papier couleur crème tombe au sol. Angel le ramasse et me le tend.

« *Pour ce soir* », peut-on lire. Ça doit être de la part de Jaeger.

Je leur montre la note.

— Ce soir ? Qu'est-ce qu'il y a ce soir ? demande Daria.

— Oh ! s'écrie à nouveau Honey. Je sais ce que c'est.

— Quoi ? demandons-nous toutes en chœur.

— Il va t'emmener au Pandemonium.

Pandemonium. Je murmure le mot. Je l'ai déjà entendu, à l'Inferno.

— C'est où ? demande Daria.

— C'est un événement, pas un lieu, explique Honey.

Elle jette un coup d'œil à Angel comme pour chercher confirmation, mais la danseuse reste ostensiblement silencieuse.

— Cette année, c'est au Club Empire. C'est une grande fête privée. Généralement un bal masqué pour l'élite la plus kinky de New Rome. La rumeur dit que le Sénateur Nero y assiste. Et Rex Roy.

— Qui est Rex Roy ? je demande.

Le nom me semble familier, mais je ne me souviens pas où je l'ai entendu.

— Tu ne sais pas qui est Rex Roy ? s'étonne Honey en tournant vers moi des yeux écarquillés. Le milliardaire ?

— Ah, oui.

Maintenant, je me souviens. C'est l'un des hommes les plus riches du pays. Je l'ai vu dans les journaux et à la télé.

— Bien sûr que je le connais. Lui et moi avons pris le thé avec la reine jeudi dernier, je plaisante.

—Arrête, lance Honey en me jetant un coussin avant de se lever avec dignité. J'ai besoin de me repoudrer le nez.

Je lui indique la salle de bain la plus proche, mais elle

me fait signe de laisser tomber et se dirige vers ma chambre et celle de Jaeger pour utiliser celle-là. Elle profite de mon offre pour fouiner.

Dès que la porte se referme derrière Honey, Daria se penche vers moi.

— Écoute, Elodie, tu dois faire attention.

Son ton chuchoté me fait froncer les sourcils.

— Quoi ?

— Honey pense que tout cela c'est un monde de fantasme. Intrigue, danger... elle a des étoiles dans les yeux. Elle est jeune.

— Toi aussi tu es jeune, je lui fais remarquer, tout en notant que les cernes sous ses yeux semblent plus profonds.

Je lève les yeux vers Angel, qui n'a toujours pas dit un mot.

— On est toutes jeunes.

— Elle ne comprend pas, dit Daria. C'est du sérieux toute cette histoire. Juste... fais attention.

Je me mords la lèvre. Si Daria pouvait lire dans mes pensées, elle saurait que je m'inquiète.

Jaeger a pris soin de me montrer un monde merveilleux fait de longues journées dans son penthouse à regarder des comédies romantiques, avec des vêtements coûteux et une voiture sexy. Mais je sais qu'il y a un autre côté de sa vie, un côté sombre, qui paie pour tout ce luxe. Il m'en a montré une partie aussi – l'Inferno, sa course à l'église, Père Francis, Kaiser. Et il m'a partagé son passé.

J'ai essayé d'ignorer le côté mafieux de Jaeger, mais c'est devenu impossible. Je me sens comme une grenouille dans une casserole, lentement bouillie. J'ai peur de me réveiller un jour et de tout savoir. Jaeger m'entraînera dans son monde sombre et souterrain, et je ne serai pas assez forte pour survivre aux monstres qui y rôdent.

Je suis peut-être paranoïaque, mais j'ai le pressentiment

grandissant que le moment redouté approche. Je n'ai plus beaucoup de temps pour trouver comment m'échapper.

Le fait d'être folle de désir à cause de son edging n'aide pas.

Je croise les jambes, ignorant la façon dont mon clitoris réclame plus de contact, et je hoche la tête.

— Je le ferai, lui promets-je doucement, juste avant que Honey ne revienne de la salle de bain pour se rasseoir.

Daria me lance un regard préoccupé mais change de sujet. Son avertissement reste avec moi. Je dois vraiment faire attention si je m'aventure dans le monde de Jaeger.

Le problème, c'est que je ne suis pas celle qui contrôle.

Comme sur commande, on frappe à la porte d'entrée avant qu'elle ne s'ouvre. Jaeger entre, nous saluant d'un signe de tête.

— Mesdames. Vous passez un bon moment ?

Mes amies répondent, Honey avec plus d'enthousiasme qu'Angel ou Daria.

— Excellent.

Il tourne son sourire de loup vers moi, et je me fige en plein geste, la main tendue vers ma tasse de café.

— Veuillez nous excuser Elodie et moi un instant.

Il me prend dans ses bras et se dirige vers la chambre.

— Euh, je reviens tout de suite ! je lance à mes amies.

Honey a l'air ravie. Angel cache un sourire.

La porte de la chambre se ferme, et Jaeger me dépose sur le lit.

— Qu'est-ce que tu fais ?

Je me redresse sur mes mains. Jaeger s'agenouille au pied du lit et remonte ses mains pour dézipper mon jean. Il me l'enlève ainsi que ma culotte et me rapproche de lui pour que mes jambes pendent sur ses épaules.

— Je serai rapide, me dit-il avant de plaquer sa bouche contre mon sexe.

Mes hanches se soulèvent, et je frémis presque instantanément. Il aplatit sa langue et martèle mon clitoris. Je me tortille, déjà précipitée vers l'orgasme.

Et puis il s'arrête. *Non !*

— Jaeger ?

Je me redresse pour pouvoir m'accrocher à lui, mais il s'est déjà retiré. Je suis trempée, et il utilise ma culotte pour éponger mes fluides, en faisant attention de ne pas trop me toucher.

— Ne jouis pas. Pas encore.

Il continue de me rhabiller, glissant d'abord mes jambes dans une nouvelle culotte puis dans mon jean. Je gémis, le simple frôlement d'un sous-vêtement frais suffisant à faire palpiter mon sexe.

— Pourquoi ?

— Parce que je l'ai dit.

Jaeger saisit ma nuque et m'embrasse. Son visage est humide. Je m'abandonne à lui rien que pour lui montrer à quel point j'ai besoin de lui. J'agrippe ses épaules et j'essaie de l'attirer sur moi quand il relève la tête et me fixe d'un regard sévère et sensuel.

— Si tu jouis, je le saurai. Et tu seras punie.

Je le regarde bouche bée mais ne peux réprimer un élan d'excitation à sa menace de punition.

— Pourquoi ? je demande, trop submergée par l'excitation pour être méfiante. Qu'est-ce qui se passe ?

Il caresse ma joue.

— Il y a une fête ce soir.

Mon cerveau est enveloppé d'un brouillard rose, mais une lueur apparaît au loin alors que je fais le lien.

— C'est pour ça que tu as envoyé la robe ?

— Oui. Tu viendras à la fête en étant mienne.

Il tient toujours ma joue, l'air terriblement satisfait.

Je me souviens de ce que Honey a dit à propos du Pande-monium qui se tiendrait dans un club BDSM.

— Tu veux dire... ta soumise ?

Il pose délicatement sa main autour de ma gorge.

— Mmhmm.

Le brouillard se dissipe. La douleur dans mon sexe est suffisante pour me rendre grincheuse.

— Et je suis censée accepter ça comme ça ? je demande.

Jaeger approche son visage tout près du mien.

— Tu veux jouir ?

Je grogne vers lui.

Il m'embrasse à nouveau et boutonne mon jean. Il me prend dans ses bras, et j'enfouis mon visage dans son cou.

— Ça va ? murmure-t-il.

Je gémis pour toute réponse. Je veux jouir. Je veux des réponses sur la sortie de ce soir, mais plus que tout, je veux jouir !

— Je t'aime, mon petit lapin, murmure-t-il en caressant mes boucles.

Je me recule pour scruter son visage, mais je ne perçois qu'une calme assurance dans son expression.

Il m'aime ?

— Et tu m'aimes.

Il a l'air sûr de lui.

Mon cœur rate un battement. Pour cacher ma respiration irrégulière, je croise les bras sur ma poitrine et plisse les yeux.

— Vraiment ?

— Oui. Tu m'aimes.

Il me regarde avec une assurance si satisfaite que je ne peux soutenir son regard.

— Je crois surtout que tu te comportes comme un connard.

J'ai vraiment l'air grincheuse.

— C'est ce que tu préfères chez moi.

Je grogne, et il rit doucement. Un autre baiser, et il me ramène auprès de mes amies.

— Merci, mesdames. Profitez bien de votre visite, lance-t-il par-dessus son épaule en partant.

Je reste figée sur le canapé, les genoux serrés. Pendant un moment, je me sens étourdie. Mon clitoris pulse, hurlant sa délivrance. Si mes amies n'étaient pas là, je serais tentée de risquer une punition et de me tortiller hors de mon jean pour me soulager.

— Ça va ? demande Daria.

Je presse mes mains contre mes joues. Ma peau est brûlante.

J'acquiesce lentement.

— Tu es sûre ? demande Angel.

Elle frotte son tatouage, avec un regard complice.

Je t'aime. Et tu m'aimes.

Je secoue la tête.

— Tu lui as demandé pour ce soir ? questionne Honey, essoufflée. C'est la cérémonie ?

La cérémonie... la robe. *Tu viendras à la fête en étant mienne.*

— Je ne sais pas. Il n'a pas mentionné de cérémonie, pas exactement. Nous avons discuté... d'autres choses.

Honey glousse. Même Daria a un sourire sur le visage. Elles savent exactement ce qui s'est passé derrière les portes closes, et je n'arrive pas à m'en soucier.

Je fixe la porte d'entrée, souhaitant que Jaeger revienne.

Il veut faire de toi son elita.

— Je ne sais pas ce que je fais, leur dis-je.

— Tu es amoureuse de lui ? demande Honey.

Je pose à nouveau mes mains sur mes joues. Je brûle toujours.

— Il fait partie de Fraternitas.

— Et alors ? renifle Honey.

Elle est sur le point d'en dire plus, mais Angel tend la main pour l'arrêter.

— S'il n'était pas de la mafia, tu le voudrais ? me demande Angel en se tenant droite, m'étudiant.

Je mordille ma lèvre inférieure.

— Peu importe. Il ne me laissera pas partir.

Honey écarquille les yeux, et Daria secoue la tête, mais Angel ne semble pas perturbée.

— Et toi, tu as envie de partir ?

— Je ne sais pas.

— Tu as peur de rester ? demande Angel qui continue de creuser.

Le regard de Honey fait des allers-retours entre elle et moi, savourant l'interrogatoire.

— Bon sang, Angel, je souffle. Peut-être.

— Eh bien, il n'y a qu'une seule question que tu dois te poser. Que ferais-tu si tu n'avais pas peur ?

Je lui lance un regard noir, puis à Daria, qui reste silencieuse, se mordant la lèvre. *Sois prudente.*

Et pendant tout ce temps, mon sexe palpite de désir. Parce qu'au fond, le danger m'excite.

Stupide lapine, qui sautille droit vers le loup.

Mais c'est plus que ça. Jaeger est mon refuge. Tout ce qu'il a fait pour prendre soin de moi m'a attirée un peu plus.

J'ai besoin de lui. Je le désire ardemment. Je le veux et je veux prendre soin de lui. Il a eu si peu, et pourtant il m'a tant donné.

Je veux tout lui donner de moi.

Et c'est ce qui me fait le plus peur.

Je m'enfonce dans le canapé, voulant tirer le plaid en cachemire sur ma tête.

Honey agite la main comme pour dissiper l'air.

— Assez parlé de tout ça. Tu as un rendez-vous ce soir.

J'ai deux heures avant de commencer mon service. Alors on va te préparer. Coiffure, maquillage, ongles. La totale.

— D'accord, j'accepte faiblement.

Autant faire quelque chose pour me distraire de mon sexe douloureux.

Jaeger arrive juste au moment où mes amies partent. À ce moment-là, je suis désespérée et ne tiens plus que sur un fil. Le soleil descend, inondant le penthouse d'une lumière dorée.

J'entends Angel et Honey le saluer à la porte et sa réponse grave. Puis elle se ferme, et il n'y a plus que le bruit de ses pas qui se dirigent vers moi. Enfin.

Je suis sur le lit, déjà apprêtée. J'ai mis la robe pour qu'elles puissent faire mon maquillage et mes cheveux. Honey a fait ce qu'on appelle un effet « airbrush »[1]. Angel a même mis du maquillage sur mes bras, parce qu'apparemment c'est quelque chose que les gens font quand leur robe est sans manches. J'ai peur de bouger au risque de gâcher tout leur travail.

Il s'arrête dans l'embrasure de la porte, plongé dans l'ombre.

Ma respiration s'accélère à sa vue. Mon sexe est trempé, imbibant le fond de ma culotte, et mes tétons sont gonflés, comme des baies mûres qui supplient d'être cueillies.

Il m'a bien dressée. Je suis sur le qui-vive, prête à ce qu'il me prenne. J'ai besoin de lui. Rester assise toute la journée, à attendre qu'il revienne et termine ce qu'il a commencé, était une torture.

Je tends les bras comme pour dire : « Alors ? » Je suis pomponnée et polie, tout pour lui. Je donnerais n'importe quoi pour arracher cette robe et mettre mes mains entre

---

1. Comme un filtre, un effet fondu.

mes jambes. Même la doublure satinée de la robe est une stimulation excessive.

Puis il entre dans la chambre, dans la lumière, et je manque de jouir à cette vision. Il porte un smoking, tout blanc, exactement de la couleur de ma robe. Cette couleur immaculée attire l'attention sur la symétrie parfaite de son visage et sur l'encre sombre qui dépasse de ses manchettes et de son col.

— Tu es magnifique, mon petit lapin, dit-il d'une voix rauque.

Puis il remarque ma réaction stupéfaite.

— Tu aimes ce que tu vois ?

Je suis encore sans voix, alors je hoche la tête. Il y a quelque chose dans l'apparence sophistiquée d'un costume qui rehausse le côté sauvage de ses longs cheveux et de ses tatouages. Il a l'air élégant et dangereux. Plus dangereux à cause de cette apparence raffinée.

Jaeger peut être doux, mais ce n'est pas un gentleman. Un appel à la galanterie ne me sauvera pas.

Il dit qu'il m'aime, mais je ne peux pas le sous-estimer.

— Si belle.

Il tend un doigt et écarte une boucle du côté de mon visage.

— Hmmm.

Ses yeux se plissent quand il examine mon maquillage épais. Honey allait repeindre mon visage avec de fausses taches de rousseur après avoir recouvert les vraies d'anti-cernes, mais je ne l'ai pas laissée faire.

— Il ne te manque qu'une seule chose.

Posant une main sur ma poitrine, il me repousse sur le lit. Je m'allonge, le regardant avec méfiance. La dernière fois qu'il m'a fait ça, il m'a laissée frustrée et pleine de désir.

Qu'est-ce qu'il va faire maintenant ? Mon cœur s'affole

dans ma poitrine, mais je reste immobile parce que je veux savoir ce qui va se passer.

Il sort quelque chose de sa poche et remonte les plis soyeux de ma robe jusqu'à ma taille. Je pousse un bruit de protestation, et il me fait taire.

— C'est pour toi.

Il me montre deux boules argentées. Elles sont de la taille de grosses billes, et elles s'entrechoquent dans sa paume avec un bruit sourd.

Je suis sur le point de lui demander ce que je vais en faire, mais ma question meurt sur mes lèvres lorsqu'il écarte mon string et place l'une d'elles à mon entrée. Il soutient mon regard, le noir de sa pupille dévorant le bleu pendant qu'il insère les boules en moi. Aussi mouillée que je suis, elles glissent facilement. Elles sont plus lourdes qu'elles n'en ont l'air et frottent contre mes parois internes sensibles avec leur poids délicieux.

— Tu dois te contracter autour d'elles pour les garder à l'intérieur.

Il passe son pouce le long de ma fente, et je me contracte, pour gémir aussitôt quand le mouvement fait bouger les boules en moi.

— Si tu en laisses tomber une...

Il laisse la menace en suspens.

— Pourquoi ? je halète alors que les boules roulent vers l'avant, me stimulant profondément.

— Je te veux comme ça. Mouillée et pleine de désir pour moi.

Je secoue la tête. Les boules stimulent mais ne me satisfont pas. Elles ne sont pas assez grandes. Elles ne font que me taquiner.

— Je ne peux pas faire ça.

— Si, tu peux. Tu vas le faire.

Jaeger m'aide à m'asseoir au bord du lit et arrange ma jolie robe. Il touche mon menton, me faisant relever la tête.

— Tu le dois.

Je halète, submergée.

Il tourne ma tête d'un côté puis de l'autre, étudiant mon visage.

— Hmm, fait-il en examinant mes joues. Il y a encore une chose que j'exige.

Il passe son pouce sur ma joue, et je me recule.

— Attention.

Je suis à moitié folle de désir, mais mes amies ont travaillé dur pour me mettre sur mon trente-et-un.

— Tu vas abîmer mon maquillage.

Il se lève et me soulève, non pas pour me porter mais pour me mettre à genoux.

— Ça va ta cheville ? demande-t-il.

— Oui ?

Je le regarde.

Il se dresse au-dessus de moi, sa tête auréolée de lumière mais son visage enveloppé d'obscurité. Son pantalon blanc est tendu.

Je me repositionne sur mes genoux.

— Qu'est-ce que...

Il ouvre son pantalon et m'offre son sexe.

— Ouvre ta bouche.

Il me pince le nez, mais c'est inutile. J'ai déjà penché la tête en arrière et ouvert la bouche pour lui. Je suis avide de n'importe quelle stimulation sexuelle. Je garde mes yeux rivés sur lui, me demandant ce qu'il prépare. Son sexe est épais et charnu, remplissant ma bouche.

Il place ses deux mains de chaque côté de ma tête et me force à descendre. Je m'étouffe, mais ses hanches s'inclinent, enfonçant sa longueur plus profondément. Le bout de son sexe heurte le fond de ma gorge, et j'ai un haut-le-cœur. Je frappe sa taille, poussant pour pouvoir respirer.

Finalement, il me laisse remonter. Je halète, à la recherche d'air. Mes yeux ruissellent.

— Encore.

Il saisit mon visage, me guidant à nouveau vers le bas. Cette fois, je prends une profonde respiration pour être prête quand il s'enfonce, me faisant suffoquer. Son sexe gonfle, me coupant le souffle. Je travaille avec ma langue, essayant de le stimuler pour qu'il jouisse plus vite. Mais il continue à pousser jusqu'à ce qu'il cogne au fond de ma gorge.

J'enfonce mes doigts dans son pantalon blanc. Est-ce que je le tire plus près ou je le repousse ? Je n'en ai aucune idée. Tout ce que je sais, c'est que je ne peux pas respirer. Mon corps surchauffe, et la pression dans mon sexe augmente.

Cela va se terminer, d'une façon ou d'une autre.

Il se retire, et je m'affaisse. Je tomberais, mais il me tient debout tandis que je tousse et crachote. La salive coule de mes lèvres. Je l'essuie. Adieu mon rouge à lèvres. Des larmes coulent de mes yeux.

— Voilà, murmure-t-il.

Il caresse mon visage, étalant davantage le fond de teint et l'anticerne. Il passe ses pouces sur les pommettes de mes joues, et ils deviennent noirs. Mon mascara doit couler sur mon visage.

Mon maquillage est ruiné. Toutes ces couches de fond de teint et d'anticerne, disparues.

Il sort un mouchoir et essuie le reste de mes larmes.

— Je peux voir tes taches de rousseur à nouveau, dit-il.

Avec ses cheveux blonds auréolés dans la lumière mourante, il est aussi beau qu'un ange.

— Quoi ? je croasse.

Ma gorge est irritée après cette fellation.

— Je voulais voir tes taches de rousseur.

Son toucher est révérencieux. Il caresse la peau qui a été nettoyée par mes larmes.

— Maintenant, nous pouvons partir.

13

ELODIE

Lorsque la Lykan s'arrête devant le Club Empire, mon cerveau n'est plus que bouillie. Chaque fois que j'oublie la sensation dans mon sexe, les boules bougent, et je contracte mes muscles, réveillant mon excitation de plus belle. Mes tétons sont durs et pointus, irrités par la soie de ma robe. J'ai envie d'attraper Jaeger et de le dévorer.

C'est impossible d'être aussi excitée et de survivre.

Je jette régulièrement des coups d'œil vers l'entrejambe de Jaeger, où son pantalon est tendu. Je n'ai pas joui, mais lui non plus. Pas même quand il a utilisé ma bouche. Il s'est privé tout comme moi.

Ça ne me fait pas me sentir mieux.

Le Club Empire n'est pas ce à quoi je m'attendais. Pour commencer, il n'est pas du tout tape-à-l'œil. Il n'y a aucune enseigne sur la porte d'entrée annonçant des plaisirs pervers à l'intérieur. C'est un bâtiment noir avec une entrée formelle qui conviendrait à n'importe quel type d'établissement.

J'ai entendu des rumeurs sur cet endroit, sur l'abonnement platine qui coûte cent mille dollars par an – ou était-ce par mois ? – et sur les salles de jeu où les riches et célèbres viennent vivre leurs fantasmes les plus profonds et les plus sombres.

Et maintenant je suis ici. Avec un membre de Fraternitas.

L'ancienne moi se demande comment diable j'ai atterri ici.

La nouvelle moi est trop excitée pour réfléchir correctement. Je suppose que c'était le plan de Jaeger depuis le début.

Le voiturier s'approche pour ouvrir la portière, mais Jaeger lève une main pour lui demander d'attendre.

Jaeger sort un ensemble de masques blancs de sa poche. Le mien est en dentelle assortie à ma robe, et le sien est uni. Il noue le ruban autour de ma tête.

— Tu es prête ? me demande-t-il.

J'avale ma salive en regardant le tapis rouge qui borde le trottoir menant au club. Un couple en tenue de soirée élégante s'avance et disparaît à l'intérieur.

Il prend ma main, et je la serre fort.

— Je serai avec toi à chaque pas, promet-il.

Cela devrait calmer mon appréhension, mais au contraire, ça l'attise.

Dans quoi est-ce que je m'embarque ?

Jaeger ouvre sa portière et lance ses clés à un voiturier avant de faire le tour pour venir me chercher. Avant de le faire, il dit : « Une dernière chose. » Il se penche pour attacher un ruban blanc autour de ma gorge.

— Qu'est-ce que...

Je m'apprête à le retirer, et il attrape ma main.

— Ne l'enlève pas.

— Qu'est-ce que c'est ? Qu'est-ce que ça signifie ?

Ses yeux sont sombres, encadrés par le masque blanc.

— Cela signifie que tu es intouchable.

— Quoi ?

— Tout le monde peut regarder, mais s'ils essaient de s'emparer de ce qui m'appartient... explique-t-il en traçant le ruban qui entoure mon cou. Ils meurent.

Je retiens mon souffle. Il pose sa main autour de ma gorge, serrant légèrement. Je sens l'empreinte de sa poigne même après qu'il l'ait retirée.

Je m'accroche à lui tandis qu'il me porte dans le club au milieu d'un nuage de parfum coûteux. Il traverse le hall d'entrée, dépassant les autres invités, et monte à l'étage, visiblement familier avec l'endroit.

Je suis reconnaissante qu'il me porte. Ma cheville est bandée, et je porte des chaussons en soie douce assortis à la robe. Je pourrais probablement marcher, mais c'est agréable de voir Jaeger prendre les choses en main, même si le mouvement fait rouler les boules d'argent d'avant en arrière à l'intérieur de moi.

Je serre les jambes. Mon clitoris pulse à un rythme silencieux.

À l'étage se trouve un bar, sentant légèrement la fumée de cigare et le clou de girofle. Les box en acajou et les rideaux de velours me rappellent l'Inferno. Contre un mur se dresse un long comptoir de bois poli, avec des bouteilles d'alcool sans étiquette rétroéclairées contre le miroir. Le liquide dans les bouteilles offre toutes les nuances de whisky, de l'ambre profond à l'or pâle.

Jaeger me dépose sur un tabouret rembourré à côté d'une table haute dans le coin le plus éloigné et se dirige vers le bar. Je reste immobile, ne faisant qu'un avec les ombres. L'endroit est rempli de personnes en tenues coûteuses, milliardaires et mondains venus pour voir et être vus.

Heureusement, personne ne me regarde. J'examine les

mains de chacun, à la recherche de bagues en forme de crâne, mais n'en trouve que deux.

Les hommes qui les portent sont installés dans un box, cachés dans l'ombre. Ils sont tous deux en smoking noir, se fondant dans le reste de la soirée. L'un d'eux a les cheveux clairs, avec une silhouette longue et élancée qui laisse deviner un corps musclé et en forme.

L'autre homme est plus petit mais bâti comme un boxeur. Il a les cheveux foncés avec de profondes ombres sous les yeux. Il semble à l'aise dans son smoking, mais ses mains sont tatouées avec la mâchoire et les dents d'un crâne, et sa bague en forme de crâne est différente de toutes celles que j'ai pu voir. Des diamants scintillent dans les orbites de celui-ci et sur sa tête se trouve une couronne.

Je reste là à fixer les membres de Fraternitas, rien que ça. Je détourne le regard. Jaeger est toujours au bar, penché pour parler au barman.

Je sens que quelqu'un m'observe, et je me retourne.

L'homme plus petit s'est levé du box mais s'arrête pour me fixer. Son regard sombre se pose sur mon cou. Je recule instinctivement quand je réalise qu'il regarde le ruban que Jaeger y a placé. Son expression est impassible, mais la panique monte en moi. J'ai le sentiment que cette expression vide est la dernière chose que beaucoup ont vue avant de mourir.

Le second homme se lève et se tient à côté de l'homme aux cheveux noirs. Je reconnais son visage pâle et étroit, ses yeux incolores. C'est St. James. Il lève le menton pour m'indiquer qu'il m'a vue.

Mon cœur cesse de battre. Ma main se porte à ma gorge dans un geste automatique pour protéger mon cou vulnérable. Ces hommes sont des prédateurs au sommet de la chaîne alimentaire, et ils m'ont repérée. L'envie d'arracher le ruban et de le jeter est forte, mais je suis dans le monde de Jaeger maintenant. Je ne peux pas me montrer faible.

Je baisse la main et serre les poings, et le moment passe. L'homme aux mains tatouées de crânes rompt notre échange de regards et se dirige vers la porte, St. James le suivant.

St. James occupe un rang élevé dans la hiérarchie de Fraternitas. Tous ceux que je connais suivent ses ordres.

Alors, qui était cet homme avec le crâne couronné sur sa bague ? Et pourquoi me regardait-il ainsi ?

Jaeger apparaît à mes côtés, tenant deux verres remplis d'un liquide rouge. Je me détends quand son corps imposant m'empêche de voir le reste de la salle.

— C'est bien, me félicite-t-il.

Je réalise que je tripote à nouveau le ruban à mon cou et je baisse la main.

— Tu t'en sors bien, ajoute-t-il, me faisant réaliser qu'il a sans doute vu toute la scène.

— Qui étaient ces hommes ? je demande.

Je devrais être intelligente et me taire, mais je ne peux pas m'en empêcher.

— C'était St. James. Tu le connais, me répond immédiatement Jaeger.

Il a donc bien vu la scène. Il m'a amenée ici pour qu'on me voie.

— Et l'homme avec lui, c'est Damien. Le Diable.

Et maintenant je sais que l'homme appelé « le Diable » a un vrai nom, et c'est Damien. Super. Honey va être ravie.

Fais attention, l'avertissement de Daria me revient.

— Pourquoi m'as-tu amenée ici ? je demande.

Je dois savoir. L'ignorance ne me protégera plus.

— Ce soir est une nuit très spéciale. Nous sommes ici pour assister à une cérémonie liant l'un de mes frères à son *elita*.

Je serre les jambes. J'ai si désespérément envie de jouir que je pourrais me soumettre à une cérémonie.

— Juste assister ?

— Juste assister.

Je ne sais pas si je dois être soulagée ou déçue.

— Tout ira bien, mon petit lapin. Je serai avec toi tout le temps. Tiens, dit-il en portant un verre à mes lèvres. C'est du jus, me dit-il quand j'hésite. Rien d'alcoolisé.

J'en prends une gorgée, et il a raison. Il y a quelque chose de pétillant qui fait fourmiller ma langue, et la saveur est complexe comme s'ils avaient ajouté une sorte de sirop.

La boisson de Jaeger a l'air identique.

— Tu peux boire de l'alcool, lui dis-je. Nous sommes dans un bar, après tout.

— Je boirai ce que tu bois, dit-il, et même avec mon bas-ventre douloureux et la nervosité qui m'étreint, sa solidarité me réchauffe de part en part.

Je me penche vers lui, et les boules bougent en moi, me donnant le vertige. Je finis par m'accrocher à son bras, mon front pressé contre son épaule.

— Qu'est-ce qui ne va pas ?

J'avale ma salive.

— Les boules... elles sont...

Je n'arrive pas à expliquer ce que je ressens. Je le regarde avec une supplication silencieuse pour qu'il ait pitié.

— Mon pauvre petit lapin. Si sage et souffrant pour moi.

Il me caresse le visage, et je réprime un gémissement.

— Ne t'inquiète pas. Tu pourras jouir bientôt.

— Quand ?

Mon sexe est gonflé. Une seule caresse pourrait me faire jouir.

— Quand je le dirai. Pas une seconde avant.

Je ferme les yeux, et il me murmure à l'oreille :

— Fais ça pour moi, mon lapin et je t'offrirai le monde entier.

Quand j'ouvre à nouveau les yeux, le bar se vide. Les gens se dirigent vers la sortie.

— Viens.

Jaeger avale son verre d'un trait. Il m'offre le reste du mien et quand je refuse, il le boit également. Les festivités vont bientôt commencer.

Nous redescendons, cette fois par ascenseur. Les portes s'ouvrent sur une salle bondée, haute de plusieurs étages et éclairée par un immense lustre suspendu au plafond.

L'élite de New Rome est présente, en smoking, en robes de bal et quelques-uns en combinaisons de cuir verni. Serpentant à travers la foule se trouvent des soumises du club en corsets noirs et rouges, vacillant sur des talons aiguilles à semelles rouges.

Jaeger me porte à travers la foule, se dirigeant vers le mur du fond où se trouve un grand fauteuil doré posé sur une petite estrade. Me tenant toujours, Jaeger s'enfonce dans les coussins de velours rouge. La position surélevée nous place au-dessus de la foule, et je peux tout voir.

Quelques têtes se tournent vers nous, et je me redresse brusquement dans les bras de Jaeger. La plupart des gens portent des masques simples noirs ou blancs, ou des modèles plus élaborés étincelant de bijoux. Mais pas ces hommes.

Ils portent différentes sortes de masques en forme de crâne. Certains noirs, certains blancs, certains argentés. L'effet est glaçant.

— Jaeger, je chuchote, plus pour établir un contact avec lui qu'autre chose.

Je fixe de l'autre côté de la salle un homme immense portant une cagoule de bourreau peinte d'un crâne. Son visage et ses cheveux sont couverts, mais il y a un tatouage de toile d'araignée sur sa main.

C'est Kaiser. Et il me fusille du regard.

— N'aie pas peur, murmure Jaeger. Souris et fais un signe de la main.

Je m'exécute, mais ne pas avoir peur est plus facile à dire qu'à faire.

Au centre de la pièce se trouvent plusieurs personnes portant différentes sortes de masques en forme de crâne, rassemblées autour d'une autre estrade. Elles portent toutes des bagues en forme de crâne.

L'homme masqué le plus proche de nous a retiré sa veste de costume, exhibant son torse nu. Il porte un gilet noir qui laisse ses bras musclés à découvert, et ses bras entourent une femme grande et élancée. Il me faut un moment pour la reconnaître, mais je réalise ensuite – c'est Odette. Je reconnaîtrais sa posture parfaite de danseuse n'importe où. Elle est élégante dans une robe bleu nuit, qui fait resplendir sa peau brune. Son chignon de ballerine met en valeur son cou gracieux.

La dernière fois que j'ai vu Odette, elle portait un ruban noir autour de la gorge, avec un bijou bleu foncé qui y pendait. Maintenant, il a été remplacé par un collier en métal, soit en argent soit en or blanc, avec ce qui semble être le même joyau bleu. La pierre précieuse correspond à celle de la bague de l'homme.

C'est exactement comme Honey me l'avait dit. J'aimerais qu'elle soit ici pour m'expliquer ce que je vois.

Maintenant que j'ai remarqué Odette, je peux distinguer d'autres silhouettes en plus des hommes masqués. Certaines portent des rubans noirs autour du cou. D'autres des rubans blancs.

Une femme porte un ruban rouge autour de la gorge.

Elle est à ma droite, agenouillée près du mur. Elle a les cheveux teints en bordeaux et un bâillon boule noir dans la bouche, ses bras sont attachés derrière elle dans une gaine en cuir rouge. Elle porte un bustier assorti en cuir rouge qui laisse ses seins exposés. Ses tétons sont percés et reliés par une chaîne. L'homme masqué à côté d'elle tient une laisse qui mène à cette chaîne.

Ma respiration se coupe. Jaeger le remarque et se penche vers moi.

— Tu aimes ce que tu vois ?

J'avale ma salive. Je devrais détourner le regard, mais je viens de remarquer les yeux de la femme. Ils sont ouverts, mais l'iris et la pupille sont d'un noir uniforme. Elle doit porter des lentilles de contact qui obscurcissent sa vision, en plus du reste de son attirail de bondage.

— Mon lapin ? dit Jaeger qui attend que j'admette mon intérêt.

Je secoue la tête et me détourne. Mais je ne peux pas nier que mon sexe pulse plus fort.

La salle se remplit à mesure que plus de personnes affluent. Des murmures résonnent dans la pièce, mais quand St. James monte sur l'estrade centrale, tout le monde se tait.

— Chers bien-aimés, entonne-t-il et des rires éclatent comme s'il s'agissait d'une plaisanterie. Nous sommes réunis ici pour la cérémonie d'engagement de deux de nos précieux membres. Celui qu'on appelle Asmodeus, et celle qu'il va revendiquer. Sarah.

Un homme portant un masque en forme de crâne argenté monte sur l'estrade. Il est torse nu, avec un dragon rouge tatoué sur ses muscles saillants. Je ne peux pas distinguer sa bague ou d'autres caractéristiques, hormis ses longs cheveux noirs.

— Sarah.

Asmodeus tend la main et aide une jeune femme blonde à monter sur l'estrade. Elle porte une robe blanche courte. C'est simple et presque transparent, plus semblable à une nuisette en soie qu'à une robe.

Très similaire à celle que je porte actuellement.

Une fois qu'elle est sur l'estrade, Asmodeus lui indique un endroit devant lui. Je retiens mon souffle, mon ventre frémissant. Se mordant la lèvre, Sarah s'agenouille. Elle lève les yeux vers la silhouette masquée qui la domine, son regard empli d'attente et de crainte.

Elle lève la main pour toucher le ruban autour de son cou. Il est noir.

— Mains derrière le dos, ordonne Asmodeus, assez fort pour que tout le monde l'entende.

Sarah obéit, et il se penche, lui disant quelque chose que le reste de la salle ne peut pas entendre.

— Ça te plaît, mon lapin ? murmure Jaeger directement dans mon oreille en se déplaçant. Ça t'excite ?

Il n'attend pas ma réponse et glisse sa main sous ma robe, entre mes jambes pour vérifier. Je retiens mon souffle, mon ventre se contractant. Les boules bougent en moi. J'attrape son poignet, mais je ne peux pas l'empêcher de me toucher.

— Jaeger, il y a des gens ici.

— Personne ne nous regarde.

Il commence à me caresser, et mon corps, avide d'un orgasme, s'embrase d'excitation. Je m'accroche à son bras, plus pour me stabiliser que pour l'arrêter.

Son doigt trouve mon clitoris et le caresse en cercles. Un peu plus de pression, et je jouirai.

St. James continue à s'adresser à la salle, mais un bourdonnement retentit dans mes oreilles. Même si mon attention est focalisée sur le doigt de Jaeger, je ne peux détacher mes yeux du déroulement de la cérémonie.

Une soumise du club monte sur l'estrade et s'agenouille, offrant un coussin avec un collier d'argent.

Asmodeus se place derrière Sarah et retire le ruban noir. Il y a un joyau dessus que je n'avais pas remarqué avant, mais je ne peux pas en distinguer la couleur. Il fait glisser le joyau du ruban et prend le collier métallique.

Jaeger me mord le lobe de l'oreille, et je frissonne. Je suis si proche, mais il semble le savoir. Son doigt se retire.

— Ne jouis pas. Pas encore.

Pour détourner mon esprit de la douleur intense entre mes jambes, je demande :

— Que se passe-t-il ?

Sur scène, Asmodeus a enfilé le joyau sur le collier métallique. St. James ordonne à Sarah de présenter son cou. Elle relève ses cheveux.

— Il la revendique comme son *elita*. Son élue. Elle lui appartiendra dans tous les sens du terme, et tout Fraternitas lui sera loyal comme elle l'est envers lui.

Et c'est ce que tu veux que nous fassions ? La question me brûle les lèvres, mais je me contente d'observer Asmodeus fixer le collier autour du cou de Sarah. Se penchant, il saisit ses cheveux blonds et tire doucement sa tête en arrière pour l'embrasser.

Les hommes masqués lèvent leurs poings vers le ciel. « Fraternitas », scandent-ils. Jaeger me tient fermement d'un bras et se joint à eux, criant : « Fraternitas. Fraternitas. »

Leurs cris s'estompent.

Asmodeus aide déjà Sarah à descendre de la scène.

St. James lève les mains pour demander le silence.

— Mesdames et messieurs, bienvenue au Pandemonium.

La salle plonge dans l'obscurité. La musique explose

dans tous les coins, un rythme de basse profond qui fait se dresser les poils sur mes bras. Des lumières colorées sillonnent l'espace, le transformant en piste de danse. Des silhouettes dans la foule brillent avec des fils néon. Les corsets portés par les employés du club sont bordés de liserés phosphorescents verts et roses. Quelques-uns tiennent des fouets qui luisent en rouge.

Une par une, des arches en forme de porte s'illuminent sur les murs à notre gauche et à notre droite. Quatre étages de chambres avec des sections transparentes révèlent les personnes dans chaque pièce et les activités auxquelles elles se livrent. Des corps entrelacés, s'embrassant, s'étreignant, baisant.

Je ne devrais pas regarder, mais je n'arrive pas à détourner les yeux.

Les mains de Jaeger parcourent mon corps. Mon sang surchauffé, mis à feu doux, commence à bouillir.

— Jaeger...

— Chhhut, mon petit lapin. Abandonne-toi à moi.

Sa main couvre mon sein. Je me penche en arrière contre lui, cambrant mon dos sous sa caresse.

Devant la porte la plus proche, une silhouette masquée plaque une personne plus petite contre le mur et la pénètre par-derrière. Devant la suivante, une silhouette est attachée à une croix de Saint-André, les membres écartés, tandis qu'une deuxième tient un fouet, et une troisième serre dans son poing un sexe ou un gode imposant qui se dresse entre ses jambes.

Jaeger fait glisser la bretelle de mes épaules, baissant ma robe pour dénuder ma poitrine. Je me débats, prise entre l'envie de le repousser et celle de l'attirer plus près. Il me plaque contre lui, immobilisant mes poignets derrière mon dos et me faisant pivoter sur ses genoux, me renversant contre l'accoudoir du fauteuil. Cette position me permet de voir la salle pendant qu'il joue avec mes seins nus. Il baisse la tête pour prendre mon téton dans sa bouche.

Une décharge électrique me traverse, me faisant haleter. Je suis immobilisée et impuissante, regardant les gens se tordre sur la piste de danse devant nous. La salle s'est quelque peu vidée tandis que des couples, trios et groupes montent aux étages dans des chambres privées. Le reste de la foule s'est transformé en une mêlée sauvage, avec quelques couples enlacés juste devant nous. Deux hommes ont coincé une femme entre eux, l'un l'embrasse pendant que l'autre dézippe sa robe de bal, la déshabillant sous mes yeux.

Jaeger pose ses dents sur mon téton et mord. Je sursaute comme si j'avais reçu un choc électrique.

Un jeune homme portant un masque en dentelle blanche comme le mien fuit un autre homme au masque doré. Le jeune en fuite regarde en arrière vers son poursuivant mais trébuche et tombe. Deux silhouettes portant des masques au long bec émergent des ombres. Elles attrapent le jeune homme et le maintiennent pour que l'homme au masque doré puisse s'en emparer et l'emmener.

Un autre trio, composé d'un homme grand au centre qui mène deux soumis à moitié nus par leurs laisses, déambule devant moi. Les soumis portent des dispositifs de chasteté – l'un une cage à pénis et l'autre une ceinture argentée lisse – et leurs mains sont attachées dans leur dos. Un frisson me parcourt quand je réalise que je connais l'homme du milieu. C'est Atticus. Il me fait un clin d'œil et se tourne pour attirer ses animaux de compagnie vers lui et accepter leurs baisers d'adoration.

La salle s'est transformée en orgie sous mes yeux. Les hommes aux masques de crâne ont disparu, ou ils ont enlevé leurs déguisements. Je cherche dans la salle leur présence ou celle de leurs partenaires en collier, mais ne les trouve pas.

J'ai des préoccupations plus urgentes. Jaeger embrasse mes seins, mais sa main entre mes jambes s'est immobilisée.

Je pousse la tête de Jaeger, et quand il la relève, je prends son visage entre mes mains et l'embrasse. Il soupire, se penchant et s'abandonnant au baiser, me faisant ployer en arrière sur son bras. Ses lèvres glissent vers le coin de ma bouche puis descendent. Il suce mon téton, et je crie.

Je tremble du besoin de jouir. Mes muscles internes se contractent autour des boules de geisha, et l'excitation me submerge, me rendant délirante. Je suis si proche.

Jaeger relève la tête, des faisceaux lumineux fins comme des lasers traversant son visage.

— Tu veux jouir comme ça ? Devant tout le monde ?

Je secoue la tête, mais mes hanches se soulèvent, cherchant son contact. Je pourrais ne pas avoir le choix.

Il serre mes lèvres intimes si fort que je crie. C'est une douleur délicieuse.

— Supplie-moi, Elodie.

— Jaeger, s'il te plaît, je sanglote.

Complètement dépassée par les lumières, la musique qui pulse et tout ce qui concerne cette nuit.

Il relâche mon sexe, et la douleur s'estompe, tout comme mes espoirs d'un orgasme.

Jaeger se lève avec moi dans ses bras mais se retourne et me pose sur le fauteuil. Je frissonne sans sa chaleur, me sentant perdue.

Il se penche, caressant ma nuque.

— Vas-tu être sage pour moi ?

Ses doigts s'entortillent dans mes boucles, tirant légèrement, provoquant une sensation de picotement le long de la racine de mes cheveux.

Le reste de la pièce, les basses retentissantes et les

lumières clignotantes, tout s'estompe. Il n'y a plus que nous deux.

Je me lèche les lèvres.

— Je veux jouir.

— Bientôt.

Il serre mon genou avec sa main libre.

— Je te déteste, lui dis-je.

Il sourit d'un air narquois, mais je suis saisie par le besoin de lui dire la vérité. Je retiens son visage entre mes paumes.

— Je ne le pensais pas. Jaeger, je... dis-je en fixant ses yeux orageux, incapable de dire le reste.

J'ai envie de toi. Je veux plus de temps avec toi dans le penthouse, blottie sur le canapé. Je veux être celle à qui tu murmures des secrets dans l'obscurité.

Mais j'ai peur.

Son regard s'adoucit.

— Je sais, dit-il en effleurant mes lèvres des siennes. Moi aussi, je t'aime.

Il sait.

Un sentiment de paix m'envahit. Jaeger n'est pas l'homme dont j'aurais imaginé tomber amoureuse. Je ne l'ai pas choisi ; c'est lui qui m'a choisie. Mais tous les hommes de ma vie sont partis. Peut-être qu'un homme qui refuse de me laisser partir est exactement ce dont j'ai besoin.

—Je t'aime, lui dis-je parce que je ne peux pas attendre une seconde de plus sans le lui dire.

Il s'écarte, se dressant au-dessus de moi, et un frisson me parcourt. Il va se passer quelque chose.

— Il faut que tu sois courageuse maintenant. Et très, très sage.

Il couvre mes yeux d'un bandeau, me plongeant dans l'obscurité.

La panique me fait me débattre.

— Qu'est-ce que...

Il pose un doigt sur mes lèvres.

— Pas un mot de plus. Ou je devrai te bâillonner.

Il attend mon hochement de tête et rassemble mes mains, les attachant avec une sorte de corde douce.

Puis il place quelque chose sur ma tête. Quelque chose recouvre mes oreilles, étouffant les sons autour de moi mais sans tout à fait faire taire la musique qui pulse.

Je lutte contre une nouvelle vague de peur. Il m'a privée de ma vision, de ma capacité à utiliser mes mains, et maintenant de mon ouïe. Je me souviens de la femme dans l'arm-binder avec le ruban rouge.

J'ouvre la bouche et me rappelle ce qu'il a dit à propos du bâillon. Pourtant, je me tortille quand il me touche. Il soulève l'une des protections douces de mon oreille assez longtemps pour dire :

— Chut, mon lapin. Ne lutte pas. Économise tes forces. Tu en auras besoin.

Puis il replace la protection, me laissant prisonnière de mon propre monde obscur. Je ne peux que fléchir mes poignets dans leurs liens pendant qu'il me soulève et m'emporte quelque part. Il a quelque chose de prévu. Je ne sais pas où nous allons. Je ne peux que deviner : en haut, vers le bar ? Ou dans l'une de ces salles illuminées pour offrir un spectacle ?

Je sais seulement que je serai avec lui. Il a promis de rester à mes côtés.

Je lui ai dit que je l'aime, et je le pense. Je ne sais pas quand il est devenu la seule personne au monde sur qui je peux m'appuyer.

J'espère seulement qu'il ne me laissera pas tomber.

LES BASSES et les bruits des danseurs s'estompent au loin tandis que je quitte la salle de bal pour m'enfoncer dans les entrailles du bâtiment. Il y a un autre ascenseur secret au bout d'un couloir. Celui-ci ne bouge pas tant que je ne lui donne pas une commande vocale et que je ne place pas ma main pour qu'un capteur caché puisse scanner ma bague.

Et puis nous descendons, bien en dessous du Club Empire, vers un endroit que seule Fraternitas connaît. Dans l'Abysse.

En grandissant dans les rues, on apprend vite l'existence des passages secrets sous la ville. Il y a tout un monde sous New Rome – de vieux tuyaux, des systèmes de métro et des pièces souterraines. Nous n'avons pas mis longtemps à réaliser que nous pouvions avoir libre accès à cet endroit. Quand on est petit et insignifiant, personne ne remarque quand on disparaît. C'est la plus grande faiblesse d'un enfant des rues – et notre plus grande force.

Le Père Francis nous a enseigné l'histoire du monde et comment les empires s'élèvent et s'effondrent. Damien et St. James ont été les premiers à comprendre que celui qui règne sur le monde souterrain règne sur les rues. D'abord avec les routes de contrebande, puis les jeux illégaux et les clubs de combat, et, quand Fraternitas avait obtenu assez de richesse et de contrôle pour nous rendre puissants, la ville entière.

Maintenant nous régnons à la surface, mais nous n'avons jamais oublié l'endroit qui nous a façonnés. C'est à nous de le conserver et de l'utiliser pour nos réunions et rituels les plus secrets.

Et maintenant, j'ai amené Elodie ici. Mes frères doivent savoir ce qu'elle signifie pour moi, et elle doit comprendre ce qu'est vraiment Fraternitas. La meilleure façon de le faire est de le lui montrer et de le montrer à tous.

Je marche rapidement dans le tunnel humide, suivant la lumière perdue. Je connais le chemin par cœur et atteins une section bordée de carreaux de métro couverts de crasse avant de tourner à droite. Le chemin devient plus sombre. Je suis dans la partie la plus ancienne de la ville, longtemps oubliée.

Elodie frissonne dans sa robe fine, mais elle ne fait pas un bruit. Ce n'est pas juste de lui faire subir cela, mais elle doit savoir ce qu'est Fraternitas. J'ai consacré ma vie à eux. Ils ont pris mes pulsions violentes et leur ont donné un but. Et maintenant ils m'ont donné Elodie.

Je transgresse nos plus grandes lois en l'amenant ici, mais c'est St. James qui a mis tout cela en mouvement. Je n'ai jamais reçu de cadeau d'anniversaire auparavant, et il me l'a offerte. Dans les rues, la première leçon qu'on apprend est de s'accrocher à ce qu'on a. Il a appris cette leçon tout comme moi. Il ne peut pas me blâmer quand je refuse de l'abandonner.

Des voix résonnent au loin. Je me rapproche de ma destination.

La lumière se déverse sur un ensemble de marches grisvert. Je descends dans cet éclat brillant, me déplaçant lentement jusqu'à ce que mes yeux s'adaptent. Nous sommes sur une étroite corniche, une sorte de balcon, surplombant notre espace rituel. Damien appelle nos réunions « l'église », ce qui est à la fois ironique et précis. C'est ici que nous nous réunissons, planifions et jurons notre allégeance les uns envers les autres. Les nuits comme celle-ci, c'est là que nous versons le sang.

Je m'assois sur un rebord bas qui nous donnera une vue sur les événements, avec Elodie sur mes genoux, rigide.

— Tu dois rester silencieuse, je l'avertis en soulevant le

bandeau pour diriger ses yeux terrifiés vers le sanctuaire obscur en contrebas. La cérémonie est sur le point de commencer.

~

Je peux dire à quel moment nous ne sommes plus au Club Empire. L'odeur le trahit. C'est l'odeur des lieux souterrains et sombres. Moisissure et égouts. Il y a un froid humide mêlé à des bouffées aléatoires de chaleur et aux sons lointains, grinçants et grondants d'un métro.

Je me blottis contre la poitrine robuste de Jaeger, espérant qu'il ne me pose pas à terre. Plus il avance, plus ma peur grandit.

Puis il me porte en descendant un escalier vers un espace plus chaud, où l'air garde une légère trace d'un parfum fumé, comme de l'encens.

Il y a une autre odeur sous celle de la fumée et des épices. Quelque chose de fétide avec une touche métallique.

Le bandeau se soulève et, pendant un instant, mes sens sont submergés par la lumière. Je cligne des yeux et distingue les traits de Jaeger. Il me murmure de rester silencieuse et quelque chose à propos d'une cérémonie. La panique me parcourt la peau, chassant le froid.

Jaeger m'a amenée dans un espace caverneux éclairé par des bougies. Nous sommes en hauteur, dans un coin, surplombant le reste de l'immense pièce rectangulaire. C'est comme si nous étions dans une loge de théâtre, et que toute l'action se déroulait en dessous de nous.

Je regarde par-dessus le rebord et réprime un cri. La salle est remplie de personnes, et chacune d'elles porte un masque en forme de crâne. Certaines sont vêtues d'une tenue de ville. D'autres portent des robes noires. L'effet sinistre est le même. Elles remplissent la salle, prenant place sur des rangées et des rangées de bancs. C'est si silencieux que je peux entendre une bougie vaciller dans son support.

Pas étonnant que Jaeger m'ait dit de rester silencieuse. Je ne pense pas que quiconque sache que lui et moi sommes en train d'observer. Je ne pense pas que je suis censée être ici. Je ne peux pas voir de ce point de vue, mais je parierais mes cent mille dollars que toutes les silhouettes portent des bagues.

Les murs et le sol sont tous en pierre noire, brillant comme de l'obsidienne et reflétant la lumière ambrée-dorée. Il y a des cheminées construites directement dans les murs, et une bande de flammes de gaz fait le tour de la pièce.

À l'avant de la salle se trouve un espace ouvert bordé de candélabres sur pied et un cercle de pierre rempli d'eau sombre – un petit bassin.

Et je me rends compte de ce à quoi cet endroit me fait penser. L'odeur d'encens, les rangées de bancs disposés comme des bancs d'église, l'espace cérémoniel à l'avant de la salle : tout est une imitation dépravée d'une église. Des alcôves bordent les murs, tout comme à Saint-Xavier, mais au lieu de figures de saints, chaque alcôve abrite un masque en forme de crâne, éclairé par une inquiétante lumière ambrée.

Dans la zone de l'autel à l'avant de la salle, un groupe de silhouettes en robe se rassemble. Je ne devrais pas les fixer du regard – *je ne devrais pas être ici* – mais je ne peux pas détourner les yeux.

Parmi le groupe, une se démarque. Cheveux blonds, peau pâle. C'est Sarah dans son nouveau collier d'argent. Dans l'obscurité, sa robe blanche brille comme un phare, et elle est guidée par une laisse d'argent tenue par l'homme aux tatouages de dragon. Asmodeus.

Un homme plus petit s'avance, portant un masque noir stylisé en forme de crâne et une couronne. Il lève les bras et chante quelque chose dans une langue que je ne reconnais pas.

— C'est Damien.

Le fantôme du murmure de Jaeger atteint mes oreilles.

— Et St. James.

Il désigne une silhouette en robe se fondant dans les ombres derrière le bassin.

— Tu connais Asmodeus, continue-t-il. C'est l'un des Sept que le Diable a désignés comme ses généraux.

Oh mes dieux. Je ne veux pas savoir tout ça. Il y a une autre personne en robe à côté de Damien, assise dans un fauteuil roulant. Elle a une silhouette plus menue, et quand elle offre un poignard cérémoniel, les manches de sa robe tombent pour révéler des tatouages colorés. Des vignes vertes avec des épines, des roses qui pleurent, couleur de sang. Je reconnais ces tatouages. Je les ai déjà vus sur la femme qui gère l'Inferno.

— Lucy, dit Jaeger, confirmant mes soupçons.

Je contracte mes avant-bras dans leurs liens, souhaitant pouvoir m'enfuir.

Une autre femme se tient à proximité, une capuche gardant son visage dans l'ombre.

— C'est la femme du Diable, murmure Jaeger, son souffle agitant mes cheveux. Son *elita*. Je te dirais bien son nom, mais il me tuerait. Il est extrêmement protecteur quant à son identité.

La cérémonie se poursuit, dirigée par le Diable et Lucy. Asmodeus conduit Sarah à la tête du bassin. Lucy lui tend un calice, et il ordonne à Sarah de boire, portant la coupe à ses lèvres. Elle tremble, mais elle boit puis tient la coupe pour qu'il boive à son tour.

Ensuite, il utilise la dague pour entailler sa paume et celle de Sarah, et ils échangent une sorte de vœux. Une autre silhouette en robe s'avance pour les guider, sa voix profonde et égale récitant des phrases en latin. Les mots résonnent contre les murs mais n'ont aucun sens pour moi. Il est évident que la cérémonie est aussi formelle qu'un mariage, mais dans ce monde étrange, qui sait quels types de vœux sont prononcés ?

Mais je sais que j'ai déjà entendu cette voix. L'homme qui parle est caché sous une capuche profonde, mais je peux l'imaginer dans ma tête : barbu et vêtu d'une simple soutane, portant une croix en bois.

Père Francis. Pourquoi le prêtre est-il ici ?

Une porte s'ouvre violemment, l'écho résonnant dans l'espace. Je sursaute, et Jaeger me serre fort.

— Regarde, dit-il.

Deux hommes portant des cagoules de bourreau traînent quelqu'un vers l'avant. Leur captif est un homme en costume. Il est bâillonné et se débat, ses cheveux sont dressés sur sa tête alors qu'il se démène dans leurs bras. Ils l'entraînent de force et l'obligent à s'agenouiller près du bassin, devant le prêtre et le Diable. Les deux officiants reculent, ne laissant que Sarah et Asmodeus.

Sarah se place devant l'homme, qui lutte encore plus fort quand il l'aperçoit. Asmodeus intervient pour aider à le maintenir et à le pencher au-dessus du bassin.

J'ai l'impression que mes entrailles se changent en plomb. Je ne sais pas ce qui va se passer, mais j'ai le pressentiment que ce ne sera rien de bon.

Lucy avance son fauteuil roulant et tend une dague à Sarah. L'argent scintille tandis qu'elle la retourne dans ses mains. Elle semble si fragile dans sa simple robe blanche.

Mais son visage est calme quand elle s'avance, serrant le couteau. Un frisson me parcourt, et Jaeger me tient fermement.

Elle se penche et dit quelque chose à l'homme. Il secoue la tête mais ne peut pas faire beaucoup plus. Asmodeus déchire la chemise de l'homme, exposant une étendue de chair pâle, et fait un signe à Sarah.

Elle lève le couteau haut à deux mains et l'enfonce violemment dans la poitrine de la victime.

14

Elodie

Le sang gicle, éclaboussant le visage solennel de Sarah.

Je serre les dents si fort qu'elles me font mal, luttant contre un cri. Je me recroqueville contre Jaeger, l'estomac rempli d'acide.

La mort ne vient pas rapidement. La force de Sarah n'a pas suffi à enfoncer le couteau assez profondément. La gorge de l'homme se tend tandis qu'il hurle dans son bâillon. Il essaie de se débattre, mais les membres de Fraternitas qui le tiennent sont assez forts pour s'assurer qu'il ne bouge pas d'un pouce.

C'est Asmodeus qui y met fin. Il se place derrière Sarah, tendant les bras autour d'elle pour saisir la lame, ses grandes mains recouvrant les siennes, plus petites. Ses muscles se tendent tandis qu'il utilise sa force pour enfoncer complètement le couteau.

La tête de la victime vacille sur ses épaules. Il convulse, et les hommes qui le tenaient le relâchent, le laissant tomber dans le bassin. Du sang noir jaillit autour du poignard et coule de la blessure, se mêlant à l'eau.

Sarah recule, les mains crispées et rouges jusqu'aux poignets. Sa robe blanche est éclaboussée de sang.

Asmodeus se tourne vers elle. Il touche son visage et prend une poignée de cheveux blonds dans son poing. Il laisse des traces rouges partout où il la touche.

— Ensemble dans la vie. Liés par la mort, entonne le prêtre.

Asmodeus conduit Sarah sur le côté. Ils se saisissent les mains au-dessus d'un bol en argent, et Lucy verse une coupe d'eau ensanglantée sur leurs mains jointes, remplissant le bol.

— Courage, petit démon, lui dit-il, et elle hoche brusquement la tête.

Ses cheveux blonds pendent en paquets, tachés de rouge sombre là où ils se sont imbibés de sang.

— Le rituel comprend le sang, l'eau et le feu, murmure Jaeger, et je sursaute.

J'ai presque oublié qu'il était là.

— Nous nous engageons les uns envers les autres et envers Fraternitas.

Je me mords la lèvre, me souvenant de sa marque.

— Sarah est revendiquée, et maintenant elle est liée à Fraternitas autant qu'Asmodeus l'a liée à lui.

Parce qu'elle est complice, je réalise. Elle a commis un meurtre devant eux tous.

Les hommes masqués sont en train de repêcher le corps hors de l'eau maintenant. Je ne peux plus regarder.

Je fais face à Jaeger.

— Pourquoi m'as-tu montré ça ?

Ma voix est à peine un murmure.

Il me soulève et me porte dans les escaliers. C'est un

soulagement de partir, mais tandis qu'il me porte dans un tunnel sombre, je perds le contrôle.

Je me tortille, m'arrachant à son étreinte. Mes bras sont attachés, mais mes pieds sont libres. Il me pose, et je trébuche sur la pierre froide. Les boules tombent de mon sexe, rebondissant et roulant sur le sol, mais je le remarque à peine.

Je m'éloigne à moitié en courant, à moitié en boitant de Jaeger et de tout ce qu'il m'a fait voir. Mais il fait sombre, et je ne connais pas le chemin. Et Jaeger n'a jamais eu de mal à me chasser.

Je me retrouve dans une pièce faiblement éclairée construite en pierre polie. Il y a des inscriptions sur le mur avec des noms gravés dans le marbre, chacun étiqueté d'un crâne. C'est un mausolée, un lieu pour les morts de Fraternitas.

L'ombre de Jaeger remplit l'embrasure avant qu'il n'entre.

— Tu voulais que je voie ça, je balbutie. Tu m'as amenée ici, tu m'as fait regarder. Et maintenant je suis complice, moi aussi.

Jaeger s'avance, et je lève la tête vers lui.

— Mais c'est plus que ça, n'est-ce pas ? S'ils savent que je sais, et que je m'enfuis, ils me traqueront. Par « ils », je veux dire ses frères, Fraternitas.

— Oui, dit-il en faisant un geste derrière lui. C'est ce qui arrive aux personnes qui en savent trop. Nous les traînons ici. Dans l'Abysse.

Mes jambes me lâchent, et je tombe, mais il me rattrape avant que je ne heurte le sol.

Le chasseur m'a capturée, mais ce n'est plus un jeu maintenant.

— Je ne peux pas faire ça, je m'étouffe.

— Si, tu le peux. Tu es assez forte.

Il me presse contre le mur et libère une main pour la glisser entre mes jambes.

— Je vais te garder, petit lapin.

Ses yeux féroces sont tout ce que je vois.

— Tu en sais trop, et maintenant tu ne pourras jamais partir, continue-t-il.

Je secoue la tête, trop effrayée pour parler.

— Je l'ai su cette nuit dans les bois quand nous n'étions que tous les deux. Pas de société, pas de civilisation, pas de prétention. Tu m'as montré ton essence, tout le reste mis à nu. Tu étais féroce.

Il me caresse, et malgré tout ce qui s'est passé, mon désir s'enflamme. Je mouille ses doigts.

— Tu me veux. Dire oui à cela, c'est dire oui à toi-même.

Il se penche vers moi, m'emprisonnant entre son corps dur et le mur.

Je ferme les yeux, mais je ne peux pas échapper à son toucher.

Il me veut dans son monde. Il n'acceptera pas de refus.

Je porte la main à ma gorge et sens le ruban autour de mon cou. Je le tire.

— Qu'est-ce que c'est vraiment ? Qu'est-ce que ça signifie ?

— Ça signifie que tu m'appartiens.

Mes hanches se pressent contre sa main, mon corps suppliant d'avoir un orgasme.

— Dis-moi la vérité, Elodie. Dis-le-moi, et tu pourras jouir.

Ses lèvres contre mon oreille font courir des frissons le long de mon dos.

— Parle-moi de l'homme que tu veux tuer plus que tout.

— Quoi ?

Les eaux se referment au-dessus de ma tête. Je me noie.

— C'est ton ex ? demande Jaeger.

— Non.

Je ne peux pas. Je ne peux pas faire ça. Mais je me noie en lui, et je m'en fiche complètement.

— Dis-moi.

Jaeger tourne ses doigts, les enfonçant profondément en moi. La pression dans mon crâne augmente, et mes membres commencent à trembler. Ma bouche s'ouvre, et je m'entends dire :

— C'était mon professeur.

— Gentil petit lapin. Tu vas me donner son nom.

Et je le fais.

Jaeger saisit ma gorge et enfonce ses doigts. Lorsque mon orgasme explose, il serre mon cou, coupant mon oxygène. Cela me fait monter plus haut.

Et puis il est en moi, me soulevant contre lui alors qu'il m'empale sur son sexe. Il me pilonne, et mon monde se réduit au feu bleu dans ses yeux. Il relâche son emprise mortelle sur ma gorge, et je ne me noie plus. Je m'envole vers un endroit où lui seul peut m'emmener.

C'EST un long chemin de l'Abysse jusqu'à Empire. Nous sommes presque à l'ascenseur caché quand une ombre se dresse sur mon chemin. Kaiser. Il me suivait, mais maintenant qu'il m'a laissé le voir, je sais qu'il veut parler.

Il porte toujours sa cagoule de bourreau. Son regard descend vers Elodie, évanouie dans mes bras.

— Elle ne devrait pas être ici.

Je ne discute pas avec lui. Je savais que j'enfreignais les règles avant de l'obliger à regarder notre rituel le plus secret.

— Le Diable le découvrira.

— Est-ce que tu comptes lui dire, mon frère ? je demande en le dépassant sans attendre sa réponse.

Il me dit simplement ce que je sais déjà. Ce soir était le début de la fin. Quand le Diable découvrira ce que j'ai fait, il rendra son jugement. Je suis peut-être un homme mort qui marche, selon ce qu'il décidera.

D'une façon ou d'une autre, le compte à rebours a commencé.

~

ELODIE

QUAND JE ME réveille dans le lit, la lumière du matin filtre sous la porte, et je suis seule. Je me souviens vaguement de Jaeger se levant tôt, embrassant mes cheveux, et me disant qu'il reviendrait.

Mes cheveux sont humides après avoir pris une douche. Jaeger a dû me nettoyer avant de nous mettre au lit. Je fronce les sourcils en regardant mes pieds nus, me rappelant comment j'ai fui loin de lui sur la pierre froide. Comment j'ai paniqué dans cet endroit sombre et maléfique, l'horreur grandissant dans mon ventre jusqu'à ce qu'elle sorte en lacérant tout et en me consumant. Mon sexe est à vif, et mon dos est meurtri par la violence avec laquelle il m'a prise contre le mur du mausolée.

D'autres souvenirs de la nuit dernière me submergent, et je trie les fragments obscurs. L'église qui n'est pas une église, le rituel qui a abouti au meurtre d'un homme, et une femme comme moi couverte de sang. Les démons aux masques de crâne, les flammes qui léchaient les murs noirs comme un feu de l'enfer.

J'ai l'impression qu'un cauchemar est venu me hanter. Peut-être que j'aurai de la chance, et tout cela s'avérera n'être qu'un rêve.

Je ne crois pas avoir cette chance.

Mes membres sont lourds comme du plomb tandis que je me propulse hors du lit. Ma cheville n'est pas complètement guérie, mais je parviens à boiter jusqu'à la salle de bain et à faire face au miroir.

Il y a toujours un ruban autour de mon cou, mais il n'est pas blanc. Il est noir.

La nuit dernière n'était pas un rêve.

Dans quoi me suis-je embarquée ? J'aimerais que Jaeger soit là pour me serrer dans ses bras et me dire que tout va bien. Pour que je puisse pleurer et le frapper jusqu'à ce qu'il me plaque au sol et m'appelle petit lapin. Il fait en sorte que les choses aient un sens.

Il fait partie des ténèbres, mais il reste mon refuge.

Je suis en train de boutonner mon jean, presque habillée et prête pour la journée, quand la porte d'entrée claque.

Jaeger doit être de retour.

Je sors de la chambre en boitant mais m'arrête net. L'homme dans l'entrée porte un jean déchiré et un t-shirt noir, avec de longs cheveux dorés attachés en arrière. Il ressemble à Jaeger, mais ce n'est pas lui.

C'est Kaiser, qui rôde dans le penthouse comme s'il en était le propriétaire.

Je me fige comme un lapin repéré par le loup.

Il s'arrête pour ricaner devant les fougères et les coussins décoratifs mais transfert rapidement tout son dégoût dans un regard meurtrier dirigé vers moi.

J'ai envie de lui dire d'aller se faire foutre, mais je ne veux pas mourir aujourd'hui. Mon seul espoir est que Jaeger revienne et le mette dehors.

Kaiser semble se contenter de me fusiller du regard en

silence. Peut-être qu'il n'est pas là pour me tuer. Jaeger a dit que Kaiser avait un appartement à proximité, non ? Donc il est notre voisin. Peut-être qu'il est venu emprunter un œuf.

Pour briser le malaise, je demande :

— Je peux t'aider ?

Son regard s'assombrit davantage, mais finalement, il parle.

— Sais-tu où est mon frère ?

CE MATIN, je me suis réveillé avec un texto ne contenant qu'un seul mot : Inferno. Il a été envoyé par Damien, qui n'est enregistré dans mon téléphone que sous le numéro un. Damien a toujours eu des ennemis, et à mesure que Fraternitas gagne en puissance et en richesse, il ne fait qu'en créer davantage. C'est pourquoi il encourage le mystique entourant la figure appelée « le Diable ». Moins il semble humain et réel, plus il est en sécurité.

Avant de revendiquer son *elita*, il se souciait peu de sa propre sécurité. Mais maintenant, il a plus de raisons de vivre.

Je comprends sa façon de penser maintenant que j'ai Elodie. J'ai plus de préoccupations, plus de raisons de tenir à ma propre vie.

Je ne peux qu'espérer que Damien me pardonnera pour ce que j'ai fait.

J'ai laissé Elodie dans notre lit, encore endormie, épuisée par notre nuit ensemble.

J'ai de la chance que Damien m'ait appelé à le rencontrer à l'Inferno plutôt qu'au souterrain. Ceux qui sont invités à l'Abysse par le Diable n'en reviennent pas.

Je trouve Damien dans le bureau de Lucy avec elle, leurs têtes rapprochées. La porte est ouverte, mais ils arrêtent de parler quand j'approche et je frappe l'encadrement par courtoisie.

Lucy me regarde de haut en bas et ricane.

— Je te parlerai plus tard, dit-elle à Damien avant de faire rouler son fauteuil hors de son bureau.

— Content de te voir, Lucy, lui dis-je, et elle agite sa main vers moi.

Elle m'aime bien, et être désagréable est sa façon préférée de le montrer.

À moins qu'elle ne s'inquiète pour moi. J'ai quand même enfreint une loi hier soir.

Pour sa défense, Damien ne perd pas de temps à tourner autour du sujet. Il se lève et s'appuie contre le bureau, attendant que j'aie fermé la porte pour parler.

— On me dit que tu as amené une non-initiée à l'église, dit-il en croisant les bras sur sa poitrine.

Je lève les bras et souris.

— Coupable.

Damien me fixe d'un regard noir. Il n'est pas aussi grand que moi ni aussi large, mais c'est un combattant féroce qui a fait ses preuves. Depuis que nous sommes enfants, il est notre chef. Le Père Francis était notre patriarche et notre guide, mais Damien était l'un des nôtres. C'est pourquoi il porte la couronne.

— La seule raison pour laquelle je ne t'ai pas jeté au Tortionnaire dans l'Abysse, c'est parce que St. James m'a demandé de te donner une chance de t'expliquer. Et je sais que tu es loyal.

— Je le suis. J'étais à ton mariage quand tu as revendiqué ta réticente épouse.

Il est dangereux d'évoquer *l'elita* du Diable. Il est fou d'elle, et le fait de l'avoir revendiquée l'a rendu encore plus protecteur.

Il se frotte le menton et couvre sa bouche, masquant son expression avec le tatouage de crâne sur le dos de sa main. Mais il me laisse parler.

— Savais-tu, quand tu l'as rencontrée pour la première fois, qu'elle serait à toi ? je lui demande.

Il laisse glisser sa main suffisamment pour répondre.

— Oui.

Je m'appuie contre le mur, fixant le plafond pour trouver mes mots.

— C'est pareil pour moi. Tu connais mon histoire. Mon passé. L'enfance que je n'ai jamais eue. Je n'avais rien.

— Aucun d'entre nous n'avait quoi que ce soit.

— Mais j'avais mon frère. Nous nous avions l'un l'autre, et ensuite nous t'avons eu. Vous avez fait quelque chose de nous. Toi, le Père Francis et St. James. Ensemble, nous sommes devenus quelque chose de grand. *Totum maius est partibus suis.*

La joue de Damien tressaille avec l'ébauche d'un sourire face à mon latin maladroit.

— Je suis reconnaissant. Je n'ai jamais voulu rien de plus.

Je fais une pause pour laisser ces mots pénétrer.

— Jusqu'à elle.

Il soupire et dit :

— St. James m'a dit qu'il t'avait offert une récompense.

— Je me bats depuis si longtemps. Mais maintenant, je veux quelqu'un pour qui me battre. Pour qui vivre.

Je cesse de parler et j'attends. C'est au Diable de décider si je vis ou meurs pour mes transgressions. Mais si je ne peux pas avoir Elodie, je ne veux pas vivre.

Damien laisse échapper un profond soupir. Il se frotte le visage puis baisse la main pour examiner sa bague.

— Je comprends.

Damien sait que je mourrais pour lui et pour mes frères. Il ferait de même pour moi, pour nous. C'est ce que signifie être Fraternitas.

Et quand nous revendiquons une *elita*, nous faisons de nouveaux vœux. Damien mourrait pour son élue, et moi aussi. Ma loyauté envers Fraternitas s'étend à celle qu'il a revendiquée. C'est pourquoi nous sommes prudents quand nous choisissons celle que nous revendiquerons. Le rituel *d'elita* est plus contraignant qu'un mariage légal. C'est un vœu écrit avec du sang.

— J'ai besoin de quelqu'un à chérir.

Il y a une douleur dans ma poitrine, plus profonde que n'importe quelle douleur physique, quand je pense à mon petit lapin qui m'attend dans mon lit.

— Elodie est cette personne, j'explique.

Damien fait tourner sa bague Fraternitas entre ses doigts. Je sais qu'il pense à son *elita* et au chemin long et difficile qu'il a parcouru pour la revendiquer.

— Alors, prends-la. Avec ma bénédiction.

Elodie est pratiquement mienne.

Je dois juste la convaincre.

Je me tourne pour partir.

— Mais... Jaeger ? m'appelle Damien avant que je puisse ouvrir la porte.

Je m'arrête, la main sur la poignée.

— Les règles stipulent qu'elle doit passer l'épreuve et prouver sa loyauté envers Fraternitas. Sinon...

Sinon, ma vie est en jeu. Je le savais quand je l'ai amenée à l'Abysse.

— Elle passera l'épreuve. Je m'en assurerai.

Ou elle mourra en essayant.

Je fixe Kaiser, qui me fusille du regard. Je devrais y être habituée maintenant, mais il est effrayant de près.

— Non. Devrais-je ?

J'ai envie d'ajouter que Jaeger fait ce qu'il veut, mais je ne veux pas trop me montrer insolente envers un homme qui me déteste sans raison.

— Ce matin, il a été convoqué pour parler avec Damien. Celui qu'on appelle le Diable ? Sais-tu ce que cela signifie ?

J'ai envie de dire : *Non, je ne sais rien de votre stupide confrérie ni de ses hiérarchies.* Au lieu de cela, je secoue la tête.

— Cela signifie qu'ils savent. Tous. Ils savent que tu étais là.

Il parle de la nuit dernière. Du meurtre dont j'ai été témoin. Du rituel qui lie Sarah à Fraternitas pour toujours, et moi aussi.

Kaiser se déplace dans le penthouse, se dirigeant vers le mur du fond. Il ouvre le panneau avec le coffre-fort. Je ne demande pas comment il sait qu'il est là ni comment il connaît le code, mais il le déverrouille et brandit la mallette contenant mon argent.

— Voilà ce que tu vas faire.

Il s'approche de moi, et je verrouille mes jambes pour ne pas reculer.

— Tu vas prendre ça, et tu vas partir.

— Quoi ?

— Prends ton sac, ordonne-t-il.

Sa voix est une menace silencieuse, et je n'ose pas désobéir. Je retourne dans la chambre et reviens chaussée et en manteau, sac à la main.

Il ouvre la mallette et me fait signe d'approcher.

— Prends ton argent.

Sans un mot, je fourre autant de liasses de billets que possible dans mon sac pendant que Kaiser fait les cent pas derrière moi.

— Maintenant, va-t'en.

Je me dirige vers l'entrée, où il a posé une paire de béquilles. Il me suit jusqu'au bout, attendant à peine que je trouve mon équilibre sur les béquilles avant de me pousser vers la porte.

Je m'arrête dans le couloir, un sanglot coincé dans ma gorge. Est-ce que ça se termine comme ça ? Moi qui pars sans un au revoir ? Sans un mot ?

C'est ce que j'avais prévu de faire depuis le début... avant de réaliser que j'étais amoureuse de Jaeger. Avant de réaliser à quel point j'avais besoin d'un homme comme lui. Quelqu'un qui se battrait pour moi. Quelqu'un qui ne partirait pas et ne me laisserait pas partir.

Mais peut-être que c'est pour le mieux. Je ne sais pas si je suis assez forte pour être avec lui, et il mérite quelqu'un qui peut entrer dans son monde obscur la tête haute.

Kaiser monte la garde à la porte de son frère. Il désigne l'ascenseur arrière et croise les bras sur sa poitrine, me faisant clairement comprendre qu'il ne me laissera pas revenir. Il va me regarder partir, et si je ne pars pas, je suis sûre que je n'aimerai pas ce qu'il fera ensuite.

Je m'éloigne rapidement avec mes béquilles, mon sac heurtant mes jambes. Ce n'est que lorsque je suis dehors, le vent glacial me soufflant au visage, que je réalise que je suis seule. Toutes les peurs et les inquiétudes que j'avais avant de rencontrer Jaeger me bombardent comme si elles n'attendaient que ce moment. Le moment où je n'ai plus personne. Plus de Jaeger pour arranger les choses avec ses poings ou son argent. Il a fait plus que me laisser m'appuyer sur lui. Il m'a portée.

Je n'aurai plus jamais ça. Je ne le reverrai plus jamais. Cette pensée m'écrase.

J'essuie des larmes gelées et essaie de réfléchir. Je suis une survivante, n'est-ce pas ? Je peux trouver une solution.

Mais sans Jaeger, ma vie ne sera guère plus que de la survie.

D'abord l'essentiel. J'ai besoin d'un moyen de transport qui ne peut pas être retracé jusqu'à une cachette loin d'ici.

J'avance aussi loin que possible avec les béquilles jusqu'à ce que les beaux bâtiments et les magasins cèdent la place à des entrepôts et des commerces d'apparence louche. Puis je me glisse dans une ruelle, à l'abri du vent.

Je sors mon téléphone de la poche de mon manteau et fais défiler mes contacts. Honey, Daria, Angel - mes amies de l'Inferno. Je ne peux pas les appeler. Elles travaillent pour une entreprise appartenant à Fraternitas, et je ne peux pas les mettre en danger.

Quand la nouvelle se répandra que je sais ce que je sais et que je me suis enfuie, la confrérie me traquera. Peu importe que Kaiser m'ait fait partir ; ils ne peuvent pas laisser quelqu'un qui connaît leurs secrets circuler librement. Ils me traîneront dans leur chapelle de meurtres et se débarrasseront de moi. Jaeger ne pourra pas me protéger.

Il n'est même pas là.

Mon pouce s'arrête sur le nom Tommy. C'est l'un de mes contacts des Narcotiques Anonymes, qui m'a récemment envoyé un message il y a quelques jours, me demandant si j'allais bientôt à une réunion. Peut-être qu'il acceptera de me déposer quelque part.

Il répond au bout de la troisième sonnerie.

— Elodie ?

— Salut, dis-je, et ma voix se brise.

Je réalise ce que je suis en train de faire. Que je quitte Jaeger. Que je ne le reverrai plus jamais.

Ou alors il me rattrapera, mais d'ici là, je serai morte.

Je me force à demander une faveur à Tommy, un trajet.

— Je sais que c'est un peu bizarre, mais tu peux venir me chercher ?

Il semble surpris mais m'indique qu'il peut venir. Je le remercie et lui donne l'intersection des rues, je raccroche et m'appuie contre le mur de briques pour attendre.

C'est le début de ma nouvelle vie. Plus de Jaeger. Plus de relations sexuelles nocturnes ou de câlins ou de confessions dans le noir. Plus personne pour grogner avec sa voix grave et m'appeler « Petit lapin ».

Plus de comédies romantiques sur le canapé.

Juste moi, en fuite, pour toujours. Priant pour que ma famille reste en sécurité, et que je puisse garder une longueur d'avance sur les chasseurs.

C'est suffisant pour me donner envie de m'écrouler en boule sur le béton.

Le vent change, sifflant entre les bâtiments avec assez de force pour me couper le souffle. Il fait un froid glacial, mais je me penche vers lui. Avec un peu de chance, il m'engourdira pour que je ne sente plus la douleur qui fissure ma poitrine.

Finalement, Tommy arrive. Mais il n'est pas seul.

15

ELODIE

LA PETITE VOITURE blanche de Tommy s'arrête à l'entrée de la ruelle. Le froid a engourdi mes membres, mais je me redresse et le salue. Il sort, protégeant son visage du vent.

— Elodie ?

Avant que ne je puisse me déplacer vers lui avec mes béquilles, une autre voiture, que je ne reconnais pas, s'arrête. Elle est longue, basse, noire et coûteuse.

Mon cœur tressaute dans ma poitrine. Est-ce que Fraternitas m'a déjà retrouvée ?

Les hommes qui sortent de la seconde voiture ne portent pas de bagues à tête de mort, mais ils ont quand même l'air de voyous.

L'un d'eux tient la portière ouverte pendant qu'un homme en costume en sort et grimace face au vent, boutonnant son manteau de laine.

— Je suis désolé, articule silencieusement Tommy, et mon cœur se brise.

Oh, Tommy, qu'est-ce que tu as fait ?

— C'est elle ? demande l'homme en costume à Tommy.

— Ouais.

Tommy ne me regarde pas. Il gratte le pavé avec sa basket.

Voilà pourquoi Tommy m'a envoyé un message la dernière fois. C'est un piège, et je suis le petit lapin stupide qui a sauté droit dedans.

Je me déplace vers le milieu de la ruelle, mais les voyous sont déjà en train de m'encercler.

— Tire-toi d'ici, ordonne l'un d'eux à Tommy, et mon ami remonte dans sa voiture et obéit.

Mon cœur se serre en le regardant s'éloigner.

— Bonjour, Elodie. Je vous ai cherchée partout.

L'homme en costume sourit, et une dent en or brille.

— Umberto vous envoie ses salutations.

Umberto, le prêteur sur gages, qui nous poursuit, Margot et moi.

L'adrénaline hurle en moi, me disant de courir, mais les voyous m'ont encerclée.

— J'ai de l'argent, dis-je d'une voix rauque.

— C'est bien. Ça va aider. Mais je veux quelque chose de plus. Tommy me dit que vous avez des relations avec Fraternitas.

J'ai presque envie d'éclater de rire. Ma vie s'achève et tout est surréaliste.

Je secoue la tête.

— Ne me mentez pas, Elodie. Je n'aime pas ça. Il a dit qu'il vous a vue avec l'un d'eux. Et ces types, ils sont possessifs. Apparemment, ce mec vous couvrait d'attention. De façon intime.

Son ton me donne envie de me nettoyer les oreilles à l'eau de Javel.

— C'était avant, dis-je. Ce n'est plus comme ça. Mais je

peux vous donner de l'argent. Pour le prêt. C'est là-dedans. Je lève mon sac à main.

Un des voyous s'approche et me l'arrache des mains. Je reste silencieuse. Ce sera dur, mais avec un peu de chance, je pourrai échanger son contenu contre ma vie.

Le voyou fouille dans mon sac et sort une liasse de billets. Les yeux de l'homme en costume se plissent.

— Vous me cachiez des choses.

Le voyou fouille dans mon sac, comptant rapidement. Il annonce un montant à l'homme en costume qui dit :

— Je suppose qu'être la maîtresse d'un membre de Fraternitas rapporte bien.

Je n'étais pas sa maîtresse. J'étais plus que ça. J'entends Jaeger dire, *Je t'aime, et tu m'aimes aussi*, et cette pensée me réchauffe, même si je l'ai laissé derrière moi.

— Prenez l'argent. Tout l'argent, dis-je. Laissez-moi simplement partir.

— Nous pourrions faire ça. Ou nous pourrions vous prendre aussi, et vous échanger contre plusieurs millions.

Un frisson glacé me parcourt l'échine. C'est exactement ce que je craignais.

— Tous ces mecs de Fraternitas sont pleins aux as.

— Il ne paiera pas pour moi. Il m'a jetée dehors. Est-ce que j'ai l'air d'être avec lui ? dis-je en écartant les mains.

— Sauf que vous portez ce ruban autour du cou.

Je touche ma gorge, et il a raison. J'ai oublié de l'enlever. Une nuit à le porter, et c'est déjà devenu une partie de moi. Je pourrais l'arracher, mais c'est trop tard. Ces types l'ont vu, et je veux garder le moindre souvenir de Jaeger qu'il me reste.

Et ça n'a plus d'importance car l'homme en costume dit :

— Il a déjà fait savoir que vous lui appartenez.

— Comme je l'ai dit, c'était avant. Les choses changent.

Le vent pousse mes cheveux dans ma bouche, mais je parle à travers.

— Les hommes finissent toujours par partir, tous sans exception.

Même en le disant, je sais que c'est un mensonge.

Jaeger ne me quitterait jamais.

Tu m'appartiens. Et dans son monde, un vœu comme celui-là va dans les deux sens. J'étais à lui, mais il était aussi à moi. Il m'a choisie. Et peu importe ce qui arrive, il sera toujours le seul pour moi.

Comme si je l'avais fait apparaître par la pensée, la voix de Jaeger résonne soudain dans la ruelle.

— Elodie.

Je ferme les yeux, espérant l'avoir imaginé. Mais non.

Jaeger se tient à l'entrée de la ruelle. Il porte un jean et sa veste en cuir noir. Pas d'armes visibles. Mais il n'en a pas besoin.

Il s'approche d'un pas félin.

— Arrête-toi là, dit l'un des voyous.

Jaeger continue d'avancer vers moi.

— J'ai entendu dire que vous vouliez me parler, dit-il sans détacher son regard du mien.

Je me noie dans les profondeurs océaniques de ses yeux.

A-t-il entendu ce que les voyous ont dit ? Depuis combien de temps est-il là ?

— Vous avez un problème avec mon Elodie ? demande-t-il à l'homme en costume.

— Eh bien, oui, c'était le cas. Mais maintenant, nous aimerions discuter avec vous.

— Alors, faites-le.

— J'ai entendu parler de vous et de votre frère.

L'homme en costume a l'air d'un fan.

— Vous étiez des légendes dans les rings de combat. Et vous aviez quoi, dix-sept ans ?

— Quinze. Nous étions faits pour combattre.

Jaeger s'arrête à quelques mètres et me tend la main.

— Elodie, viens ici.

Il faut un moment pour que le signal passe de mon cerveau à mes jambes, mais je vais vers lui. La distance est de cent mille kilomètres, mais cela ne prend que quelques secondes.

— Jaeger, je murmure parce qu'il est là, et qu'il me scrute du regard, cherchant des signes de blessures. Il effleure mes lèvres de son pouce, et la chaleur revient dans mon corps.

Mais je respire à nouveau. Mon cœur bat. Et je réalise que, depuis que j'ai quitté le penthouse, j'avais l'impression d'être morte.

— Vous avez tué votre entraîneur.

L'homme en costume continue de jacasser.

— Ce n'était pas notre entraîneur. C'était notre recruteur. Et oui, nous l'avons tué. Mais revenons à l'affaire en cours, dit Jaeger en saisissant mon épaule avant de se tourner vers l'homme en costume.

— Vous parliez d'un échange ?

L'homme en costume fait un signe, et les voyous se rapprochent de nous.

— Je pense que nous pouvons trouver un accord. Donnez-nous simplement ce que nous voulons, et nous partirons. Dix millions.

— Vous savez qui je suis.

— On vous appelle le Loup.

L'homme en costume se balance d'un pied sur l'autre. Peut-être réalise-t-il à quel point c'est stupide de faire chanter un membre de Fraternitas.

— Vous ne pouvez pas tous nous battre.

Jaeger hausse un sourcil.

— Êtes-vous prêt à parier votre vie là-dessus ?

En guise de réponse, l'un des voyous sort son arme.

— D'accord, dit Jaeger. Vous gagnez.

Il sourit, et tous les voyous reculent d'un pas, même celui qui tient l'arme.

Jaeger presse un téléphone contre ma poitrine et le glisse dans ma poche intérieure.

— Ne t'arrête pas avant d'être en sécurité. Appelle mon frère ; il viendra te chercher.

— Jaeger, je...

Je ne sais pas ce que je veux dire. *Je suis désolée. Je suis contente que tu sois là. Ne fais pas ça.*

— Va-t'en.

Il me pousse.

— Pas si vite, dit l'homme en costume.

— Laissez-la partir.

Jaeger lève les bras.

— C'est moi que vous voulez. Je vous donnerai l'argent si vous arrivez à m'assommer. Vous tous contre moi seul. Ça devrait être facile.

— Vous n'êtes pas armé ? demande le voyou le plus proche de lui.

— Pas d'une arme à feu.

Tout le monde se fige, fixant Jaeger.

— Qu'est-ce que vous attendez ? les provoque Jaeger. Venez me chercher.

L'un des voyous fait un mouvement vers moi, mais Jaeger gronde :

— Touche-la et tu es mort.

Et le voyou s'arrête.

Je me dépêche de partir, trouvant un rythme régulier avec les béquilles pour me diriger vers la rue.

Je ne veux pas assister à la violence qui va se déchaîner.

C'est du moins ce que je me dis.

Mais au bout de la ruelle, j'hésite. Le vent fait rouler des emballages alimentaires froissés et des journaux à mes pieds.

Je pourrais partir maintenant. Jeter le téléphone de Jaeger et vraiment m'enfuir. L'abandonner. J'avais imaginé ce moment et le chemin vers la liberté s'étendant devant moi. Maintenant qu'il est là, il m'apparaît clairement que je ne choisirais jamais de fuir.

Je choisis Jaeger. Je le choisirai toujours.

Je préfère mourir dans une ruelle avec lui que fuir et vivre. Parce qu'une vie sans lui n'est pas une vie du tout.

Je sors son téléphone. Il est verrouillé, mais après un moment d'hésitation, j'entre la date de notre rencontre, et il se déverrouille.

Le dernier numéro appelé appartient à quelqu'un nommé K. Je suppose que c'est Kaiser. J'appuie sur rappel, et avant même la première sonnerie, il décroche et grogne :

— Quoi ?

— La ruelle qui donne sur la rue Daphne, j'explique en levant les yeux vers les panneaux indicateurs. Près de l'ancienne usine d'épices fermée. Dix, peut-être onze hommes. Ils ont piégé Jaeger.

Je n'attends pas qu'il pose des questions. Je range le téléphone dans ma poche et fais volte-face.

Les voyous encerclent Jaeger. Quel est leur plan stupide d'ailleurs ? Le forcer à retirer de l'argent d'un distributeur ? Ils sont fous s'ils pensent que Fraternitas les laissera vivre longtemps.

Ce sont donc des hommes désespérés. Désespérés et stupides. Pas une bonne combinaison.

Comment Jaeger va-t-il se sortir de là ?

Les voyous l'entourent et l'homme en costume sort un pistolet.

— Jaeger ! je crie.

Sa tête se tourne d'un coup, et je pointe du doigt le voyou en costume.

— Attention !

Deux des voyous se précipitent pour l'attraper. Il se débat, mais ils s'emparent de ses bras et le maintiennent.

L'homme en costume lève son arme et vise.

— Non ! je hurle en fonçant vers l'avant.

Je ne suis pas armée. Tout ce que j'ai, ce sont mes béquilles, alors j'en balance une vers le haut et la lance de toutes mes forces.

LES VOYOUS SONT SUFFISAMMENT proches pour que je puisse sentir leur mauvaise haleine. Je regarde au-delà des hommes pour voir Elodie atteindre le bout de la ruelle et lever mon portable pour passer un appel.

Bientôt, elle sera en sécurité. C'est tout ce qui compte.

L'homme en costume continue à radoter sur son plan pour nous faire faire une gentille balade tranquille de l'autre côté du fleuve afin que je puisse transférer de l'argent de mon compte à celui d'Umberto. Je prends note du nom. Il vient juste de passer en tête de ma propre liste des Personnes Que Je Veux Tuer, juste après ces gorilles.

Il y a un cri perçant et une forme floue en mouvement. Elodie me hurle de faire attention.

Deux voyous m'attrapent, et je suis trop concentré sur Elodie pour me soucier que l'homme en costume a sorti un pistolet.

— Non ! crie Elodie.

Une béquille traverse l'air et frappe l'homme en costume en plein visage.

Il y a une détonation, et une balle ricoche sur le mur de briques derrière Elodie.

Et la bête se déchaîne en moi. La rage pulse dans mes veines. Le monde s'immobilise, recouvert d'une brume rouge.

Je dois protéger ma femme. Elle a besoin de moi.

Je tords mes bras, tirant les hommes qui me retiennent. Ils perdent l'équilibre, et je cogne leurs têtes l'une contre l'autre. Ils s'effondrent pour de bon, et je bondis par-dessus eux, me dirigeant vers l'homme en costume.

Il s'est tourné vers Elodie, et maintenant elle se retrouve face au canon d'un pistolet. Le sang quitte son visage, laissant ses taches de rousseur ressortir sur ses joues pâles. L'homme dit quelque chose. Il la menace.

Ce sera sa dernière erreur.

Je le percute comme un joueur de football américain, et nous nous écrasons au sol. Sa tête heurte le pavé. Tout comme sa main qui tient l'arme. Le pistolet glisse au loin.

Je fracasse la tête de l'homme contre le sol encore et encore. Du sang éclabousse mon visage, mais je ne m'arrête pas avant qu'il soit mort.

Elodie est tout près, recroquevillée contre le mur. Une fois que je me suis occupé de lui, je me précipite pour m'interposer entre elle et le reste des voyous.

D'autres hommes viennent pour me plaquer comme j'ai plaqué leur chef. Je les esquive, puis les attaque un par un. Je brise leurs os. Fracasse leurs crânes. Laisse leurs cervelles s'écouler comme des fruits trop mûrs.

Le craquement d'une balle. Quelque chose me mord le flanc.

Merde, j'ai oublié de sécuriser le flingue. Il n'y a pas d'armes dans le ring. J'ai oublié où j'étais.

Je me retourne brusquement, et la douleur transperce mon flanc. Mais je peux la gérer.

Quelque chose claque à mes pieds. Une béquille en bois. Je l'attrape et m'en sers comme d'une massue pour abattre l'homme au pistolet. Il essaie de me tirer dessus à nouveau, mais il n'est pas assez rapide. Son sang peint le trottoir.

Je titube en arrière, me sentant étourdi. Perte de sang. Je reconnais cette sensation de mon temps passé sur le ring. Je heurte le mur et le laisse me soutenir tandis que je glisse jusqu'au sol.

L'allée est remplie des formes recroquevillées de mes victimes. Bien.

Elodie hurle.

Mon lapin, non. Tout ira bien. Je me vide de mon sang, mais je veux la rassurer.

Elle est à genoux à côté de moi. Ses taches de rousseur ressortent sur son visage baigné de larmes.

J'aime tellement ses taches de rousseur.

Elle saisit ma main.

— Tu es revenue pour moi.

Je serre ses doigts. Les miens sont raides et froids.

— Jaeger, oh mon dieu...

— Tu es blessée ?

— Tu t'es fait tirer dessus !

Elle tremble.

Je l'attire vers moi pour que son visage soit proche du mien. Je veux l'embrasser.

Elle ne me laisse pas faire.

— Tu saignes.

— Ce n'est rien.

Elle ouvre ma veste en cuir et devient livide.

— Il faut que j'arrête l'hémorragie.

Elle retire son écharpe, la roule en boule et l'appuie contre mon ventre.

— On ferait mieux de partir, dis-je.

Même mes lèvres semblent froides.

— Avant que les flics arrivent, j'ajoute.

L'allée est jonchée de cadavres, et une rivière rouge coule entre les bennes à ordures. La police n'aimera pas ça. St. James et Lucy ont les flics dans leur poche, mais ils vont râler pour la paperasse.

— Tais-toi.

Une ombre nous recouvre tous les deux, et elle tressaille. Je commence à me redresser jusqu'à ce que je réalise que c'est Kaiser.

Enfin.

~

DU SANG. Il y a tellement de sang, et les joues de Jaeger ont perdu leurs couleurs.

Puis quelqu'un grogne : « Qu'est-ce que c'est que ce bordel ? » au-dessus de ma tête.

Je retiens un cri et lève les yeux pour voir Kaiser. Je ne l'ai même pas entendu approcher.

— Il s'est fait tirer dessus ! je lance. Il faut que tu l'aides.

— Je suis là.

Atticus apparaît soudain et me pousse sur le côté. Je me précipite hors de son chemin pour qu'il puisse ouvrir sa mallette médicale et se mettre au travail.

— Que s'est-il passé ?

Kaiser me lance un regard noir, mais j'en ai assez.

— Ce qui s'est passé, c'est que tu m'as mise à la porte, et qu'ensuite mon ami m'a vendue à une bande d'abrutis !

Je n'arrive pas à croire que je suis en train de crier sur le jumeau effrayant.

— Jaeger a essayé de me sauver, et il s'est fait tirer dessus, je continue.

Kaiser tend la main vers moi, et je perds le contrôle. Je repousse son torse solide en hurlant :

— Tout ça, c'est de ta faute !

Kaiser grogne, et je me prépare aux représailles. Je suis tellement en colère que ça m'est égal.

— Arrêtez vous deux ! Il faut qu'on parte d'ici.

Nous nous retournons tous les deux pour voir Atticus qui aide Jaeger à se relever.

— Mais... dis-je.

Jaeger a l'air à moitié inconscient. Un bandage est étroitement enroulé autour de sa taille, mais une tache rouge s'étend rapidement.

— Je l'ai stabilisé. Allons-y.

Il y a une voiture au bout de la ruelle vers laquelle Atticus dirige Jaeger. Kaiser se déplace pour le soutenir de l'autre côté.

Je les suis en boitant, appuyée sur une béquille. Je vais aussi vite que possible, mais je suis quand même la dernière à arriver. Atticus monte avec Jaeger à l'arrière, et je tombe sur le siège passager au moment même où Kaiser démarre la voiture.

— Où est ton autre béquille ? demande Kaiser en me fusillant du regard.

— Elle l'a lancée sur l'homme armé, dit Jaeger qui affiche un sourire idiot.

Kaiser hausse un sourcil.

— Ça n'a pas marché, je marmonne. Ça l'a juste mis en colère.

— Ça l'a distrait.

Jaeger lève sa main et examine le sang qui en dégouline. À ma grande surprise, il ouvre la bouche comme s'il allait le lécher de ses doigts.

— Non, lance Atticus en lui frappant la main. C'est insalubre. Agents pathogènes transmis par le sang. Maladies.

Jaeger grogne contre lui, montrant les dents, et Atticus secoue la tête.

— Kaiser, dis-lui, toi.

— Frère.

Des yeux bleus rencontrent des yeux bleus dans le rétroviseur.

— Tu l'as fait. Ta femme t'a sauvé, et tu l'as sauvée. Maintenant, guéris pour pouvoir la protéger un autre jour.

— Donc tu es d'accord ? C'est ma femme ?

— Oui.

— Je suis juste là, je lance parce qu'ils parlent par-dessus moi.

Mon cœur bat si fort que c'en est douloureux dans ma poitrine. Je croise les bras pour cacher mes mains tremblantes.

— Elle est grincheuse quand elle a peur, informe Jaeger à toute la voiture.

— Ah, Kaiser passe une vitesse, et les pneus crissent alors qu'il fonce dans la rue.

— Je suis là, mon petit lapin, me dit Jaeger. Et je vais vivre. Ce n'est qu'une petite balle. Tu pourras me soigner.

— Tu devras utiliser des béquilles, je resserre mes bras autour de mon torse comme s'ils pouvaient m'empêcher de me disloquer. Ne t'attends pas à ce que je te porte partout.

~

JAEGER

. . .

J'ai eu de la chance. La balle m'a touché au ventre, mais Atticus m'a fait opérer à temps. Dès qu'il a pu, St. James a investi dans un hôpital. Il y a toute une aile dédiée à Fraternitas, équipée du meilleur matériel médical et dotée d'une équipe d'infirmières discrètes.

Je me réveille avec Elodie assise à ma gauche. Elle est pliée en deux, appuyée sur mon lit.

J'ai une perfusion dans le bras droit et une douleur sourde dans les abdominaux.

Je tends la main pour caresser les boucles d'Elodie, et elle relève la tête. Ses yeux sont immenses et sombres sur son visage pâle.

J'essaie de lui dire que tout va bien, mais ma voix n'est qu'un râle sourd.

Elle se précipite pour m'apporter un gobelet d'eau où je peux boire à petites gorgées. Je bois en soutenant son regard jusqu'à ce que je puisse parler clairement.

—Tout va bien, mon petit lapin.

Elle renifle.

— Non, ne pleure pas. Je ne supporte pas de voir tes yeux sombres se remplir de larmes. Je suis là, et nous sommes ensemble, alors je vais bien.

Elle balbutie quand elle dit :

— Tu es venu pour moi.

— Bien sûr. Tu es ma femme.

Son sanglot la fait frémir.

— Tu peux me fuir, mais je te poursuivrai, et je te retrouverai. Je te retrouverai toujours.

Sa lèvre inférieure tremble et cela me brise le cœur. Je tends la main pour essuyer quelques larmes sur son visage.

— Tu étais mon cadeau d'anniversaire. Le seul que j'aie jamais eu.

— Je sais, murmure-t-elle en tournant son visage contre ma main.

J'attends que ses larmes s'arrêtent et les essuie avec ma paume.

— Tu m'attendras ?

— Quoi ?

— Tu attendras que je sois guéri pour t'enfuir à nouveau ? Pour que je puisse te pourchasser ?

— Oui.

Son visage se décompose, et sa voix se brise, mais elle dit :

— Je t'attendrai.

— Gentil petit lapin.

Je souris et me laisse dériver vers le sommeil.

Quand je me réveille à nouveau, Elodie dort, agrippée à ma main. Il y a une silhouette dans le coin et une autre qui plane près de la porte.

Damien dit :

— J'ai entendu dire que tu t'étais fait tirer dessus. Atticus dit que tu ne mourras pas.

Je penche la tête en arrière pour le regarder.

— Pas aujourd'hui.

Il hoche la tête et part. Kaiser s'attarde un moment dans l'embrasure de la porte.

— Je suis désolé, mon frère.

Je plisse les yeux vers lui. Je déplace lentement la main reliée à la perfusion et la pose sur la tête d'Elodie.

— J'ai failli vous faire tuer tous les deux. Je ne me le pardonnerai jamais.

— Je suis difficile à tuer. Mais tu as fait pleurer ma femme.

— Je ne savais pas que ces voyous en avaient après elle, dit-il en se maudissant. J'aurais dû le savoir.

— Je m'en fous complètement, dis-je d'une voix rauque.

La colère que j'ai ressentie quand je suis rentré et que j'ai appris ce qu'il avait fait est toujours là. À ce moment-là, j'étais concentré sur la recherche d'Elodie grâce au traceur que j'avais sur son téléphone.

Et maintenant elle est à côté de moi, indemne. Kaiser et moi sommes frères, mais Elodie passe avant tout. Je ne lui pardonnerai pas à moins qu'elle ne le fasse.

Je lui dis et il répond :

— Je me rattraperai auprès de toi.

— Auprès d'elle, je corrige, et il soupire.

Mais ensuite, il hoche la tête. Il ferme la porte, mais si je le connais bien, il montera la garde devant notre porte. Il restera là, à nous protéger toute la nuit.

Ce n'est pas suffisant pour lui pardonner d'avoir essayé de me séparer de ma femme, mais c'est un début.

Le jour suivant, je les oblige à me ramener à la maison. Elodie s'agite, mais Atticus l'autorise. Je guéris très bien, et je dormirai mieux dans mon propre lit avec Elodie blottie contre moi.

Tout se passe bien jusqu'à ce que Kaiser insiste pour rester et me surveiller. Elodie n'aime pas ça.

— Tu es sur sa liste des Personnes Qu'elle Veut Tuer, dis-je à Kaiser.

Les analgésiques que m'a donnés Atticus me font parler.

— Vraiment ? demande Kaiser en lançant un regard à Elodie.

Elle retient son souffle. Elle a encore un peu peur de lui.

— Il ne te fera pas de mal, dis-je à Elodie. Plus jamais. Je le tuerai s'il le fait.

Ils se regardent tous les deux avec méfiance, mais maintenant tout est à plat. C'est peut-être les médicaments qui parlent, mais je me sens bien. C'est un progrès.

Je m'assieds sur le canapé avec Elodie blottie tout près. Kaiser prend un fauteuil et regarde la télé en fronçant les sourcils.

— C'est quoi ces conneries ?

Il pointe du doigt l'écran, où une PDG est revenue dans sa petite ville natale de Hollydale pour sauver l'auberge de Noël familiale.

Elodie se crispe.

— C'est un film.

Kaiser parle par-dessus sa tête en s'adressant à moi.

— Il y a un match.

Il tend la main vers la télécommande.

— Non, grogne Elodie.

— Je veux regarder ça, dis-je, pour éviter qu'ils ne se disputent.

À l'écran, l'amour d'enfance de l'héroïne arrive juste à temps pour la sauver quand elle glisse sur une plaque de verglas. Ils se relèvent sous une branche de gui suspendue.

Kaiser marmonne entre ses dents mais continue de regarder.

Dix minutes plus tard, quand le fiancé de l'héroïne arrive pour la ramener dans la grande ville, il dit :

— C'est un crétin. Elle mérite mieux.

Elodie écarquille les yeux, mais je lui serre la main et dis :

— Je suis d'accord. Ne jamais faire confiance à un mec en col roulé noir.

Elodie se libère de mon étreinte.

— Je vais chercher du pop-corn.

Vingt minutes plus tard, Kaiser se penche en avant, croquant une énorme poignée de pop-corn.

— C'est stupide, dit-il, les yeux rivés sur l'écran. Elle n'est pas amoureuse de lui.

— Il faut bien qu'elle rentre. Quelqu'un doit diriger son entreprise, argumente Elodie, les yeux pétillants.

— Ça ne la rendait pas heureuse. Elle devrait simplement rester, épouser le bricoleur, et gérer l'auberge.

Je m'endors en écoutant mes deux personnes préférées au monde se chamailler à propos d'un film idiot. C'est ma vie maintenant. Ma famille. Tout ce dont j'ai rêvé enfant mais que je pensais ne jamais pouvoir avoir. Tout ce qu'il a fallu, c'est l'amour d'une femme assez courageuse pour rester à mes côtés.

Un peu plus tard, lorsque je me réveille, ils regardent le film avec la veuve et le prince perdu depuis longtemps.

～

La première nuit de retour à la maison, je pense devoir laisser de l'espace à Jaeger en dormant sur le canapé, mais il insiste pour que je reste à côté de lui dans le lit. Il se réveille quand j'essaie de m'éclipser.

— Non.

Il attrape mon poignet et me tire près de lui.

Je résiste, gardant mes distances pour ne pas le secouer.

— Jaeger, tu as été blessé par balle.

— Je ne suis pas mort.

Il a encore assez de force pour me faire céder, mais je le fais rapidement parce que je ne veux pas qu'il rouvre ses blessures. Mais ensuite, il place ma main sur son entrejambe.

— Bon sang, je murmure parce qu'il est dur comme la pierre.

— Tu peux m'aider à récupérer.

Je proteste, mais il baisse son jogging et serre mes cheveux dans ses poings, me guidant vers le bas.

— Suce-moi.

Je frôle son sexe, absorbant son odeur salée. Je ne lui dirai jamais, mais c'est rassurant qu'il me malmène ainsi. Chaque fois qu'il tire mes cheveux, je mouille.

— Ça ne peut pas être bon pour toi.

— Atticus a approuvé. Je lui ai déjà demandé.

— Évidemment.

Je lève les yeux au ciel et ouvre ma bouche pour lui. J'essaie de faire l'essentiel du travail, mais il donne des coups de bassin, me remplissant de son goût et de son odeur. Il ne force pas dans ma gorge, mais il guide ma tête avec un rythme approprié jusqu'à ce que son sexe gonfle.

— Avale, ordonne-t-il, et j'obéis.

Je lèche mes lèvres et le laisse me remonter pour qu'il puisse m'embrasser.

Il enroule une main autour de ma gorge. J'ai gardé le ruban noir attaché là où il l'a mis.

— Bientôt, ce sera un collier, dit-il.

J'avale, les muscles de ma gorge travaillant contre sa paume, mais je ne le nie pas. J'ai choisi Jaeger, et maintenant il choisit pour moi. C'est merveilleux, cet abandon.

Il glisse sa main libre entre mes jambes et commence à jouer avec moi. Il peut sentir à quel point je suis mouillée.

— Tu vas aimer ça. Tu aimes être ma femme.

Il attend que je réponde, et quand je ne le fais pas, il arrête de me toucher jusqu'à ce que je dise :

— Oui.

— Gentil lapin.

Ses doigts se resserrent autour de ma gorge, et je ne fais que mouiller davantage. Je ferme les yeux et le laisse me taquiner plus intensément.

— Dès que je serai guéri, je te réclamerai.

Je retiens mon souffle, et il me frotte plus fort.

— Tu n'as pas à t'inquiéter. Donne-moi tout ça. Tu n'as plus à le porter sur tes épaules. Tu me laisseras mener.

Je me tortille, mais il me maintient clouée entre sa main sur ma gorge et ses doigts en moi. Mon monde se réduit à ces deux points de contact.

— Tu seras mon élue.

Son souffle réchauffe ma joue.

— J'ai tellement hâte de te voir à genoux, devant mes frères, acceptant mon collier.

Ses doigts cruels se tordent en moi, et je gémis.

— C'est ce que tu veux, n'est-ce pas ? Être en sécurité. M'appartenir pour toujours.

Mon sexe se resserre sous sa caresse, et je m'envole plus haut. Je tends la main vers lui, ayant besoin de quelque chose à quoi me raccrocher. Cet homme violent et dangereux est mon refuge. Je glisse ma main sous sa chemise, et mes doigts trouvent les bords rugueux de sa marque, le crâne brûlé dans son dos. Pour une raison quelconque, cette cicatrice guérie depuis longtemps m'apaise.

— Ne t'inquiète pas, mon lapin. Personne ne te touche. Personne sauf moi.

— Jaeger, je halète.

J'arrive à peine à réfléchir, mais je dois dire ceci.

— J'ai besoin de toi.

Il sourit et me frotte plus vite.

— Oh, mes dieux, j'en ai besoin.

— Je sais, mon lapin. Je te donnerai tout.

Il m'embrasse si doucement.

— Donne-toi simplement à moi. Tu devras passer un test, mais tu peux le faire.

Il trouve le point qui m'illumine de l'intérieur, et je suis tellement perdue que je ne peux même pas ressentir de peur.

Que ferais-tu si tu n'avais pas peur ?

— Tout ira bien. Je serai avec toi à chaque étape.

Mon orgasme éclate, et je le laisse m'emporter. Jaeger

maintient sa prise sur mon cou tandis qu'il m'embrasse et
murmure :

— Tu appartiens au Grand Méchant Loup.

16

JAEGER et moi sommes blottis sur le canapé quand la porte d'entrée s'ouvre. Kaiser entre, comme toujours, comme s'il était chez lui. Il manque presque de renverser l'une des orchidées, et je l'entends pester contre elle. Il prétend détester la décoration de notre penthouse, mais je l'ai surpris à demander à Jaeger où il pourrait acheter « des trucs comme ces petits coussins ».

Je mets en pause la comédie romantique que nous regardons.

— Tu as de la visite, dis-je à Jaeger d'un ton maussade.

— En fait, c'est pour toi que je suis là.

Au lieu de se diriger vers la cuisine pour fouiller dans notre frigo, comme il le fait d'habitude, Kaiser vient directement vers nous. Il tient une paire de béquilles.

— Jaeger dit qu'il me pardonnera si tu le fais aussi.

— D'accord, dis-je d'une voix tendue.

— Tu rends mon frère heureux. Il mérite d'être heureux. Il me tend les béquilles.

— C'est pour toi. Un cadeau.

Elles ont même un grand ruban rouge enroulé autour d'elles.

— Tu m'as déjà donné des béquilles. Juste avant de me jeter dehors.

Est-ce qu'il va essayer de recommencer ?

— Celles-ci sont spéciales. Regarde.

Il en prend une et la tient entre nous.

— Si tu touches la gâchette cachée...

Une lame jaillit du bas avec un clic.

Je me plaque contre les coussins du canapé.

Jaeger ricane.

— Laisse-moi voir.

Il prend les béquilles et me montre comment déclencher la lame.

— Pour ta protection, me dit Kaiser.

— Tu pourras me protéger, plaisante Jaeger.

Je regarde les deux frères, bouche bée.

— Je ne suis pas... Je n'ai pas besoin de béquilles meurtrières.

Kaiser hausse les sourcils.

— On s'entraînera avec.

Jaeger prend les béquilles et les place près de moi.

Oh mes dieux.

— Et elle te pardonnera. Un jour.

Jaeger passe son pouce sur ma joue, et je grogne.

— Tant mieux.

Kaiser jette un œil à la télé et se dirige vers la cuisine pour prendre le pop-corn. J'ai déjà à moitié pardonné à cet idiot. C'est une brute et un con bourru, mais c'est facile de comprendre pourquoi quand je l'imagine enfant. Kaiser protège férocement son frère et m'en a voulu de prendre de la place dans la vie de Jaeger. Il ne voulait pas partager.

Les jumeaux sont encore émotionnellement handicapés,

mais leur goût pour les comédies romantiques de Noël me donne espoir.

— Tu es toujours haut placé sur la liste des Personnes Qu'Elle Veut Tuer, l'informe Jaeger. Mais moi aussi.

— Je peux vivre avec ça si tu le peux.

Kaiser s'installe dans son fauteuil et prend la télécommande. Il relance le film, et je prétends le regarder pendant que les frères continuent à murmurer entre eux.

— On n'est pas en tête, cependant, dit Jaeger. De la liste.

— Ah bon ? Qui est numéro un ?

Je pourrais me boucher les oreilles, mais je ne le fais pas, alors j'écoute quand Jaeger dit :

— Un homme de son passé. Mais il ne gardera pas cette place longtemps.

∼

Ma blessure par balle nous donne un mois pour préparer le rituel de revendication. Cela donne aussi à Elodie le temps de retrouver un certain membre de son passé et de préparer le terrain pour sa disparition. Fraternitas est puissant, mais quand il s'agit de membres éminents de la société, il est préférable de dissimuler notre lien avec leur mort. Ce sera plus sûr pour Elodie.

Dix jours avant la grande nuit, je commence à la frustrer sexuellement. Elle fait la moue et soupire mais me laisse la toucher avec précaution et lenteur, et m'arrêter avant qu'elle ne bascule. Je pose ma main sur son ventre tremblant et l'écoute lutter pour contrôler sa respiration.

La nuit de son collier, Elodie reçoit une visite. Kaiser

ouvre la porte, et Lucy entre en roulant. Son habituel air renfrogné s'adoucit quand elle voit mon penthouse.

— Jaeger, j'adore comment tu as décoré cet endroit.

Les tatouages en forme de lierre sur ses bras ondulent tandis qu'elle fait un tour sur elle-même, s'offrant une visite des lieux.

Elodie utilise l'une de ses nouvelles béquilles pour se lever et accueillir sa patronne. Elle semble surprise de voir Lucy et pâlit lorsqu'elle aperçoit la main droite de cette dernière.

Lucy remarque sa réaction.

— Ah oui.

Elle lève sa main, exhibant la bague en forme de crâne. Une perle noire occupe l'une des orbites.

— J'en ai une aussi. Je ne la porte pas en public. Pas besoin d'afficher mon statut aux civils.

— Lucy fait partie des Sept, dis-je à Elodie.

Elle écarquille les yeux davantage.

— Encore une chose que je ne crie pas sur tous les toits. Jaeger, y a-t-il un endroit où Elodie et moi pouvons parler en privé ?

Elles finissent dans ma chambre. Je prends la deuxième béquille d'Elodie et m'appuie dessus pendant que je rôde devant la porte, écoutant aux portes.

Lucy ne perd pas de temps avec les bavardages.

— Sais-tu ce qui se passe ce soir ?

— Oui.

La voix d'Elodie est douce, étouffée par la porte.

— Et tu comprends les règles ?

— Fidélité à Fraternitas, sinon c'est la mort, récite Elodie, répétant ce que je lui ai appris.

Lucy baisse la voix.

— Tu es sûre de cela ?

— Oui, lâche Elodie avant de s'éclaircir la gorge et de

répéter plus fort : Oui.

Après une longue pause, Lucy dit :

— J'ai donné à tes amies le reste de l'après-midi et la soirée de libre. Elles seront au Club Empire. Mais pas au rituel après. Compris ?

Elodie murmure quelque chose, puis la porte s'ouvre et Lucy sort. Elle me voit et ricane, faisant rouler son fauteuil assez près pour presque écraser mon orteil.

— Ravi que tu aies pu passer, lui dis-je. Reviens quand tu veux.

— Je n'y manquerai pas.

Elle s'arrête à mi-chemin de la porte, jetant un coup d'œil à la télé.

— C'est celui avec le bûcheron qui sauve Noël ?

Je hoche la tête, sans montrer que je suis surpris que Lucy connaisse l'intrigue d'une comédie romantique.

— Kaiser m'a dit que c'était bien. Peut-être que je viendrai en regarder un avec vous un de ces jours.

Je laisse Lucy s'en aller et je rejoins Elodie.

Elle est assise sur le lit. Sa main est à sa gorge, jouant distraitement avec le ruban qui s'y trouve. Je ne sais même pas si elle est consciente de le faire. Je m'assieds et prends ses mains dans les miennes, puis la pousse sur le dos.

Elle se laisse faire docilement. Elle est habituée à ce que je la manœuvre pour la mettre dans une position allongée afin de l'amener au bord du plaisir.

Je soulève sa robe-pull et examine sa culotte. Elle est humide mais pas détrempée. Pas encore.

Elodie inspire brusquement quand je passe très légèrement mon pouce de haut en bas sur sa cuisse intérieure.

— Tu as parlé à Lucy de ce qui allait se passer ce soir.

— Tu écoutais, n'est-ce pas ?

Je ne prends pas la peine de nier.

— Tu as dit que tu étais sûre à propos du rituel.

— Je ferais mieux de l'être.

J'arrête de la toucher jusqu'à ce qu'elle explique :

— J'ai découvert que dans la vie, un choix découle d'un autre.

— Ce qui veut dire ?

— Ce qui veut dire que je suis sûre de toi. Et cela me rend sûre du reste.

La porte d'entrée s'ouvre avec fracas, et Elodie sursaute. Je presse ma paume contre son sexe pour la stabiliser avant de rabaisser sa robe et de l'aider à se relever.

— Tes amies sont là. Elles vont te préparer.

HONEY, Daria et Angel viennent toutes m'aider à me préparer. Je les entends entrer dans le penthouse, leurs voix fortes résonnent, puis se réduisent à un murmure lorsque Kaiser les accueille.

Jaeger leur ouvre la porte de la chambre, et elles entrent toutes en file. Une fois qu'il referme la porte, elles redeviennent bruyantes.

— On a notre soirée de libre ! s'écrie joyeusement Honey. Lucy l'a dit.

— Elle m'a prévenue, je réponds. Elle était juste ici.

— Lucy était ici ? demande Daria en regardant autour d'elle, les yeux écarquillés comme si celle-ci pouvait apparaître par magie.

— Tu es tellement obsédée par elle, dit Angel en la poussant avec espièglerie.

— Tais-toi, pas du tout, répond Daria avec tant de véhémence que je hausse les sourcils.

Je me note mentalement d'étudier ses interactions avec Lucy la prochaine fois que je serai à l'Inferno.

Honey installe sa trousse de maquillage et commence à préparer ma peau tout en me bombardant de questions.

— C'était le frère de Jaeger à la porte ?

— Oui. Il traîne toujours dans les parages maintenant.

— Il ne te déteste pas ?

— Il a changé d'avis.

Daria se laisse tomber sur le lit à côté de moi avec suffisamment de force pour que Honey la réprimande. Angel sort un sachet de chocolat noir.

— Alors. Ce soir. Il te revendique ?

— C'est le plan.

J'ignore les petits tremblements dans mon ventre. Mes nerfs sont éclipsés par les pulsations de désir dans mon clitoris. Tout ce travail que Jaeger a fait pour me maintenir au bord de l'orgasme y est pour quelque chose.

J'ai tenu ma promesse et je n'ai pas fui. Il guérit plus vite que moi, mais j'ai des béquilles maintenant. En théorie, je pourrais m'échapper.

Après ce soir, il sera trop tard. Je serai liée à lui. J'entrerai dans son monde et laisserai l'obscurité se refermer sur moi.

Grâce à Jaeger, les ombres ne semblent plus aussi effrayantes. Il m'aime, et je l'aime. Je ne suis plus la proie de personne sauf de lui, et seulement quand nous jouons notre jeu.

Avec lui, j'ai une protection et un refuge sûr.

Avec moi, il a des comédies romantiques sur le canapé. Un foyer. Quelqu'un qui prend soin de lui et l'aime aussi intensément qu'il m'aime.

Angel m'avait demandé ce que je ferais si je n'avais pas peur, et maintenant je sais.

Je n'ai plus peur.

Le trajet vers la cérémonie du collier se déroule comme

dans un rêve. Jaeger me mène au bord de la frénésie dans la voiture et me guide avec ses doigts autour de mon poignet. Il me murmure que certaines cérémonies *d'elita* exigent que le membre de Fraternitas prenne son élue devant tout le monde. Mais il ne fera pas ça parce qu'il ne veut pas que quiconque me voie nue. « *Personne d'autre que moi.* »

Mes amies sont autorisées à venir au club pour assister à la première moitié de la cérémonie, la partie qui se déroule au Club Empire. Elles ne comprennent pas tout de ce monde sombre, mais elles sont là pour me soutenir, et je les aime pour ça.

Jaeger me conduit devant la foule et me fait m'agenouiller. C'est surréaliste d'être au centre de la cérémonie après en avoir regardé une la nuit du Pandemonium. Je me sens petite et vulnérable, entourée par les membres grands et menaçants de Fraternitas. Mais je suis mouillée. Ma peur et mon excitation semblent aller de pair.

Jaeger prend place devant moi, et les tremblements dans mon estomac s'apaisent. Mais mon sexe palpite encore plus fort.

Derrière Jaeger, j'aperçois mes amies. Honey a les yeux écarquillés, fixant les hommes masqués. Daria a les bras croisés sur sa poitrine. Angel me fait un petit signe de la main.

Et puis St. James monte sur l'estrade avec Jaeger et moi, et je me crispe. *Fuis !* Une petite voix hurle dans le fond de ma tête. Mais c'est trop tard.

Comme s'il savait que je panique, Jaeger se penche et pose la main sur le côté de mon cou. Il relève ma tête jusqu'à ce que je croise son regard.

Et le reste de la cérémonie se déroule, tandis que je plonge dans les yeux orageux de Jaeger.

— Jures-tu d'aimer et d'honorer ton *elita* ? Prendras-tu soin d'elle, la garderas-tu, et la chériras-tu plus que toute autre ? Te battras-tu pour la protéger et placeras-tu sa sécurité avant tout le reste, même ta propre vie ?

— Je le jure, déclare Jaeger en soutenant mon regard.

Une décharge me traverse, et un bruit de ruissellement emplit mes oreilles, noyant quelques-unes des paroles suivantes de St. James. Jaeger m'a expliqué que les vœux étaient adaptés selon la volonté de l'*elita*.

— Et toi, Elodie.

Je sursaute quand il prononce mon nom.

— Fais-tu vœu de te soumettre à Jaeger, et de porter son collier comme signe de ta loyauté et de ton amour ? Vas-tu l'honorer et lui obéir, et te donner à lui dans un abandon total et complet ?

Jaeger m'avait prévenue de ce qui allait arriver, mais rien n'aurait pu me préparer à cette sensation de vide sous mes pieds. Seul le regard de Jaeger m'ancre, m'empêchant de tomber.

Mais je le désire trop pour faire marche arrière maintenant. Abandon.

Je dis, d'une voix tremblante :

— Oui, je le veux.

Jaeger se penche et scelle cet engagement par un baiser.

Une minute plus tard, je porte son collier. L'or blanc est un poids réconfortant autour de mon cou et semble déjà faire partie de moi.

Mes amies s'approchent et me donnent de brèves étreintes, me murmurant des félicitations avant d'être escortées dehors. La cérémonie du collier n'était que la première partie de la soirée. La seconde est réservée aux membres de Fraternitas.

Une fois de plus, on me bande les yeux et on me conduit dans les profondeurs. Quand le bandeau est retiré, je me tiens dans le vaste sanctuaire face à une foule de silhouettes en robe. Les flammes vacillent sur les murs, projetant des ombres inquiétantes sur les visages encapuchonnés des membres de Fraternitas.

Lucy est là, ainsi que le Père Francis et les dirigeants de Fraternitas. Mais je les remarque à peine car Jaeger se tient près de moi.

Je m'appuie sur l'une des béquilles que Kaiser m'avait données et je me laisse imprégner par le rituel.

La dernière fois que j'étais ici, je ne savais pas ce qui se passait. Maintenant je le sais. Le Père Francis récite le rituel en latin, mais Jaeger m'a expliqué les vœux plus tôt.

Tu fais vœu de loyauté envers Fraternitas et tous ses membres.

Tu fais vœu de respecter la règle du Diable et de ses Sept.

Par-dessus tout, tu consacres ta vie à celui que tu as choisi. Vous serez liés par l'eau, par le feu, par la mort et par le sang. Ainsi soit ton vœu.

— Oui, j'en fais le vœu, dit Jaeger en premier.

Après qu'il ait marqué une pause, je l'imite. Ma voix n'est pas aussi forte que la sienne, mais la chambre caverneuse porte mes paroles jusqu'au fond de la salle.

Un ensemble de portes au fond s'ouvrent avec fracas, et Kaiser et un autre exécuteur masqué traînent un homme vers le bassin rituel.

Une vague de chaleur me traverse, suivie d'un frisson. Je sens la pierre sous mes pieds nus. Elle est plus chaude que je ne l'aurais imaginé, ou peut-être que mon corps la perçoit chaude à cause de la lumière vacillante des flammes.

Et puis je flotte, comme si j'observais tout depuis le balcon. Je me regarde d'en haut et je remarque à quel point j'ai l'air calme pour quelqu'un qui vit une expérience extracorporelle.

— Je suis là, murmure Jaeger.

Il me touche, et je sens ses doigts sur mon coude, mais je

suis toujours hors de mon corps, regardant la scène d'en haut.

C'est comme regarder un film sur un écran. Les silhouettes encapuchonnées, le tableau effrayant. Les figurants entourent l'actrice principale, qui a une abondante chevelure rousse et bouclée et porte une tunique de soie blanche. Elle est pieds nus avec un collier autour du cou et s'appuie sur une béquille, en attente.

Je la regarde blêmir quand elle reconnaît l'homme que les exécuteurs traînent vers l'avant. Il est bâillonné et ligoté dans un polo et un pantalon sales et déchirés, mais elle peut l'imaginer debout devant une classe universitaire, faisant des gestes vers un tableau blanc. Ou dans son bureau, lui disant avec suffisance ce qu'elle peut faire pour obtenir un poste d'assistante qui lui permettrait de rester à l'école. Il s'est adossé à son fauteuil et a écarté les jambes...

Et puis je suis de retour dans mon corps, face à l'homme qui m'a agressée. Qui m'a dit que mes résultats scolaires dépendaient de si je le laissais faire ce qu'il voulait de mon corps. Qui m'a harcelée jusqu'à ce que mon estomac se noue et que je saute des cours pour l'éviter. Et finalement, j'ai abandonné mes études. Même alors, je ne pouvais pas échapper aux cauchemars qu'il me causait, alors je me suis réfugiée dans les médicaments.

Il est là, à genoux devant moi, avec deux exécuteurs costauds qui le maintiennent immobile. Et j'ai un choix. Je n'en avais pas alors, mais j'en ai un maintenant.

Ce monde est rempli de personnes qui font du mal. Certaines sont comme Jaeger, qui tue comme un loup. Rapidement et sans remords. Il porte une bague en forme de crâne comme preuve de ce qu'il est.

Mais pires encore sont les personnes qui prétendent être bonnes et utilisent leur position pour s'en prendre aux autres. Ils cachent leur mal derrière leur réputation pour que personne ne croie leurs victimes.

Pendant une grande partie de ma vie, j'ai fui mes problèmes. J'ai fui les ennuis. C'est comme ça que j'ai survécu.

J'ai passé toute ma vie en tant que proie. Je détestais ça, mais je ne savais pas comment y mettre fin. Comment survivre autrement.

Toute ma vie, j'ai dû encaisser. Et je ne veux plus encaisser.

Le professeur Boylin semble plus mince et plus faible que dans mes souvenirs. Ligoté et bâillonné, prisonnier dans l'Abysse. Un des damnés.

C'est moi qui l'ai condamné à mort, et c'était si facile. Je le fais pour l'administration qui ne m'a pas crue. Pour mon ex-petit ami qui a ri et dit : « À quoi tu t'attendais ? T'as un beau petit cul. » Pour mes amis qui m'ont dit : « Le professeur Boylin ne ferait jamais ça... »

Son sang sera sur mes mains.

Je soulève la béquille jusqu'à ce que le bout soit au niveau de son œil. Mon bras vacille sous le poids, mais Jaeger est là, prenant la base de la béquille et la maintenant stable contre l'orbite du prisonnier.

— Je t'aime, me murmure-t-il.

Je hoche la tête et j'appuie sur la gâchette. Je n'ai pas besoin de regarder la lame jaillir, s'enfonçant profondément à travers le globe oculaire jusqu'au cerveau.

Je sens le recul dans mon bras. Il y a peu de sang, mais le corps devant moi devient mou. Ce n'est plus une personne.

Et je ne suis plus une proie. Ce soir, je rejoins les rangs des prédateurs.

Et nous festoierons.

Jaeger m'éloigne du corps vers l'endroit où Lucy est assise. Nous joignons nos mains au-dessus du plat d'argent, et elle verse une coupe d'eau ensanglantée sur nos mains liées. Nous baignant dans le sang, Lucy psalmodie : « Et maintenant vous ne faites qu'un. »

Je suis dans un état second. Je lève les yeux vers Jaeger, ayant besoin qu'il me dise quoi faire ensuite.

Il me lâche, agrippe mes cheveux et m'embrasse. Je me détends, le laissant prendre le contrôle. Me délectant de cette sensation.

— Tu l'as fait, chuchote-t-il contre ma bouche, et je me mets sur la pointe des pieds, me penchant vers lui.

Frottant mes tétons durcis contre son torse nu. Il grogne, et je me souviens de ses bandages, de sa blessure à moitié guérie, mais il ne me laisse pas reculer.

Alors je serre mes poings dans ses cheveux et lui rends son baiser.

Parce que je suis comme lui maintenant. Son égale. Je peux fuir et le laisser me poursuivre. J'ai appris que j'aime ça quand c'est faux et que c'est un jeu de rôle. Le choisir me rend puissante. Mais je ne suis plus la proie dans ma propre vie.

Kaiser et les autres emportent le corps. L'homme qui me traquait n'est plus qu'un sac de viande. Je ne m'attendais pas à ce que ce soit si bon.

— Que va-t-il lui arriver ? je demande, et Lucy se tourne pour me répondre.

— Il y a un incinérateur. Nous le réduirons en poussière. Nous garderons ses dents comme trophées et disperserons le reste aux quatre vents, dit-elle en m'adressant un sourire féroce. Bienvenue à Fraternitas.

Jaeger pose sa main sur mon dos, et je le laisse me guider. Nous passons devant les rangs des membres en robe, et je garde la tête haute.

Et puis il me pousse devant lui et me dit de courir. Ma cheville me fait un peu mal, mais je m'élance devant lui dans le couloir obscur, voulant ressentir le frisson de fuir un chasseur puissant. Je regarde en arrière pour m'assurer qu'il me poursuit. Il vient vers moi, la lumière des flammes léchant son visage. Ses yeux bleus sont avides.

Je prends une inspiration et tourbillonne, m'éloignant à toute vitesse.

Je ne vais pas loin.

Il m'attrape et me pousse à quatre pattes. Sa main est sur ma nuque, tirant sur mon collier.

Il s'enfonce en moi, et je suis tellement excitée pour lui qu'il ne me faut que quelques coups de reins pour jouir. Mes cris résonnent dans le couloir. Il me pilonne par derrière, encore et encore, et j'ai un orgasme, cette fois assez fort pour me briser en deux. Mes doigts se crispent, et mes ongles se cassent et s'écaillent sur le marbre noir.

Sur le mur devant moi, nos ombres s'entremêlent et fusionnent. Mes paumes sont endolories et mes genoux sont meurtris au moment où Jaeger grogne et se déverse en moi. Son sexe pulse, et il passe ses dents sur mon épaule nue. Je frissonne de plaisir.

Son poids s'affaisse sur moi, et c'est tellement bon. Mais le moment passe, et je commence à me sentir mal à l'aise d'être écrasée.

Je me redresse et le heurte. Il grogne, et je me souviens de sa blessure au ventre.

— Je t'ai fait mal ?

Je tends la main vers lui.

— Non. Ce n'est pas mon sang.

Il m'offre un sourire sauvage, et pour une raison quelconque, je trouve ça hilarant. Mon rire rebondit contre les murs.

Il me relève, et ma robe glisse de mon épaule, dévoilant mon sein. Il a déchiré ma robe, ce qui me fait à nouveau glousser.

— Je te tiens, murmure-t-il en me serrant contre lui.

Il me soulève de terre, et je me débats jusqu'à ce qu'il me dise d'arrêter.

— Je vais te blesser.

Il se remet à peine de sa blessure par balle, bon sang.

— Elodie. Laisse-moi te porter.

Je reste parfaitement immobile pour ne pas lui faire mal. Il me soulève contre lui, et je me tourne pour me blottir contre sa poitrine, tenant les lambeaux de ma robe pour ne pas être à moitié nue.

— Et maintenant ?

L'odeur de fumée et d'encens est forte autour de nous, me faisant tourner la tête et penser à des rituels et des vœux prononcés en latin.

— Maintenant, on rentre chez nous.

Il commence à marcher dans l'obscurité. Et malgré tout – avoir tué un homme, m'être fait prendre sur le sol jusqu'à ce que mon sexe soit douloureux et que le sperme coule hors de moi – je me sens réchauffée de l'intérieur.

Il entre dans un ascenseur et prononce le code. « *Lasciate ogni speranza, voi ch'entrate.* » La porte se ferme et l'ascenseur monte. Il faudra qu'il m'apprenne le code un jour. Mais nous aurons le temps pour ça.

Nous avons l'éternité.

ÉPILOGUE

RIEN NE VAUT le printemps à la campagne. Ce n'était pas si mal de passer un long hiver à l'intérieur, à hiberner sur le canapé avec mon *elita*, mais c'est agréable de se tenir sur la terrasse du Lodge et de respirer l'air frais.

Nous sommes venus sur l'Île des Milliardaires aujourd'hui, convoqués par Damien. Il aime organiser ce que Lucy appelle le « dîner de famille ». Nous avions l'habitude de nous réunir comme ça le dimanche quand nous étions enfants, et le Père Francis nous attirait à l'église en nous promettant un bon repas. Maintenant, nous rompons le pain en festoyant autour de cinq plats, suivis d'alcools coûteux et de cigares dans le salon.

J'ai quitté les festivités pour un moment de solitude dehors. Elodie est à l'intérieur avec un groupe d'*elitas*. Elle s'est fait des amies, et j'en suis heureux.

— Frère, dit Kaiser en montant sur la terrasse.

L'odeur de la forêt le frappe, et il inspire profondément, penchant la tête en arrière. L'air frais efface la tension de son visage. Il pose son verre sur la rambarde et appuie ses mains de chaque côté, agrippant le bois et respirant profondément. Ses yeux sont mi-clos. Je pourrais le taquiner sur sa communion avec les arbres ou une connerie du genre, mais je m'abstiens.

Je dis :

— Aurais-tu imaginé qu'on puisse avoir quelque chose comme ça un jour ?

Ses yeux s'ouvrent. Bleus, comme les miens. Comme si je regardais dans un miroir. Parfois, j'ai l'impression de pouvoir entendre ses pensées. Elles reflètent souvent les miennes, aussi.

— Non. Mais on s'avait l'un l'autre.

— C'est vrai. Et maintenant, on a tout ça.

Je lui souris, et ses yeux se plissent. Il ne sourit pas, pas comme moi. Mais je regarde derrière lui vers l'intérieur du Lodge, où Elodie est assise au milieu d'un groupe de femmes. Elle rejette la tête en arrière, riant.

— Et toi, tu l'as elle.

Kaiser me donne un coup de coude. Je détache mon regard d'Elodie.

Personne d'autre ne peut déchiffrer l'expression impassible de Kaiser, mais moi, je le peux. Personne d'autre ne pourrait entendre la mélancolie dans sa voix, mais moi, je l'entends.

Je le connais aussi bien que moi-même. Il veut quelqu'un comme mon petit lapin. Tout ce pouvoir et cette richesse ne valent rien s'il n'y a personne avec qui partager ses nuits.

C'est pourquoi je lui ai pardonné si rapidement sa trahison. Pendant longtemps, il était tout ce que j'avais. Ce sera toujours lui et moi, même si maintenant, c'est lui et moi et elle.

— St. James te cherchait, dis-je. Peut-être qu'il a quelque chose pour toi. Ou quelqu'un.

Kaiser grogne et jette un coup d'œil à l'intérieur. Je lui vole son verre et lui souris par-dessus le bord du verre.

— Connard, dit-il, mais maintenant même ses lèvres sourient.

— Hé, demain soir. Film chez nous. Il y a une nouvelle comédie romantique de Noël.

— Ils en passent encore ? Ce n'est même pas Noël.

— Je les ai tous achetés pour Elodie.

Il ricane.

— Pour Elodie. Bien sûr.

— Le prince perdu de vue a un frère.

Je remue les sourcils.

— J'apporterai le pop-corn.

Il s'éloigne, retournant à l'intérieur, s'arrêtant pour tenir la porte ouverte à Elodie.

Et puis, il n'y a plus que nous deux sur la terrasse.

— Te voilà.

Ses joues sont rouges, et ses yeux brillent. Elle a trouvé sa place au sein de Fraternitas. Sa cheville est guérie depuis longtemps, et elle prend quelques services à l'Inferno chaque semaine, servant les tables pendant que je suis assis au bar pour la surveiller. Et maintenant, elle connaît presque tout le monde par son nom.

Aujourd'hui, elle est lumineuse dans une simple robe blanche et des ballerines. Sa tenue me rappelle la première fois que nous étions ensemble au Lodge. Je me demande si elle a porté du blanc aujourd'hui exprès.

Je tends le bras, et elle vient à mes côtés. Je la serre contre moi. Je ressens une légère douleur dans mon ventre près de la cicatrice de ma blessure par balle, mais ça en vaut la peine. Elle se penche contre moi, et je m'émerveille de voir combien c'est agréable.

Elle penche la tête, son collier scintillant.

— Qu'est-ce que tu fais dehors ?

— Il fait beau.

Je la tourne pour qu'elle soit face à la forêt.

— Tu aimes être ici. Est-ce que tu voudrais y vivre un jour ?

— Vivre sur l'île des Milliardaires ?

Ce n'est pas illogique. Tous les Sept ont des maisons ici, plus St. James ainsi que Damien, bien que peu de gens sachent où se trouve son manoir caché. À moins d'y avoir fait des tours de garde, ce qui est mon cas.

— Non. J'aime bien le penthouse.

— Moi aussi.

Pendant un instant, nous restons immobiles, observant la forêt ensemble. Écoutant le gazouillement des oiseaux et le bruissement des feuilles. Savourant la paix.

Elle pose une main sur ma poitrine et murmure :

— J'ai un cadeau pour toi.

— Ce n'est pas mon anniversaire.

— Je sais. C'est le mien.

Elle glisse quelque chose dans ma poche et recule en souriant.

— Si je cours, est-ce que tu me poursuivras ?

— Toujours.

Elle enlève ses ballerines d'un coup de pied, et mon rythme cardiaque s'accélère. Mes muscles se tendent, mais je me force à rester calme. À attendre.

Elle retire les épingles de ses cheveux, et ses boucles cascadent autour de son visage.

— Donne-moi dix minutes d'avance, d'accord ?

Je hoche la tête, incapable de parler. Une cascade rugissante résonne dans ma tête tandis que mon sang afflue, me préparant pour la chasse.

Elodie disparaît dans les escaliers menant à la pelouse.

Elle marche jusqu'à la lisière des arbres et s'arrête pour enlever sa robe. La lumière déclinante du soleil épouse ses courbes, la dessinant dans un halo doré. Elle n'est plus humaine mais surnaturelle. Une déesse de la forêt.

Puis elle entre dans les ombres et redevient réelle. Elle accroche sa robe à l'arbre, me sourit, et se glisse dans les bois.

Je sors l'objet qu'elle a mis dans ma poche. C'est une cagoule noire avec un crâne peint sur le devant. Soudain, j'ai trop chaud.

Mais j'attends. Elle m'a offert une montre élégante et un col roulé noir pour Noël après que Kaiser et moi nous étions moqués de la montre et des vêtements du fiancé de la grande ville dans l'un des films. Je ne porte pas le col roulé, mais j'aime la montre. Je m'attendais à moitié à ce qu'elle y inscrive « Fiancé de la Grande Ville » au dos, mais à la place, elle a mis « Grand Méchant Loup » avec un petit cœur, suivi de « Lapin ».

C'est mon deuxième cadeau préféré, et je le chérirai pour toujours.

Après dix minutes, j'enlève la montre et la pose sur la rambarde. Kaiser la verra et s'assurera qu'elle me revienne. Si je la porte, elle pourrait se casser. Je vais faire attention à la cheville d'Elodie, et elle se retiendra à cause de ma blessure par balle, mais quand même, les choses vont devenir intenses.

J'enlève ma chemise. L'air frais frappe ma peau, mais j'ai toujours trop chaud. J'attends d'être sur le point d'entrer dans la forêt pour enfiler la cagoule. Avant de le faire, je hume la brise. L'odeur de l'excitation d'Elodie flotte dans l'air. Je prends sa robe et l'approche de mon visage, l'inhalant. Si douce. Si excitée et prête pour moi.

Je laisse tomber la robe et enfile la cagoule. Les ténèbres envahissent mon monde, ma vision se resserre sur le chemin devant moi. Enfin, je pénètre dans la forêt pour chasser, traquer et revendiquer ma proie parfaite.

UN ÉCLAT d'argent me fait ressortir sur la terrasse. Jaeger a laissé sa montre sur la rambarde. Je la ramasse et la mets dans ma poche. Les bois sont silencieux, ne trahissant aucun secret, mais je sais que Jaeger est là-bas, en train de chasser son *elita*.

Je pourrais rester dehors à souhaiter des choses que je n'ai pas, ou je peux rentrer et boire. Alors je retourne à l'intérieur. Je vais directement derrière le bar et prends une bouteille entière. Le barman me sourit simplement. J'aimerais presque qu'il cherche la bagarre.

J'ai besoin d'un bon combat. J'ai besoin de verser du sang et de ressentir la douleur. Pour savoir que je suis vivant.

L'alcool me brûle, mais ce n'est pas suffisant. Si la douleur doit être le seul plaisir qui me reste, j'en veux plus. Beaucoup plus.

Mais ici au Lodge, je suis entouré par Fraternitas. Ma famille de cœur. Je ne veux pas gâcher le bonheur de qui que ce soit plus que je ne l'ai déjà fait. La dernière fois que j'ai fait ça, Jaeger a failli mourir.

J'en ai fini avec ça.

J'ai toujours été le jumeau en colère. J'ai dû l'être, pour assurer la survie de mon frère et moi.

Jaeger ne s'accroche pas aux choses. Il ne l'a jamais fait. Il laisse la vie glisser sur lui et trouve son bonheur où il peut. Il est comme un héros dans l'un de ces putains de films.

Je suis heureux qu'il ait trouvé le bonheur avec elle. Mais

les jours comme aujourd'hui, ça ne fait que me rappeler qu'il n'y a pas de bonheur pour quelqu'un comme moi.

— Kaiser, dit soudain St. James en se plaçant à mes côtés.

Il est très silencieux ce salaud. Il l'a toujours été. Il était plus petit que nous tous quand on était gosses. On le protégeait car certaines personnes sont des géants, même si elles sont petites. Et son intelligence nous a tous sauvés.

— St. James, dis-je en levant la bouteille pour un toast ironique.

C'est grâce à lui que nous avons tout cela – le Lodge, la richesse, le pouvoir. Mais je ne me sens pas reconnaissant.

— Viens avec moi à la bibliothèque. J'ai quelque chose à te montrer.

— Quoi ? je grogne, mais je le suis jusqu'à cette pièce dont les murs sont tapissés de livres anciens du sol au plafond.

Je ne viens jamais ici, mais c'est agréable. Je ne lis pas, mais j'aime l'odeur du cuir et du papier.

Je pose la bouteille sur une table d'appoint. St. James s'approche et repositionne celle-ci sur un sous-verre parce qu'il est civilisé.

— J'ai quelque chose pour toi, dit-il en sortant un morceau de papier carré de sa poche qu'il pose sur la table.

— Qu'est-ce que c'est ? je demande sans y jeter un coup d'œil.

— Un boulot.

J'ai besoin d'un boulot. J'ai besoin de quelque chose pour me changer les idées.

Le morceau de papier est une photographie d'une fille avec un sac à dos, souriant timidement à l'objectif. Ses mains sont crispées sur les bretelles du sac comme si elle était nerveuse, mais il y a une lueur mélancolique dans ses yeux.

En voyant son visage, mon cœur rate un battement. Je ne l'ai jamais vue auparavant, mais j'ai l'impression de l'avoir toujours connue.

Derrière elle se trouve un panneau qui indique « Université d'Unitas ».

— C'est quoi, le boulot ?

— Elle.

Elle. *Elle.*

Je fixe son visage, entendant à peine ce que me dit St. James.

— Ce sera compliqué, mais c'est pourquoi j'ai besoin de toi. Tu peux y arriver.

Il tapote la photo, s'assurant que j'entende la suite. Et je l'entends haut et clair.

— Et quand ton travail sera terminé, il y aura une récompense.

Merci d'avoir lu l'histoire d'Elodie et Jaeger ! Vous souhaitez lire l'histoire de leur premier Noël ensemble ? Découvrez-la juste ici :

https://geni.us/HisPreyfreebieFR

Livre 2 à paraître bientôt :

https://geni.us/fraternitas02FR

Découvrez Une Histoire de Noël avec la Mafia juste ici : https://geni.us/HisPreyfreebieFR

TOUJOURS PAR LEE SAVINO

Romance contemporaine

Fraternitas (French Edition)

Sa proie parfaite

Sa parfaite obscurité

Sa parfaite obscurité: une dark romance milliardaire

Plus sombre avant l'aube: une dark romance milliardaire

L'innocence brisée avec Stasia Black

Innocence

Éveil

Reine des Enfers

Captive du milliardaire avec Stasia Black

La Belle et sa Bête

La Belle et les Epines

La Belle et la Rose

Les Héros Bad Boy

Un marine comme daddy

Deux daddies pour le prix d'un

La belle & les bûcherons

Mariages et Mafia

Douce vengeance

La vengeance m'appartient

Bad Boy Royal

Bad Boy Royal

Royally Fake Fiancé

Romance paranormale

La Saga des Berserkers

Vendue aux Berserkers

Unie aux Berserkers

Imprégnée par les Berserkers (disponible seulement pour les extraordinaires fans se trouvant sur la liste d'envoi de Lee https://geni.us/BredBerserkerFR)

Prise par les Berserkers

Donnée aux Berserkers

Revendiquée par les Berserkers

Sauvée par les Berserkers

Capturée par les Berserkers

Kidnappée par les Berserkers

Liée aux Berserkers

L'Héritage des Berserkers

La Nuit des Berserkers

Possédée par les Berserkers

Apprivoisée par les Berserkers

Maîtrisée par les Berserkers

Soumise par les Berserkers

Les Guerriers Berserkers

Ægir

Siebold avec Ines Johnson

Alpha Bad Boys avec Renee Rose

La Tentation de l'Alpha

Le Danger de l'Alpha

Le Trophée de l'Alpha

Le Défi de l'Alpha

L'Obsession de l'Alpha

L'Amour dans l'ascenseur (Histoire bonus de La Tentation de l'Alpha)

Le Désir de l'Alpha

La Guerre de l'Alpha

La Mission de l'Alpha

Le Fléau de l'Alpha

Le Secret de l'Alpha

La Proie de l'Alpha

Le Sang de l'Alpha

Le Soleil de l'Alpha

La Lune de l'Alpha

Le Serment de l'Alpha

La Vengeance de l'Alpha

Le Feu de l'Alpha

Le Secours de l'Alpha

L'Ordre de l'Alpha

Sa Mortelle Captive

La vierge et le vampire

Un Très Joyeux Solstice Alpha

Les Ours Bad Boys avec Renee Rose

La Revendication de l'Alpha

Les Loups-Garous de Wall Street avec Renee Rose

Grand Méchant Patron: Minuit

Grand Méchant Patron: Folie Lunaire

Grand Méchant Patron: Marquée

Grand Méchant Patron: Accouplés

Romance science-fiction

Exilés sur la Planète-Prison avec Lili Zander

La Compagne des Draekons

Le Feu des Draekons

Le Cœur des Draekons

L'Enlèvement des Draekons

La Destinée des Draekons

La Fille des Draekons

La Fièvre des Draekons

La Guerre des Draekons

Les Fêtes des Draekons

La Force rebelle avec Lili Zander

Le Guerrier draekon

Le Conquérant draekon

Le Pirate draekon

Le Seigneur de la guerre draekon

Le Gardien draekon

À PROPOS DE L'AUTEURE

Auteure à succès de USA Today, Lee Savino a écrit plus de 69 romances érotiques. Mecs rebelles, mafieux, métamorphes-loups et métamorphes-dragons dans l'espace... Mâles alpha arrogants, ses héros dominants ne reculeront devant rien pour revendiquer leur grand amour. Fins heureuses assurées et pannes de lecture garanties par la suite.

Communiquez avec Lee Savino sur son formidable groupe de déesses: https://www.facebook.com/groups/LeeSavino

SUIVEZ SA PAGE GOODREADS: http://bit.ly/2tqaH28
SUIVEZ SA PAGE BOOKBUB: http://bit.ly/2h8N6le
SUIVEZ SA PAGE AMAZON: http://amzn.to/2sCOAsq
Ou sur TIKTOK: https://www.tiktok.com/@authorleesavino
Instagram: https://www.instagram.com/authorleesavino

Copyright du texte © 2025 par Lee Savino et Silverwood Press, LLC
Tous droits réservés

Ce livre est un travail de fiction. Les noms, personnages, endroits et évènements sont le produit de l'imagination de l'auteure, ou ont été utilisés fictivement et ne doivent pas être interprétés en lien avec la réalité. Toute ressemblance avec des personnes, vivantes ou mortes, avec des évènements récents, avec des endroits ou des organisations est purement fortuit.

ATTENTION : La reproduction non autorisée de ce travail est illégal. Les infractions criminelles au droit d'auteur sont étudiées par le FBI et sont passibles de 5 ans dans une prison fédérale, et d'une amende de 250,000$.

Tous droits réservés. À l'exception de citations utilisées dans des critiques, ce livre ne doit pas être reproduit ou utilisé, dans son ensemble ou en partie, par n'importe quel moyen existant, sans l'autorisation écrite des auteurs.

Ce livre contient des descriptions de nombreuses pratiques sexuelles BDSM, mais représente un travail de fiction et ne doit donc, en aucun cas, être utilisé comme guide. Les auteurs et l'éditeur ne seront pas responsables de préjudices, dommages, blessures ou mort résultant de l'utilisation des informations que les livres contiennent. En d'autres mots, n'essayez pas à la maison, mesdames et messieurs !

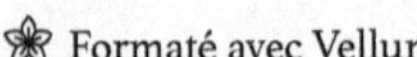 Formaté avec Vellum

www.ingramcontent.com/pod-product-compliance
Lightning Source LLC
Chambersburg PA
CBHW050239110726
47898CB00007B/2204